Lá não existe lá

Tommy Orange

Lá não existe lá

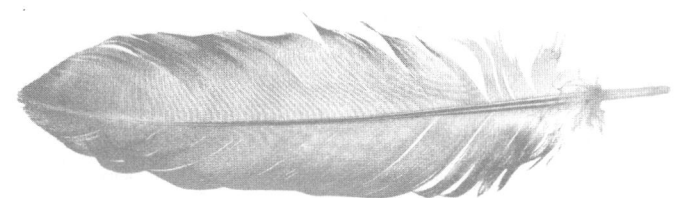

Tradução de Ismar Tirelli Neto

Rocco

Título original
THERE THERE

Esta é uma obra de ficção. Nomes, personagens, lugares e incidentes são produtos da imaginação do autor ou foram usados de forma fictícia. Qualquer semelhança com pessoas reais, vivas ou não, acontecimentos ou localidades é mera coincidência.

Copyright © 2018 *by* Tommy Orange
Todos os direitos reservados.

Direitos para a língua portuguesa reservados
com exclusividade para o Brasil à
EDITORA ROCCO LTDA.
Rua Evaristo da Veiga, 65 – 11º andar
Passeio Corporate – Torre 1
20031-040 – Rio de Janeiro – RJ
Tel.: (21) 3525-2000 – Fax: (21) 3525-2001
rocco@rocco.com.br
www.rocco.com.br

Printed in Brazil/Impresso no Brasil

Preparação de originais
TIAGO LYRA

CIP-Brasil. Catalogação na fonte.
Sindicato Nacional dos Editores de Livros, RJ.

O72L Orange, Tommy
Lá não existe lá / Tommy Orange; tradução de Ismar Tirelli Neto. – 1ª ed. – Rio de Janeiro: Rocco, 2018.

Tradução de: There there
ISBN 978-85-325-3111-7
ISBN 978-85-8122-738-2 (e-book)

1. Romance americano. I. Tirelli Neto, Ismar. II. Título.

18-52253 CDD-813
CDU-82-31(73)

Leandra Felix da Cruz – Bibliotecária – CRB-7/6135

O texto deste livro obedece às normas do
Acordo Ortográfico da Língua Portuguesa.

Para Kateri e Felix

Prólogo

Em tempos obscuros
Haverá também canto?
Sim, também haverá cantos
Sobre os tempos obscuros.
— BERTOLT BRECHT

Cabeça de Índio

Havia uma cabeça Indígena, a cabeça de um Índio, o desenho da cabeça de um Índio de cabelos longos, e cocar, retratado, desenhado por um artista desconhecido em 1939, exibido até o final dos anos 1970 em todas as TVs americanas depois do fim de todos os programas. Chama-se o Teste de Padronização da Cabeça de Índio. Se você deixasse sua TV ligada, ouviria o tom em 440 herz – o tom que se usa para afinar instrumentos – e veria aquele Índio cercado por círculos que pareciam imagens na mira de um rifle. Havia, no meio da tela, algo que parecia um alvo, com números como coordenadas. A cabeça de Índio ficava logo acima do alvo, como se você só precisasse assentir com a cabeça para ajustar as imagens à mira. Isso era apenas um teste.

Em 1621, colonizadores convidaram Massasoit, chefe dos Wampanoags, para um banquete logo depois de um acerto de terras. Massasoit compareceu com noventa de seus homens. *Aquela refeição é o motivo pelo qual ainda fazemos uma refeição juntos em novembro. Celebramos como uma nação.* Mas aquela não era uma refeição de Ação de Graças. Era uma refeição de acerto de terras. Dois anos depois, houve outra refeição parecida, feita para simbolizar amizade eterna. Duzentos Índios caíram mortos naquela noite por conta de um veneno supostamente desconhecido.

Quando o filho de Massasoit, Metacomet, tornou-se chefe, já não se celebravam refeições entre Índios e Peregrinos. Metacomet, também conhecido como Rei Philip, foi forçado a assinar um tratado de paz cedendo todo armamento Indígena. Três de seus homens foram enforcados. Seu irmão, Wamsutta, foi, digamos, muito provavelmente envenenado depois de ter sido convocado e detido pela corte de Plymouth. Tudo isto levando à primeira guerra Indígena oficial. A primeira guerra com os Índios. A guerra do Rei Philip. Três anos mais tarde, a guerra tinha acabado e Metacomet estava em fuga. Ele foi capturado por Benjamin Church, capitão da primeiríssima Força de Patrulha americana, e um Índio de nome John Alderman. Metacomet foi decapitado e desmembrado. Esquartejado. Amarraram as quatro partes de seu corpo a árvores próximas para que os pássaros pudessem bicá-lo. John Alderman foi presenteado com a mão de Metacomet, a qual conservou numa jarra de rum e carregou consigo por anos – cobrava as pessoas para darem uma olhada. A cabeça de Metacomet foi vendida por trinta xelins à Colônia de Plymouth – a taxa costumeira para uma cabeça

Prólogo

de Índio à época. A cabeça foi colocada num espeto e carregada pelas ruas de Plymouth antes de ser colocada em exibição no Forte da Colônia de Plymouth pelos próximos 25 anos.

Em 1637, algo entre quatrocentos e setecentos Índios Pequot reuniram-se para sua dança anual do milho-verde. Colonizadores sitiaram a vila Pequot, atearam-lhe fogo e atiraram em qualquer Pequot que tentasse escapar. No dia seguinte, a Colônia de Massachusetts Bay deu um banquete de celebração, e o governador declarou aquele dia um Dia de Ação de Graças. Ações de Graça como esta aconteciam por toda parte sempre que ocorriam aquilo que devemos chamar de massacres bem-sucedidos. Em uma destas celebrações, em Manhattan, diz-se que as pessoas festejaram chutando as cabeças do povo Pequot pelas ruas como se fossem bolas de futebol.

O primeiro romance escrito por um Nativo, e o primeiro romance produzido na Califórnia, foi escrito em 1854 por um sujeito Cherokee chamado John Rollin Ridge. *Vida e aventuras de Joaquin Murieta* foi baseado em um suposto bandido mexicano real da Califórnia que tinha o mesmo nome e que, em 1853, foi assassinado por um grupo de patrulheiros texanos. Para provar que haviam matado Murieta e pegar a recompensa, de 5 mil dólares, posta sobre sua cabeça – eles a cortaram. Conservaram-na numa jarra de uísque. Tomaram também a mão do companheiro de bandidagem Jack Três Dedos. Os patrulheiros levaram a cabeça de Joaquin e a mão numa turnê pela Califórnia, cobrando 1 dólar pela exibição.

* * *

A cabeça de Índio na jarra, a cabeça de Índio num espeto eram como bandeiras hasteadas, para serem vistas, difundidas amplamente. Assim como o Teste de Padronização da Cabeça de Índio era exibido a americanos sonolentos à medida que nos preparávamos para sair velejando de nossas salas de estar, por sobre as brilhantes frequências, azul-esverdeadas como o oceano, até as costas, as telas do novo mundo.

Cabeça que Rola

Existe uma antiga história Cheyenne sobre uma cabeça que rola. Conta-se que houve uma vez uma família que se mudou de seu acampamento, mudou-se para perto de um lago – marido, mulher, filha, filho. De manhã, quando o marido terminava suas danças, ele penteava os cabelos da mulher e pintava o seu rosto de vermelho, e depois saía para caçar. Ao voltar, o rosto dela estava limpo. Depois que isto aconteceu algumas vezes, ele decidiu segui-la às escondidas, ver o que ela fazia durante a ausência dele. Ele a encontrou num lago, com um monstro aquático, espécie de coisa parecida com cobra, envolvendo-a num abraço. O homem retalhou o monstro e matou a esposa. Ele trouxe a carne para casa, para o filho e a filha. Eles repararam que o gosto era diferente. O filho, que ainda não tinha sido desmamado, disse: minha mãe tem esse mesmo gosto. Sua irmã mais velha disse que era só carne de cervo. Enquanto comiam, uma cabeça veio rolando. Eles saíram correndo e a cabeça os seguiu. A irmã se lembrou de onde eles brincavam, de como os espinhos lá eram grossos, e deu vida aos espinhos que iam deixando para trás com suas palavras. Mas a cabeça atravessava, continuava no encalço. Então ela se lembrou de onde as rochas se empilhavam de um jeito difícil. As rochas apareceram quando ela falou delas, mas não detiveram a cabeça,

Prólogo

e portanto ela desenhou uma grossa linha no chão, que fez um fosso profundo que a cabeça não poderia atravessar. Mas depois de uma chuva longa e pesada, o fosso se encheu de água. A cabeça atravessou a água, e quando atingiu o outro lado, deu meia-volta e bebeu a água toda. A cabeça rolante ficou confusa e bêbada. Ela queria mais. Mais de qualquer coisa. Mais de tudo. E simplesmente continuou rolando.

Uma coisa que devemos manter em mente à medida que prosseguimos é que ninguém jamais rolou cabeças por escadarias de templos. Mel Gibson é que inventou isso. Mas nós, que assistimos ao filme, de fato temos em nossas mentes as cabeças rolando pelas escadarias do templo num mundo feito para semelhar o verdadeiro mundo Índio no século 16 no antigo México. Mexicanos antes de serem mexicanos. Antes de a Espanha chegar.

Fomos definidos por todos os outros e continuamos a ser difamados a despeito de fatos fáceis-de-verificar-na-internet acerca das realidades de nossas histórias e estado atual enquanto povo. Temos a triste, derrotada silhueta Indígena, e as cabeças rolando pelas escadarias do templo, temos isto em nossas mentes, Kevin Costner nos salvando, o revólver de John Wayne nos trucidando, um sujeito italiano chamado Iron Eyes Cody desempenhando nossos papéis no cinema. Temos o choroso Índio de luto diante da poluição urbana no comercial – também interpretado por Iron Eyes Cody –, e o Índio maluco, atirador de pias, que era o narrador do romance, a voz de *Um estranho no ninho*. Temos todas estas logomarcas e mascotes. A cópia de uma cópia da imagem de um Índio num livro escolar. Lá do topo do Canadá, do alto do Alasca, até o fundo da América do Sul, os Índios foram removidos e depois reduzidos a uma imagem emplumada. Nossas cabeças se encontram em bandeiras, camisas e moedas. Nossas cabeças estiveram primeiro na moeda de tostão, é claro, o centavo com a cabeça de Índio, e depois na moeda de 5 centavos, com o búfalo, ambas antes mesmo de podermos votar enquanto povo – as quais, assim como a verdade quanto ao que se passou na história mundial, e como todo aquele sangue derramado durante massacres, encontram-se agora fora de circulação.

Massacre como Prólogo

Alguns de nós cresceram com histórias sobre massacres. Histórias sobre o que aconteceu com nosso povo não faz muito tempo. Como saímos daquilo. Em Sand Creek, ouvimos que nos exterminaram com seus morteiros. Milicianos voluntários sob o comando do coronel John Chivington vieram nos matar; éramos mulheres, crianças e idosos, majoritariamente. Os homens estavam ausentes, caçando. Tinham dito para que erguêssemos a bandeira americana. Hasteamos esta e uma bandeira branca também. Rendição, tremulava a bandeira branca. Postamo-nos sob ambas as bandeiras à medida que avançavam em nossa direção. Fizeram mais do que nos matar. Eles nos dilaceraram. Mutilaram. Quebraram-nos os dedos para remover os anéis, cortaram-nos as orelhas para tomar nossa prata, escalpelaram-nos por nosso cabelo. Escondemo-nos no oco dos troncos das árvores, nos enterramos na areia à margem do rio. Esta mesma areia corria vermelha de sangue. Arrancaram bebês não nascidos de nossas barrigas, levaram o que pretendíamos ser, nossas crianças antes de se tornarem crianças, bebês antes de se tornarem bebês, eles os arrancaram de nossas barrigas. Espatifaram cabeças moles de bebês contra árvores. Depois levaram partes de nossos corpos como troféus e os exibiriam sobre um palco, no centro da cidade de Denver. O coronel Chivington dançou com nossas partes desmembradas nas mãos, com pelos pubianos de mulheres, bêbado, ele dançou, e a turba que se juntara ali diante dele era ainda pior por festejar e rir com ele. Era uma celebração.

Duro, Veloz

Fazer com que parássemos nas cidades deveria ter sido o último e necessário passo para nossa assimilação, absorção, apagamento, culminância de uma campanha genocida de quinhentos anos. Mas a cidade nos refez, e nós a tornamos nossa. Não nos perdemos em meio ao alastramento de altos edifícios, o fluxo das massas anônimas, o alarido incessante do tráfego. Encontramo-nos, fundamos Centros Indígenas, trouxemos nossos parentes e pow-wows, nossas danças, nossos cantos, nosso artesanato com miçangas. Compramos e alugamos imóveis, dormimos nas ruas, sob autoestradas, fomos à escola, alistamo-nos nas Forças Armadas, povoamos bares indígenas no Fruitvale de Oakland e na Missão de San Francisco. Vivemos em favelas em Richmond. Fizemos arte e fizemos bebês e fizemos caminhos para que nosso povo pudesse ir e vir entre reservas e cidades. Não nos mudamos para as cidades para morrer. As calçadas e as ruas, o concreto absorveram o nosso peso. O vidro, o metal, a borracha e os fios, a velocidade, as massas avançando às cegas – a cidade nos acomodou. Não éramos mais Índios Urbanos. Isto era parte do Ato de Relocação Indígena, o qual integrava a Política de Terminação Indígena, que era e é exatamente o que soa ser. Façam-nos parecer-se conosco, agir como nós. Tornar-se nós. E então desaparecer. Mas não foi assim. Muitos de nós vieram por escolha, para recomeçar, para fazer dinheiro, ou só para ter uma nova experiência. Alguns de nós vieram às cidades fugindo da Reserva. Ficamos depois de lutar na Segunda Guerra Mundial. Depois do Vietnã também. Ficamos porque a cidade soa como uma guerra, e não se pode abandonar uma guerra depois de se estar numa, pode-se apenas mantê-la a uma certa distância – o que é mais fácil quando se pode vê-la e ouvi-la nas proximidades, aquele metal veloz, os disparos constantes a seu redor, veículos subindo e descendo as ruas e autoestradas como balas. A quietude da reserva, as cidades às margens das rodovias, as comunidades rurais, esse tipo de silêncio só torna ainda mais pronunciado o barulho do seu cérebro pegando fogo.

Agora muitos de nós são urbanos. Se não porque vivemos em cidades, então porque vivemos na internet. Dentro do arranha-céu de múltiplas janelas de navegador. Costumavam chamar-nos de Índios de calçada. Chamavam-nos citadinos, superficiais, inautênticos, refugiados sem cultura, maçãs. Uma maçã é vermelha por fora e branca por dentro. Mas nós somos o que os nossos ancestrais fizeram. Como sobreviveram. Somos as memórias de que não conseguimos nos lembrar, que moram dentro de nós, que sentimos, que nos fazem cantar e dançar e rezar como o fazemos, sentimentos vindos de memórias que se acendem e florescem inesperadamente em nossas vidas como sangue que escorre por um cobertor de uma ferida feita por uma bala disparada por um homem nos atirando pelas costas para tomar nosso cabelo, nossas cabeças, por um butim ou só para se ver livre de nós.

Quando vieram atrás de nós com suas balas, não nos detivemos, embora suas balas se movessem duas vezes mais rápido que o som de nossos gritos, e mesmo quando o calor e a velocidade delas nos rompiam a pele, nos estilhaçavam os ossos, crânios, nos atravessavam o coração, nós continuamos, mesmo quando vimos estas balas mandarem nossos corpos voando pelos ares como bandeiras, como as muitas bandeiras e prédios que vimos serem erguidos no lugar de tudo o que antes era para nós esta terra. As balas eram premonições, fantasmas de sonhos de um futuro duro e veloz. As balas continuavam depois de nos atravessarem, tornavam-se a promessa do que estava por vir, a velocidade e a matança, as duras e velozes linhas de fronteiras e edifícios. Eles levaram tudo embora e trituraram até que virasse uma poeira fina feito pólvora, eles dispararam, triunfantes, suas armas no ar e as balas perdidas voaram para dentro do vazio de histórias mal-escritas e feitas para serem esquecidas. Mesmo agora, balas perdidas e consequências estão aterrissando sobre nossos corpos desprevenidos.

Urbanidade

Os Índios Urbanos foram aquela geração nascida na cidade. Há tempos que estamos de mudança, mas a terra se muda com você como uma memória. Um Índio Urbano pertence à cidade e as cidades pertencem à Terra. Tudo aqui se forma em relação a todas as outras coisas da terra, viventes ou não. Todos, nossos parentes. O processo que conduz qualquer coisa à sua forma atual – seja químico, sintético, tecnológico ou de qualquer outra espécie – não torna o produto um produto que não seja da terra viva. Edifícios, rodovias, carros – não serão da Terra? Foram importados de Marte ou da Lua? Será porque são processados, manufaturados, porque os pegamos? Seremos nós tão diferentes? Não fomos, em algum momento, inteiramente outra coisa, *Homo sapiens*, organismos unicelulares, poeira espacial, teoria quântica não identificada pré-Big Bang? As cidades se formam da mesma maneira que as galáxias. Os Índios Urbanos sentem-se em casa andando à sombra de um edifício do centro da cidade. Acabamos conhecendo o horizonte do centro de Oakland melhor que qualquer cordilheira sagrada, as sequoias das colinas de Oakland melhor que qualquer outra mata profunda e selvagem. Conhecemos o som da rodovia melhor que o dos rios, o uivo de trens distantes melhor que o uivo dos lobos, conhecemos o cheiro da gasolina e do concreto ainda úmido, o cheiro da borracha queimada, melhor que o cheiro do cedro, da sálvia ou mesmo do pão frito – que não é tradicional, assim como as reservas não são tradicionais, mas nada é original, tudo deriva de algo anterior, que já foi nada. Tudo é novo e está condenado. Andamos de ônibus, trens e carros através, sobre e por debaixo de planícies de concreto. Ser Índio nunca teve relação com retornar à terra. A terra é toda parte e parte alguma.

PARTE I

Permanecer

Como posso não conhecer hoje o seu rosto de amanhã, o rosto que já está lá ou que está sendo forjado por debaixo do rosto que você me mostra ou por trás da máscara que você está usando, e que você só me mostrará quando eu menos esperar?

— JAVIER MARÍAS

Tony Loneman

A Drome veio até mim pela primeira vez no espelho quando eu tinha seis anos. Mais cedo, naquele mesmo dia, o meu amigo Mario, dependurado no trepa-trepa do parquinho de areia, disse: "Por que é que a tua cara é desse jeito?"

    Não lembro o que fiz. Até agora não sei. Lembro de manchas de sangue sobre o metal e do gosto de metal na boca. Lembro da minha avó Maxine chacoalhando meus ombros no corredor que levava ao escritório do diretor, meus olhos fechados, ela fazendo esse som de *pshh* que ela sempre faz quando tento me explicar, mas não devia. Lembro dela puxando meu braço com mais força do que já tinha puxado, e depois a volta para casa de carro, no silêncio.

    Já em casa, de frente para a TV, antes de ligá-la, vi meu rosto no reflexo escuro. Foi a primeira vez que o vi. Meu próprio rosto, do modo como todo mundo o via. Quando perguntei pra Maxine, ela disse que minha mãe bebia quando eu estava dentro dela, ela me disse bem lentamente que eu tenho Síndrome Alcoólica Fetal. Tudo o que ouvi ela dizer foi Drome, e depois estava de volta na frente da TV desligada, de olhos fixos. Meu rosto se esticava por toda a tela. A Drome. Tentei, mas não consegui tornar novamente meu o rosto que achei lá.

A maioria das pessoas não precisa ficar pensando no que seus rostos significam que nem eu. Sua cara no espelho, refletida de volta, a maioria das pessoas nem sabe mais que aspecto tem. Essa coisa na frente da sua cabeça, você nunca vai vê-la, do mesmo jeito que você nunca vai enxergar seu próprio olho com seu próprio olho, do mesmo jeito que você nunca vai sentir o seu próprio cheiro, mas eu, eu sei como meu rosto é. Eu sei o que ele significa. Meus olhos são caídos como se eu estivesse zoado, como se eu estivesse viajando, e minha boca fica aberta o tempo todo. Tem espaço demais entre todas as partes do meu rosto, os olhos, o nariz, a boca, tudo espalhado como se um bêbado tivesse colocado as coisas ali de qualquer jeito enquanto pegava mais uma bebida. As pessoas me olham e depois desviam o olhar quando veem que eu as vejo me vendo. Isso é a Drome também. Meu poder e minha maldição. A Drome é minha mãe e por que ela bebia, é o jeito como a história aterrissa num rosto, e todas as maneiras pelas quais consegui chegar onde estou, apesar de como ele fodeu comigo desde aquele dia em que o encontrei ali na TV, me encarando de volta como uma porra de um vilão.

Agora tenho vinte e um anos, o que quer dizer que já posso beber, se quiser. Mas não bebo. Para mim, já bastou o tanto que tomei quando era um bebê na barriga da minha mãe. Enchendo a cara lá dentro, uma porra de um bebê bêbado, nem mesmo um bebê, uma porra de uma coisinha feito um girino, enganchado num cordão, flutuando numa barriga.

Tony Loneman

* * *

Eles me disseram que eu sou burro. Não assim, eles não chegaram a dizer, mas eu basicamente fracassei no teste de inteligência. A porcentagem mais baixa. O último nível. Minha amiga Karen me contou que eles têm vários tipos de inteligências. Ela é minha conselheira lá no Centro Indígena que eu ainda vejo uma vez por semana – no início, fui obrigado a me apresentar após o incidente com Mario no jardim de infância. Karen diz que eu não preciso me preocupar com o que eles tentam me dizer sobre inteligência. Ela disse que pessoas com SAF estão num espectro, têm uma vasta gama de inteligências, que o teste de inteligência é tendencioso e que eu tenho intuição forte e sabedoria das ruas, que sou esperto naquilo que conta, coisa que eu já sabia, mas quando ela me disse me senti bem, como se eu não soubesse de verdade até ela me dizer daquele jeito.

Sou esperto, tipo: sei o que se passa na cabeça das pessoas. O que querem dizer quando dizem que querem dizer outra coisa. A Drome me ensinou a olhar além da primeira olhada que as pessoas te dão, encontrar aquela outra, logo atrás. Tudo o que você precisa fazer é esperar um segundo a mais do que espera normalmente e dá para pegá-la, dá para você ver o que há ali no fundo da cabeça. Sei quando alguém perto de mim está querendo trapacear. Conheço Oakland. Sei como é quando alguém está tentando me pegar de surpresa, quando atravessar a rua e quando olhar para o chão e seguir andando. Sei reconhecer uma pessoa com medinho também. Isso é fácil. Eles vestem essa merda como se houvesse um sinal em suas mãos, o sinal diz: *Venha me pegar*. Eles olham para mim como se eu já tivesse feito alguma merda, então tanto faz eu fazer a merda pela qual estão me olhando desse jeito.

* * *

Maxine me disse que sou curandeiro. Ela disse que pessoas como eu são raras, e que quando nós chegamos, é melhor que as pessoas saibam que temos o aspecto diferente porque somos diferentes. Respeitar isso. Eu nunca tive nenhum tipo de respeito de pessoa nenhuma, exceto Maxine. Ela diz que nós somos do povo Cheyenne. Que os Índios são tão antigos quanto a terra. Que isso tudo foi nosso uma vez. Tudo isso. Merda. Naquela época não deviam ter sabedoria das ruas. Deixar que os homens brancos viessem aqui e a tirassem deles assim. O triste é que todos aqueles Índios provavelmente sabiam, mas não podiam fazer nada a respeito. Eles não tinham armas. Mais as doenças. É o que Maxine disse. Mataram a gente com sua sujeira e doenças de homem branco, nos mandaram para fora de nossa terra, nos mandaram para alguma terra de merda onde não dá para plantar porra nenhuma. Eu ia odiar se me mandassem para longe de Oakland, porque eu a conheço tão bem, do Oeste ao Leste, ao Leste Profundo e de volta, de bicicleta ou de ônibus ou de BART.* É meu único lar. Eu não conseguiria viver em nenhum outro lugar.

Às vezes, eu ando de bicicleta por toda Oakland só para ver aquilo, as pessoas, todos os bairros diferentes. Com os fones de ouvido postos, ouvindo MF Doom, posso pedalar o dia todo. O MF quer dizer Metal Face. Ele é meu rapper favorito. Doom usa uma máscara de metal e chama a si mesmo de vilão. Antes do Doom, eu só conhecia o que tocava na rádio. Alguém esqueceu

---

* BART é um sistema público de transporte rápido que serve parte da área da baía de San Francisco, na Califórnia, incluindo as cidades de San Francisco, Oakland, Berkeley, Daly City, Richmond, Fremont, Hayward, Walnut Creek e Concord. (N. do T.)

um iPod no banco em frente ao meu no ônibus. O Doom era a única música que tinha lá. Soube que gostava dele quando ouvi o verso *Tenho mais alma que uma meia furada*. O que eu gostei foi que entendi todos os significados dele de imediato, tipo instantaneamente. Com *alma* ele quis dizer tipo que ter um furo numa meia dá à meia personalidade, significa que ela tem marcas de uso, dá uma alma para ela, e também tipo a parte debaixo do seu pé aparecendo, à sola do pé. Foi coisa pouca, mas fez com que eu sentisse que não era estúpido. Não era lento. Não estava no último escalão. E me ajudou porque a Drome era o que me dava alma, e a Drome é um rosto esburacado de uso.

Minha mãe está na cadeia. Às vezes nos falamos pelo telefone, mas ela está sempre dizendo alguma merda que me faz querer que a gente não se falasse. Ela disse que meu pai está lá no Novo México. Que ele nem sabe que eu existo.

"Então diga praquele filho da puta que eu existo", eu disse para ela.

"Tony, não é simples assim", ela disse.

"Não me chame de simples. Não me chame de simples, caralho. Foi você que fez isso comigo."

Às vezes eu fico com raiva. É o que acontece às vezes com a minha inteligência. Não importa quantas vezes ela tenha me mudado de escolas que tinham me expulsado porque eu tinha me metido em brigas, é sempre a mesma coisa. Eu fico com raiva e depois não sei de mais nada. Minha cara aquece e endurece como se fosse feita de metal, e eu apago. Sou um sujeito grande. E sou forte. Forte demais, me diz Maxine. A meu ver, ganhei esse corpo grandalhão para me ajudar, já que minha cara sofreu tanto. É assim que é, para mim, parecer-se com um monstro. A Drome. E quando eu me levanto, quando me levanto todo e fico alto pra caralho, o mais alto que posso, ninguém quer foder comigo. Todo mundo sai correndo, como se tivesse visto um fantasma. Talvez eu seja um fantasma. Talvez a Maxine nem sequer saiba quem eu sou. Talvez eu seja o oposto de um curandeiro. Talvez eu vá fazer alguma coisa um dia, e todo mundo vai ficar sabendo de mim. Talvez seja esse o momento em que eu acorde. Talvez seja esse o momento em que eles finalmente vão poder olhar para mim, porque vão ter que olhar.

Todo mundo vai achar que isso tem a ver com a grana. Mas quem não quer grana, caralho? Tem a ver com o motivo pelo qual você quer a grana, como a consegue, e depois o que faz com ela, isso que importa. A grana nunca fez merda nenhuma com ninguém. Isso são as pessoas. Eu vendo maconha desde os treze anos. Conheci uns camaradas no quarteirão só por estar na rua o tempo todo. Do jeito como eu estava sempre na rua, em esquinas e tal, eles provavelmente achavam que eu já estava vendendo. Mas talvez não. Se achassem que eu estava vendendo, provavelmente teriam me dado uma surra. Provavelmente sentiram pena de mim. Roupas de merda, cara de merda. Dou para a Maxine a maior parte da grana que ganho vendendo. Tento ajudá-la de todas as maneiras que consigo porque ela me deixa viver em sua casa, lá em West Oakland, no final da rua 14, que ela comprou há muito tempo, quando trabalhava de enfermeira em San Francisco. Agora quem precisa de uma enfermeira é ela, mas não tem como pagar uma com o dinheiro que a Assistência Social lhe dá. Precisa que eu faça todo tipo de

Tony Loneman

coisa para ela. Ir à loja. Acompanhá-la no ônibus quando ela vai pegar os medicamentos. Agora eu também a ajudo a descer as escadas. Não acredito que um osso possa ficar tão velho a ponto de se estilhaçar, quebrar-se em pedacinhos minúsculos dentro do seu corpo, feito vidro. Depois que ela quebrou o quadril, eu comecei a ajudar mais.

Maxine me faz ler para ela antes de dormir. Não gosto disso porque eu leio devagar. As letras se mexem na minha frente de vez em quando, como insetos. Assim, sempre que estão a fim, elas trocam de lugar. Mas, por outro lado, às vezes as palavras não se mexem. Quando elas ficam assim, paradas, preciso esperar e me certificar de que não vão se mexer, então acabam me custando mais tempo para ler do que as que eu consigo arrumar depois de terem se bagunçado. Maxine me faz ler as paradas Índias dela que eu nem sempre entendo. Gosto, no entanto, porque quando eu consigo entender, entendo bem naquele lugar lá no fundo onde dói, mas melhora porque você sente aquilo, algo que você não conseguia sentir antes de ler, que te faz sentir menos sozinho, e como se não fosse mais doer tanto assim. Uma vez ela usou a palavra *devastador* depois que eu terminei de ler um trecho da sua autora favorita – Louise Erdrich. Era algo sobre como a vida vai te quebrar. Sobre como esse é o motivo pelo qual estamos aqui, e que devíamos ir nos sentar debaixo de uma macieira e ouvir as maçãs caindo e se empilhando ao nosso redor, desperdiçando toda aquela doçura. Eu não entendi o que isso queria dizer na hora, e ela viu que eu não tinha entendido. Ela também não explicou. Mas nós lemos o trecho, e outra vez o livro todo, e eu entendi.

Maxine sempre me conheceu e foi capaz de me ler como ninguém, melhor que eu mesmo, como se eu nem soubesse tudo o que estou mostrando para o mundo, como se eu estivesse lendo minha própria realidade lentamente, por conta do jeito como as coisas trocam de lugar ao meu redor, como as pessoas me olham e me tratam, e o tempo que me custa entender se preciso rearrumar tudo.

Como isso tudo aconteceu, toda essa merda em que me meti, é tudo por causa daqueles moleques brancos lá das colinas de Oakland que vieram para cima de mim no estacionamento de uma loja de bebidas em West Oakland, assim, direto, como se não tivessem medo de mim. Dava para sacar que eles estavam com medo de estar lá, naquela vizinhança em West Oakland, pelo jeito que eles ficavam balançando a cabeça, mas de mim eles não tinham medo. Era como se eles pensassem que eu não ia fazer porra nenhuma por conta do meu aspecto. Tipo como se eu fosse lento demais para fazer alguma merda.

"Tem da branca aí?", perguntou o cara de chapéu Kangol que era tão alto quanto eu. Eu quis rir. Era tão branquelo da parte dele usar a palavra *branca* para dizer cocaína.

"Posso arrumar", eu disse, embora não estivesse certo de que conseguiria.

"Volta aqui em uma semana, mesmo horário", eu disse. Eu pediria ao Carlos.

Carlos é bem enrolão. Na noite em que deveria arrumar o lance, ele me telefonou e disse que não ia dar, e que eu teria que ir até o Octavio para pegar sozinho.

Pedalei desde a estação Coliseum do BART. A casa do Octavio ficava nos cafundós de East Oakland, depois da 73, do outro lado de onde ficava o Shopping Eastmont, até que as coisas ficaram tão ruins ali que o transformaram numa delegacia.

Quando cheguei lá, tinha gente saindo aos borbotões da casa para a rua como se tivesse acontecido uma briga. Fiquei sentado na bicicleta, observando a uma distância de uma quadra por um tempo, vi os bêbados se movimentando sob o clarão dos postes, todos tontos como mariposas bêbadas de luz.

Quando eu encontrei o Octavio, ele estava totalmente ferrado. Ver gente nesse estado sempre me faz pensar na minha mãe. Me perguntei como ela era bêbada quando eu estava dentro dela. Ela gostava? Eu gostava?

Octavio tinha as ideias no lugar, no entanto, apesar de embolar as palavras. Ele pôs um braço à minha volta e me levou até o quintal, onde ele tinha colocado um banco supino debaixo de uma árvore. Observei ele fazendo umas séries com uma barra sem os pesos. Ele não parecia perceber que não havia pesos. Esperei para ver quando ele iria fazer a pergunta sobre a minha cara. Mas ele não fez. Ouvi ele falar sobre a avó dele, sobre como ela lhe salvou a vida depois que sua família foi embora. Ele disse que ela lhe curara de uma maldição usando pelo de texugo, e que ela chamava todo mundo que não fosse Mexicano ou Índio de *guachupines*, que é uma doença que os Espanhóis trouxeram para os Nativos quando vieram – ela costumava dizer para ele que os Espanhóis eram a doença que haviam trazido. Ele me disse que nunca pretendera se tornar o que se tornou, e não tive certeza quanto ao que era isso, se bêbado, ou traficante, ou ambos, ou outra coisa.

"Eu daria o sangue do meu próprio coração por ela", disse Octavio. O sangue de seu próprio coração. Era assim que eu me sentia com respeito à Maxine. Ele me disse que não queria soar todo sensível, essas merdas, mas ninguém mais realmente lhe dava ouvidos. Eu sabia que isso era só porque ele estava ferrado. E que ele provavelmente não se lembraria de merda nenhuma. Mas depois disso passei a ir diretamente ao Octavio para tudo.

Acabou que aqueles moleques brancos desengonçados das colinas tinham amigos. Fizemos uma boa grana ao longo de um verão. Então, um dia, quando eu estava lá pegando, Octavio me convidou para entrar e disse que eu me sentasse.

"Você é Nativo, certo?", ele disse.

"Sim", respondi, e me perguntei como ele sabia. "Cheyenne", eu disse.

"Me diga o que é um pow-wow", ele disse.

"Por quê?"

"Só me diz."

Maxine me levava a pow-wows por toda a baía desde que eu era menino. Já não faço mais isso, mas eu costumava dançar.

"A gente se veste de Índio, com penas, miçangas e tudo. A gente dança. Canta e bate um tambor grande, compra e vende troços de Índio, tipo joias, roupas e arte", eu disse.

"Certo, mas por que se faz isso?", disse Octavio.

"Dinheiro", respondi.

"Não, falando sério, por que eles fazem isso?"

"Eu não sei."

"O que você quer dizer com eu não sei?"

"Pra fazer dinheiro, filho da puta", eu disse.

Octavio me olhou com a cabeça inclinada, tipo: lembre-se com quem está falando.

"É por isso que a gente vai estar no pow-wow também", disse Octavio.

"Aquele que vai ter no Coliseum?"

"Sim."

"Pra fazer dinheiro?"

Octavio fez que sim com a cabeça, depois virou as costas e pegou uma coisa que não reconheci imediatamente como sendo uma arma. Era pequena e toda branca.

"Que porra é essa?", perguntei.

"Plástico", Octavio disse.

"Funciona?"

"Impresso em 3D. Quer ver?", ele disse.

"Ver?", eu disse.

No quintal, mirei a arma numa lata de Pepsi que pendia de um cordão, com ambas as mãos, a língua para fora e um olho fechado.

"Você já atirou antes?", ele perguntou.

"Não", respondi.

"Essa porra vai fazer seus ouvidos zunirem."

"Posso?", eu disse, e antes de receber uma resposta senti meu dedo apertar e o boom me atravessar. Houve um momento em que eu não sabia o que estava acontecendo. O apertão trouxe o som do boom e todo meu corpo se tornou um boom e uma queda. Abaixei-me sem pensar. Houve um zunido, dentro e fora, um único tom vagou para bem longe, ou bem para dentro. Ergui os olhos para Octavio e vi que ele estava dizendo alguma coisa. Eu disse *O quê*, mas não consegui nem ouvir a mim mesmo dizendo.

"É assim que nós vamos assaltar aquele pow-wow", finalmente ouvi Octavio dizer.

Lembrei que havia detectores de metal na entrada do Coliseum. O andador de Maxine, o que ela usava depois de quebrar o quadril, já acionara um deles. Eu e Maxine fomos numa noite de quarta – ingresso a 1 dólar – para ver os A's jogando contra os Texas Rangers, time pelo qual Maxine cresceu torcendo em Oklahoma porque Oklahoma não tinha time.

Naquele dia, na saída, Octavio me deu um panfleto do pow-wow que elencava os prêmios em dinheiro para cada categoria de dança. Três para 5 mil. Dois para dez.

"É uma bela grana", eu disse.

"Eu nunca me meteria numa merda dessa, mas eu devo a alguém", Octavio disse.

"Quem?"

"Cuida da sua vida", Octavio disse.

"Fechamos, então?", confirmei.

"Vai pra casa", Octavio disse, depois andou até o sofá e ligou a TV.

Na noite antes do pow-wow, Octavio me ligou e me disse que eu é que teria de esconder as balas.

"Nos arbustos, de verdade?", eu disse.

"Sim."

"Eu vou ter que jogar balas nos arbustos na entrada?"

"Mete elas numa meia."

"Meter balas numa meia e jogar nos arbustos?"

"O que foi que eu disse?"

"É que parece..."

"O quê?"

"Nada."

"Entendeu tudo?"

"Onde eu consigo balas, de que tipo?"

"No Walmart. Calibre 22."

"Não dá pra você só imprimir?"

"Ainda não dá para fazer isso."

"Tudo bem."

"Tem mais uma coisa", Octavio disse.

"Sim?"

"Você ainda tem uns troços Índios pra botar?"

"O que você quer dizer com troços Índios?"

"Sei lá, o que eles botam, penas, essas merdas."

"Entendi."

"Você vai ter que usar."

"Mal vai caber."

Tony Loneman

"Mas vai caber?"
"Sim."
"Então tudo bem."
"Tudo bem", eu disse, e desliguei. Separei os trajes de gala e os vesti. Fui até a sala de estar e fiquei na frente da TV. Era o único lugar da casa onde eu podia ver meu corpo inteiro. Balancei e ergui um pé. Vi as penas tremendo na tela. Estendi meus braços e curvei os ombros para baixo, depois caminhei até a TV. Apertei o fecho no queixo. Olhei para o meu rosto. A Drome. Eu não a vi ali. Eu vi um Índio. Eu vi um dançarino.

Dene Oxendene

Dene Oxendene sobe a escada rolante enguiçada de dois em dois degraus na estação Fruitvale. Ao chegar na plataforma, o trem que achava que ia perder para do lado oposto. Uma única gota de suor desce de seu gorro pelo lado de seu rosto. Dene a enxuga com o dedo, depois tira o gorro e o balança loucamente, como se o suor viesse dele e não de sua cabeça. Ele fixa os trilhos e solta uma lufada de ar, a que assiste subir e depois desaparecer. Sente cheiro de fumaça de cigarro, o que faz com que ele queira um, não fosse o fato de que o deixam esgotado. Ele deseja um cigarro que revigore. Ele deseja uma droga que funcione. Recusa-se a beber. Fuma maconha demais. Nada funciona.

Dene olha, para além dos trilhos, pichações garranchadas na parede, naquele pequeno vão sob a plataforma. Já fazia anos que ele via aquela por toda Oakland. Pensara no nome durante a escola secundária, mas nunca fizera nada de verdade com ele: *Lente*.

A primeira vez que Dene viu alguém pichar uma tag, ele estava no ônibus. Estava chovendo. O moleque estava lá trás. Dene viu que o moleque viu que Dene devolvera o olhar. Uma das primeiras coisas que Dene aprendeu quando começou a ir de ônibus para Oakland é que não se deve encarar, não se deve sequer olhar de soslaio, mas também não se deve deixar de olhar totalmente. Por questão de respeito, você reconhece. Você olha e não olha. Qualquer coisa para evitar a pergunta: queéquevocêtáolhando? Não há boa resposta para esta pergunta. Quando alguém lhe pergunta isso, quer dizer que você já está fodido. Dene esperou por seu momento, viu-o escrever três letras no embaçado da janela do ônibus: *emt*. Entendeu de cara que isto queria dizer "empty", vazio. E gostou da ideia de que estava escrevendo no embaçado da janela, no espaço vazio entre as gotas, e também porque não iria durar, como não duram as *tags* e os pichos.

A cabeça do trem aparece, depois seu corpo, faz a curva que conduz à estação. Às vezes, o autodesprezo vem com tudo em cima de você. Por um instante ele não sabe se vai pular, atingir os trilhos, esperar que aquele peso rápido venha dar cabo dele. Provavelmente pularia tarde demais, ricochetearia na lateral do trem e só ferraria com a própria cara.

No trem, ele pensa na iminente banca de juízes. Fica imaginando-os a uns seis metros de altura, com rostos longos e selvagens ao estilo de Ralph Steadman, velhos homens brancos, todos narizes e batas. Saberão tudo a respeito dele. Vão odiá-lo intimamente, tendo todo o conhecimento possível de sua vida disponível a eles. Vão ver de imediato o quão pouco qualificado ele é. Vão achar que ele é branco – o que é apenas uma meia-verdade – e, portanto, inelegível para uma bolsa de artes e cultura. Dene não é obviamente nativo. Ele é ambiguamente não branco. Ao longo dos anos, muitos o tomaram por Mexicano, perguntaram se era Chinês, Coreano, Japonês, Salvadorenho certa feita, mas na maioria das vezes a pergunta vinha assim: você é o quê?

Todos no trem estão olhando seus telefones. Para dentro deles. Ele sente cheiro de mijo e num primeiro momento pensa que é ele. Sempre temeu descobrir um dia que cheirou a mijo e merda a vida inteira sem saber, que todos tinham medo de lhe contar, como o Kevin Farley da quinta série, que acabou se matando no verão do seu primeiro ano do ensino médio quando descobriu. Ele olha para a esquerda e vê um velho encolhido em seu assento. O velho acorda e endireita a postura, depois mexe os braços como se estivesse se certificando de que suas tralhas ainda estão com ele, embora não haja nada lá. Dene caminha até o vagão seguinte. Ele fica próximo às portas e olha pela janela. O trem flutua ao lado da autoestrada, perto dos carros. Cada velocidade é diferente: a velocidade dos carros é curta, desconexa, esporádica. Dene e o trem rastejam pelos trilhos como um só movimento e velocidade. Há qualquer coisa de cinematográfico nestas velocidades variáveis, como um momento num filme que faz você sentir alguma coisa por motivos que você não consegue explicar. Algo grande demais para se sentir, por baixo, e dentro, familiar demais para se reconhecer, bem ali na sua frente o tempo inteiro. Dene coloca os fones de ouvido, põe a música em seu telefone no aleatório, pula diversas canções e assenta em "There, There", do Radiohead. O refrão diz: "Só porque você sente, não quer dizer que esteja lá." Antes da passagem subterrânea entre as estações de Fruitvale e Lake Merritt, Dene olha e vê a palavra, aquele nome outra vez, *Lente*, ali na parede logo antes de afundarem.

Ele pensou nesta *tag* – *Lente* – no ônibus de volta para casa no dia em que seu tio Lucas veio visitar. Pouco antes de sua parada, olhou pela janela e viu um flash. Alguém tinha tirado uma foto dele, ou do ônibus, e de dentro do flash, do brilho azul-verde-roxo-rosa,

Dene Oxendene

veio o nome. Ele escreveu *Lente* às costas do assento do ônibus com uma retroprojetora pouco antes de sua parada. Ao descer do ônibus, viu os olhos do motorista se semicerrarem naquele espelho grande que fica na frente.

Quando chegou em casa, a mãe de Dene, Norma, disse-lhe que tio Lucas estava vindo visitar, lá de Los Angeles, e que ele devia ajudar na arrumação e por a mesa do jantar. Tudo quanto Dene conseguia se lembrar de seu tio era o modo como ele costumava jogar Dene no ar e depois apanhá-lo quando estava prestes a cair no chão. Dene não gostava nem desgostava disso, necessariamente. Mas sua lembrança era visceral. Aquelas cócegas no estômago, o misto de medo e diversão. Aquele frouxo involuntário de riso em pleno ar.

"Por onde ele tem andado?", Dene disse à mãe enquanto punha a mesa. Norma não respondeu. Depois, à mesa, Dene perguntou ao tio por onde ele tinha andado e Norma respondeu por ele.

"Ele tem se ocupado fazendo filmes", ela disse, depois olhou para Dene com as sobrancelhas alteadas e rematou com "aparentemente".

Comeram o que comiam de praxe: hambúrgueres, purê de batatas e feijão-verde enlatado.

"Não sei se é aparente que eu tenha estado ocupado fazendo filmes, mas é aparente que sua mãe acha que estive mentindo esse tempo todo", disse Lucas.

"Desculpe, Dene, se dei a impressão de que meu irmão é qualquer coisa que não um honesto Injun", disse Norma.

"Dene", disse Lucas, "quer saber de um filme em que ando trabalhando?".

"Por trabalhando, Dene, ele quer dizer 'na própria cabeça', ele quer dizer que tem pensado sobre um filme, só para você ficar sabendo", disse Norma.

"Eu quero ouvir", disse Dene, olhando para o tio.

"Será num futuro próximo, vou fazer com que uma tecnologia alienígena colonize a América. Nós vamos achar que a inventamos. Como se fosse nossa. Ao longo do tempo, vamos nos fundir com a tecnologia, e vamos virar tipo androides, e vamos perder a habilidade de reconhecermos uns aos outros. O aspecto que tínhamos. Nossas velhas maneiras. Não vamos nem nos considerar mestiços, meio alienígenas, porque vamos achar que a tecnologia é nossa. Depois, vou fazer com que um herói mestiço se erga, inspire os humanos restantes a se mudarem de volta para a natureza. Saírem da tecnologia, retomarem nosso velho estilo de vida. Virarem humanos de novo, como costumávamos ser. Vai terminar com uma sequência em câmera lenta tipo o contrário do *2001* do Kubrick, com um humano golpeando um osso. Você já viu *2001*?"

"Não."

"*Nascido para matar?*"

"Não?"

"Vou trazer tudo que tenho do Kubrick da próxima vez que vier."

"O que acontece no final?"

"Do quê? Do filme? Os colonizadores alienígenas vencem, claro. A gente só vai achar que venceu voltando à natureza, à Idade da Pedra. De todo modo, parei de 'pensar a respeito'", ele disse, e desenhou aspas no ar, olhando na direção da cozinha, para onde Norma tinha ido quando ele começou a falar de seu filme.

"Mas você já fez algum filme de fato?", disse Dene.

"Eu faço filmes no sentido de que penso sobre eles, e por vezes os escrevo. De onde você acha que os filmes vêm? Mas não, eu não faço filmes, sobrinho. Provavelmente nunca vou fazer um. O que eu faço é, eu ajudo pessoas com pequenos papéis em filmes e programas de TV, eu seguro um microfone *boom* por cima do enquadramento, longo e imóvel. Veja esses antebraços." Lucas ergueu um braço e dobrou o punho, olhando ele próprio para seu antebraço. "Eu não sei de cabeça quais sets eu trabalho quando estou trabalhando. Não lembro de muita coisa. Bebo demais. Sua mãe já te disse isso?", disse Lucas.

Dene não respondeu, exceto por comer o que restava em seu prato, e depois olhando de volta para seu tio, para que ele pudesse dizer outra coisa.

"Na verdade, estou trabalhando numa coisa agora que não custa quase dinheiro nenhum para fazer. No verão passado, estive lá fazendo entrevistas. Pude editar algumas delas, e estou aqui de novo para tentar fazer mais algumas. É sobre Índios que vêm para Oakland. Que vivem em Oakland. Só fiz perguntas a uns Indígenas que conheci através de uma amiga minha que conhece um bocado de Índios, ela é uma espécie de tia sua, acho, ao modo Índio. Não sei se você já a conheceu, você conhece Opal, a Bear Shields?"

"Talvez", disse Dene.

"De todo modo, fiz a alguns Índios que já viviam aqui em Oakland faz tempo, e a outros que acabaram de chegar, uma pergunta em duas partes; na verdade não é uma pergunta, tentei fazer com que me contassem uma história. Pedi que me contassem uma história sobre como tinham ido parar em Oakland, ou, caso fossem nascidos lá, perguntei-lhes como era viver em Oakland. Disse que a pergunta devia ser respondida em formato de história, o que quer que compreendessem por isto estava bem, depois saí da sala. Decidi fazer de maneira confessional, de modo que é quase como se estivessem contando a história para eles mesmos, ou para qualquer um e a todos detrás da lente. Não quero atrapalhar nada ali não. Posso tratar sozinho da edição. Só preciso do orçamento para pagar o meu próprio salário, que é basicamente nada."

Depois de dizer isso, Lucas respirou fundo e meio que tossiu, limpou a garganta, depois tomou um gole de um frasco que tinha puxado do bolso interno de sua jaqueta. Olhou para o além, pela janela da sala de estar, para o outro lado da rua, ou mais adiante, para lá onde o sol se havia posto, ou para além disso, de volta até sua vida, talvez, e depois ficou com uma expressão nos olhos, era coisa que Dene já tinha visto nos olhos de sua mãe, algo que parecia a um só tempo lembrança e terror. Lucas se levantou e foi até a sacada da frente para fumar um cigarro, e enquanto saía, disse: "Melhor ir tratar do seu dever de casa, sobrinho. Eu e sua mãe temos coisas para conversar."

Dene só percebe que está preso no subterrâneo entre estações há dez minutos depois de dez minutos preso no subterrâneo entre estações. Começa a suar no alto da testa, pensando em se atrasar ou perder a banca. Ele não submeteu uma amostragem de seu trabalho. Então, teria de perder o pouco tempo de que dispõe para explicar o porquê. Como a ideia era, originalmente, de seu tio, como o projeto pertence mesmo a ele, e como muito do que está propondo tem base no que seu tio lhe contara no pouco tempo que passaram juntos. E depois, a parte mais estranha, a parte que ele não pode apresentar porque não a compreende de todo, é que cada uma das entrevistas, das entrevistas que seu tio realmente conduziu, vinha com roteiro. Não transcrições, mas roteiros. Então, seu tio escrevera aqueles roteiros para que fossem desempenhados? Ou teria ele transcrito entrevistas reais e em seguida as adaptado para o formato de roteiro? Ou teria ele entrevistado alguém, e depois, com base na entrevista, construído um roteiro ao qual pudesse retrabalhar, e depois fazer com que alguém desempenhasse o roteiro retrabalhado? Não havia maneira de saber. O trem recomeça, desloca-se um compasso, depois para de novo. Vinda de cima, uma voz cheia de estática chia incompreensivelmente.

No colégio, Dene escrevia *Lente* onde quer que pudesse. Cada lugar que pichava esta *tag* tornava-se um posto do qual ele podia olhar, imaginar pessoas olhando o seu grafite, ele podia vê-las vendo, por cima de seus armários, na traseira das portas dos reservados, sobre as carteiras. Dentro de um dos reservados do banheiro, pichando a porta, Dene pensou como era triste querer que todo mundo visse um nome que não era o dele, um nome escrito para ninguém, para todos, e imaginá-los olhando dentro dele como se fosse a lente de uma câmera. Não era de surpreender que até agora não tivesse feito um só amigo na escola secundária.

Quando chegou em casa, seu tio não estava lá. Sua mãe estava na cozinha.

"Onde está o Lucas?", disse Dene.

"Estão segurando ele até amanhã."

"Segurando ele *onde* até amanhã?"

"No hospital."

"Pelo quê?"

"Seu tio está morrendo."

"O quê?"

"Desculpe, meu bem. Eu queria te contar. Não achei que iria acontecer assim. Pensei que podia ser uma boa visita, e que depois ele iria e..."

"Morrendo de quê?"

"Ele tem bebido demais e por muito tempo. O corpo dele, o fígado está indo embora."

"Indo embora? Mas ele acabou de chegar", Dene disse, e viu que isso fez sua mãe chorar, mas só por um segundo. Ela limpou os olhos com as costas da mão e disse:

"Não há nada que possamos fazer neste momento, meu bem."

"Mas por que não fizeram nada quando algo ainda podia ser feito?"

"Há coisas que não podemos controlar, pessoas que não podemos ajudar."

"Ele é seu irmão."

"O que é que eu deveria ter feito, Dene? Não havia nada que eu pudesse ter feito. Ele tem feito isso a vida toda."

"Por quê?"

"Eu não sei."

"O quê?"

"Eu não sei. Eu não sei, porra! Por favor", disse Norma. Ela deixou cair o prato que estava secando. Ambos fixaram os cacos sobre o chão entre eles.

Na estação da rua 12, Dene sobe as escadas correndo, mas depois olha para o telefone e vê que não vai realmente se atrasar. Ao alcançar o nível da rua, diminui o passo. Olha para cima e vê o edifício do *Tribune*. É um brilho rosa apagado que parece que devia ser vermelho, mas perdeu o gás em algum lugar do caminho. Afora os ordinários prédios geminados, com fachada axadrezada, de estatura normal, que eram os Edifícios Federais Ronald V. Dellums, um pouco antes da 980, a caminho de West Oakland, o horizonte de Oakland não tinha distinção, e era espalhado de forma irregular, de modo que, mesmo quando o jornal se mudou para a 19, e embora o jornal já não exista mais, eles mantêm aceso o luminoso do *Tribune*.

Dene Oxendene

Dene atravessa a rua, a caminho da prefeitura. Ele atravessa uma nuvem de fumaça de maconha de um grupo de homens atrás de um ponto de ônibus na esquina da 14 com a Broadway. Ele nunca gostou do cheiro, exceto quando ele próprio está fumando. Ele não devia ter fumado na noite passada. Fica mais esperto quando não fuma. É só que, se ele tem um pouco ao alcance, ele vai fumar. E continua comprando dos caras do outro lado do corredor. E aí é isso.

Quando Dene voltou do colégio no dia seguinte, encontrou seu tio ali no sofá de novo. Dene sentou-se e inclinou-se para frente, com os cotovelos sobre os joelhos, e encarou o chão, esperando que seu tio dissesse algo.

"Você deve achar que eu sou um bocado desprezível, comigo assim virando zumbi no sofá, me matando de beber, foi isso que ela te disse?", disse Lucas.

"Ela não me disse quase nada. Quer dizer, eu sei por que você está doente."

"Eu não estou doente. Eu estou morrendo."

"Tá, mas está doente."

"Estou doente de estar morrendo."

"Quanto tempo..."

"Nós não temos tempo, sobrinho, o tempo é que nos tem. Ele nos segura em sua boca como uma coruja segura uma ratazana. Nós trememos. Lutamos pela liberdade, e ela nos bica os olhos e os intestinos para se alimentar e morremos a morte das ratazanas."

Dene engoliu um pouco de cuspe e sentiu o coração bater mais rápido como se estivesse a meio de uma briga, muito embora aquilo não tivesse nem o tom, nem desse a sensação de uma briga.

"Meu Deus, tio", disse Dene.

Era a primeira vez que chamava o seu tio de "tio". Não calculara fazer isso, só veio. Lucas não reagiu.

"Há quanto tempo você sabe?", disse Dene.

Lucas acendeu o abajur entre os dois, e Dene sentiu algo de triste e doentio no estômago ao ver que o branco dos olhos do tio estava amarelo. Depois, sentiu outra pontada ao ver seu tio pegar seu frasco e dar um gole.

"Lamento que você tenha que ver isso, sobrinho, é a única coisa que vai fazer com que eu me sinta melhor. Tenho bebido por muito tempo. Ajuda. Algumas pessoas tomam comprimidos para ficarem bem. Comprimidos também te matam com o tempo. Tem remédio que é veneno."

"Pode ser", disse Dene, e teve aquela sensação no estômago de quando seu tio costumava jogá-lo no ar.

"Ainda vou ficar por aqui um tempo. Não se preocupe. Este troço leva anos para te matar. Escute, eu vou dormir um pouco agora, mas amanhã, quando você voltar do colégio, vamos eu e você conversar sobre fazer um filme juntos. Eu tenho uma câmera com um cabo igual ao de uma pistola", Lucas faz uma pistola com a mão e a aponta para Dene. "Vamos inventar um conceito simples. Algo que possamos fazer em poucos dias."

"Claro, mas você vai estar se sentindo bem o bastante amanhã? A mãe disse..."

"Eu estarei bem", disse Lucas, e colocou a mão espalmada sobre o peito, varrendo-o.

Quando Dene entra no edifício, verifica a agenda de seu telefone e vê que tem dez minutos. Ele tira sua camisa de baixo sem remover a camada de cima para poder usá-la como uma espécie de trapo para suor, para limpar o máximo de suor que puder, antes de apresentar-se à banca. Há um sujeito do lado de fora da porta que conduz à sala à qual disseram-lhe para ir. Dene odeia quem ele acha que o sujeito é. Quem ele tem de ser. Tem aquele tipo de careca que demanda raspar todo dia. Ele quer que as pessoas tenham a impressão de que ele tem o próprio cabelo sob controle, como se sua careca fosse uma escolha pessoal, mas a mais leve sugestão de cabelo aparece nos lados, e nenhum traço no topo. Ele tem uma grande, mas bem aparada barba castanho-clara, que é claramente uma compensação pela falta de cabelo ali em cima, e também uma moda agora, hipsters brancos de toda parte tentando parecer confiantes enquanto escondem o rosto inteiro por trás de grandes e volumosas barbas e óculos de aro preto e grosso. Dene se pergunta se é preciso ser uma pessoa de cor para obter a bolsa. O sujeito provavelmente está trabalhando com crianças em algum tipo de projeto de arte com lixo. Dene saca seu telefone numa tentativa de evitar conversa.

"Está tentando a bolsa", o cara diz a Dene.

Dene assente com a cabeça e oferece a mão para um aperto.

"Dene", diz ele.

"Rob", diz o cara.

"Você é de onde?", diz Dene.

"Na verdade, agora eu estou sem casa, mas mês que vem eu e alguns amigos vamos alugar um lugar em West Oakland. Lá é ridiculamente barato", diz Rob.

Dene aperta o maxilar e pisca lentamente ao ouvir isso: ridiculamente barato.

"Você cresceu aqui?", diz Dene.

"Quer dizer, ninguém é realmente daqui, não é?", diz Rob.

"O quê?"

"Você sabe o que quero dizer."

"Sim, sei o que você quer dizer", diz Dene.

"Sabe o que Gertrude Stein disse sobre Oakland?", ele diz.

Dene faz que não com a cabeça, mas na verdade ele sabe, na verdade ele já googlou citações a respeito de Oakland enquanto pesquisava para o projeto. Ele sabe exatamente o que o cara vai dizer.

"Lá não existe lá", diz ele, numa espécie de sussurro, com um sorriso paspalho de boca aberta que Dene quer esmurrar. Dene quer dizer a ele que já pesquisou a citação em seu contexto original, na *Autobiografia de todo mundo*, e descobriu que ela estava falando sobre como o lugar onde tinha crescido em Oakland havia mudado tanto, que tanto progresso tinha acontecido lá, que aquele lá de sua infância, aquele lá que havia ali, desaparecera, lá já não havia mais um lá. Dene quer dizer a ele que foi isso que aconteceu aos Nativos, quer explicar que eles já não são os mesmos, que Dene é Nativo, nascido e criado em Oakland, *de* Oakland. Rob provavelmente não pesquisou mais a fundo a citação porque já havia tirado dela o que queria. Ele provavelmente usava a citação em jantares e fazia gente como ele se sentir bem ao ocupar bairros nos quais não teriam tido coragem de passar de carro há dez anos.

A citação é importante para Dene. Este lá lá. Não lera Gertrude Stein para além dessa citação. Mas para pessoas Nativas nesse país, por todas as Américas, o progresso recobriu tudo, terras ancestrais soterradas, vidro e concreto e aço e metal, memória coberta não retornável. Lá não existe lá.

O cara diz que é a hora dele e entra. Dene enxuga a cabeça com a camiseta mais uma vez e a coloca em sua mochila.

A banca de juízes acaba revelando-se um quadrado de quatro mesas. Ao sentar-se, percebe que estão no meio de uma discussão sobre seu projeto. Dene não faz ideia do que disse que ia fazer. Sua mente é uma festa de falhas. Eles aludiam à falta de uma amostragem do trabalho. Nenhum deles lhe dirige o olhar. Estarão proibidos de olhá-lo? A constituição do grupo é uma bagunça.

Dene Oxendene

Velha senhora branca. Dois tipos negros de meia-idade. Duas senhoras brancas de meia-idade. Um rapaz hispânico mais para jovem. Uma indiana – da Índia – que pode ter 25 ou 35 ou 45 anos, e um homem mais velho, que é definitivamente Nativo – com cabelo longo e brincos emplumados de prata e turquesa em ambas as orelhas. Voltam suas cabeças para Dene. Ele tem três minutos para dizer seja lá o que pense que eles deveriam saber e que não estava incluso na inscrição. Um último momento para convencê-los de que vale a pena conceder verbas para seu projeto.

"Olá. Meu nome é Dene Oxendene. Sou membro registrado das Tribos Cheynenne e Arapaho do Oklahoma. Bom dia e obrigado por seu tempo e consideração. Perdoem de antemão se eu divagar. Sou grato por essa oportunidade. Sei que nosso tempo é limitado, então vou direto ao assunto, se isso for bom para vocês. Isso tudo começou quando eu tinha treze anos. Meu tio morreu e eu meio que herdei o trabalho que ele tinha começado. O que ele fazia, o que eu quero fazer, é documentar histórias de Índios em Oakland. Quero colocar uma câmera na frente deles, vídeo, áudio, vou transcrever enquanto eles falam, se quiserem falar, deixar que eles escrevam, todo tipo de história que eu possa coletar, deixar que eles contem suas histórias sem ninguém mais lá, sem direção, manipulação ou pauta. Quero que eles possam dizer o que quiserem. Que o conteúdo norteie a visão. Há tantas histórias aqui. Sei que isso implica muita edição, muito o que assistir e muito o que escutar, mas é justamente disso que nossa comunidade precisa, levando em conta há quanto tempo ela vem sendo ignorada, tem permanecido invisível. Vou arrumar uma sala no Centro Indígena. O que quero fazer é pagar aos narradores por suas histórias. Histórias não têm preço, mas pagar é demonstrar apreciação. E isto não é apenas uma coleta qualitativa de dados. Quero trazer algo novo à visão da experiência Nativa, tal como a vemos na tela. Não vimos ainda a história do Índio Urbano. O que já vimos está cheio dos tipos de estereótipos que são o motivo pelo qual ninguém se interessa pela história Nativa em geral, é triste demais, tão triste que não pode sequer ser entretenimento, mas, mais relevantemente, por conta do modo como ela foi retratada, parece patética, e nós perpetuamos isso, mas não, foda-se isso, perdoem a linguagem, mas eu fico fulo, porque o quadro inteiro não é patético, e as pessoas e histórias individuais com que você se depara não são patéticas ou fracas ou precisam de piedade, e há paixão de verdade lá, e raiva, e isso é parte do que estou trazendo ao projeto, porque me sinto dessa maneira também, vou trazer essa mesma energia a ele. Digo, se ele for aprovado e tudo, e eu puder angariar mais fundos, não vai custar tanto assim, na verdade, talvez só essa bolsa, e eu vou estar fazendo a maior parte do trabalho. Desculpem se estourei o tempo. Obrigado."

Dene respira fundo e segura o ar. Os juízes não erguem absolutamente o olhar. Ele solta a respiração, arrepende-se de tudo que disse. Eles encaram seus laptops e digitam como estenógrafos. Este é o período votado às perguntas. Não para perguntas a Dene. Esse é o momento em que eles fazem perguntas uns aos outros. Discutem a viabilidade do projeto. Porra. Ele nem sabe o que acaba de dizer. O sujeito Nativo dá uma breve pancada na pilha de papéis que é a inscrição de Dene e limpa a garganta.

"É uma ideia interessante. Mas estou tendo dificuldades em ver exatamente o que o requerente tem em mente, e me pergunto, e por favor me corrija se eu tiver perdido alguma coisa, me pergunto se há visão de verdade aqui, ou se ele vai simplesmente meio que ir improvisando conforme avança. Quero dizer, ele nem tem uma amostra de trabalho", diz o sujeito Nativo.

Dene Oxendene

Dene sabia que seria o cara Nativo. Ele provavelmente nem acha que Dene é Nativo. Merda. A amostragem de trabalho. Dene não pode dizer nada. Ele tem de ser uma mosca na parede. Mas o sujeito acaba de lhe matar, estapeado. Que alguém diga outra coisa. Que alguém diga outra coisa. O mais velho dos dois caras negros, o que está mais bem-vestido, de barba branca e óculos, diz: "Eu acho que é interessante, se ele fizer o que eu acho que ele está dizendo que vai fazer, que é, essencialmente, colocar de lado a pretensão à documentação. Ele está saindo do meio do caminho, por assim dizer. Se ele fizer isso direito, vai parecer que nem é ele que está atrás da câmera, vai quase parecer como se não houvesse ali nenhum operador de câmera. Minha pergunta principal é se ele vai conseguir ou não fazer com que pessoas venham e contem suas histórias e as confiem a ele. Se ele conseguir, acho que isso poderia ser importante, independentemente de ele transformar isto em algo seu, algo tangível, e com visão, ou não. Às vezes arriscamos colocar muito da visão de um diretor nas histórias. Gosto do fato de que ele vai permitir que o conteúdo norteie a visão. Independente de como resultar, são histórias importantes de se documentar, ponto."

Dene vê o cara Nativo mexer-se desconfortavelmente em sua cadeira, dar uma série de pancadinhas na inscrição de Dene até torná-la uma pilha organizada, depois colocá-la detrás de uma pilha maior. A mulher branca mais velha que é idêntica a Tilda Swinton diz: "Se ele conseguir levantar fundos, e se se sair com um filme que diga qualquer coisa de novo, eu acho ótimo, e não sei se há muito mais que se possa dizer a respeito, temos vinte ou mais requerentes para analisar e tenho certeza de que haverá pelo menos alguns que vão precisar de escrutínio sério e discussão."

* * *

De volta ao BART, a caminho de casa, Dene vê o próprio rosto no reflexo escuro da janela do trem. Ele está radiante. Limpa o sorriso do rosto quando o vê. Ele conseguiu. Estava bem claro que conseguiria. Cinco mil dólares. Ele nunca teve tanto dinheiro assim, nunca em sua vida inteira. Ele pensa em seu tio e seus olhos marejam. Ele os fecha com força e os mantêm fechados, inclina a cabeça para trás, pensa em nada, deixa o trem conduzi-lo de volta para casa.

Quando Dene voltou para a casa vazia, havia uma câmera de aspecto antigo sobre a mesinha de café na frente do sofá. Ele a pegou e sentou-se com ela. Era a câmera-pistola que seu tio havia mencionado. Com um cabo de pistola. Ele ficou ali sentado com a câmera sobre o colo e esperou que sua mãe voltasse sozinha com as notícias.

Quando ela entrou, a expressão em seu rosto disse tudo. Ela não precisou lhe contar. Como se não estivesse esperando por aquilo, Dene se levantou, câmera na mão, passou pela mãe correndo e atravessou a porta da frente. Desceu correndo a colina deles até o Diamond Park. Um túnel corria por debaixo do parque. Com cerca de três metros de altura, ele corria por cerca de 180 metros, e no meio, ao longo de cerca de quarenta e cinco destes metros, se você estivesse lá dentro, não conseguia ver nada. A mãe dele tinha lhe contado que havia uma hidrovia subterrânea que se estendia até a baía. Ele não sabia por que tinha vindo, ou por que trouxera a câmera. Ele nem sabia como operá-la. O vento uivava no túnel. Para ele. Parecia respirar. Era uma boca e uma garganta. Ele tentou, mas não conseguiu ligar a câmera, depois a apontou

Dene Oxendene

para o túnel de qualquer forma. Pensou se um dia terminaria como o tio. Em seguida, pensou sobre sua mãe, em casa. Ela não havia feito nada de errado. Não havia ninguém com quem ficar bravo. Dene pensou ouvir passos vindo do interior do túnel. Subiu atabalhoado a margem do córrego e estava prestes a subir a colina de volta, correndo, para casa, mas algo o deteve. Ele encontrou um botão no lado da câmera, próximo às palavras *Paillard-Bolex*. Ele apontou a câmera para o poste de luz, mais para a rua. Caminhou e a apontou para a boca do túnel. Ele a deixou ligada por toda a caminhada de volta para casa. Queria acreditar que quando ligava a câmera seu tio estava com ele, vendo através dela. Ao aproximar-se de casa, viu sua mãe no limiar da porta, à sua espera. Ela estava chorando. Dene foi para detrás de um poste de telefone. Pensou no que poderia ter significado para ela a perda de um irmão. Como tinha errado em sair correndo, como se a perda fosse só dele. Norma se pôs de cócoras e descansou o rosto nas mãos. A câmera ainda estava ligada. Ele a levantou, firmou-a como uma pistola, apontou para ela e olhou para outro lado.

Opal Viola Victoria Bear Shield

~

Eu e minha irmã, Jacquie, estávamos fazendo nosso dever de casa na sala de estar com a TV ligada quando nossa mãe voltou para casa com a notícia de que estávamos de mudança para Alcatraz.

"Arrumem suas coisas. Vamos para lá. Hoje", disse nossa mãe. E nós sabíamos o que ela queria dizer. Tínhamos ido para lá comemorar que não comemoramos o Dia de Ação de Graças.

Naquela época, vivíamos em East Oakland, numa casa amarela. A casa era a menor e mais colorida do quarteirão. Dois quartos com uma diminuta cozinha que não tinha espaço nem para uma mesa. Eu não a amava, os tapetes eram finos demais e tinham cheiro de sujeira e fumaça. No início não tínhamos sofá ou TV, mas definitivamente era melhor do que onde estávamos.

Certa manhã, nossa mãe nos acordou com pressa, seu rosto estava estropiado. Uma jaqueta de couro marrom grande demais para ela pendia de seus ombros. Tanto o lábio superior como o inferior estavam inchados. Ver aqueles lábios imensos mexeu com a minha cabeça. Ela não conseguia falar direito. Ela também nos disse naquela ocasião para arrumarmos nossas coisas.

Opal Viola Victoria Bear Shield

O sobrenome da minha irmã Jacquie é Pena Vermelha, e o meu é Escudo de Urso. Os nossos pais haviam abandonado nossa mãe. Naquela manhã em que ela voltou para casa toda estropiada, tomamos um ônibus para uma nova casa, a casa amarela. Não sei como ela nos arranjou uma casa. No ônibus, me aninhei à minha mãe e pus uma das mãos dentro do bolso de sua jaqueta.

"Por que temos nomes como os nossos?", eu disse.

"Eles vêm de velhos nomes indígenas. Tínhamos nossa própria maneira de nomear antes de os brancos chegarem e espalharem por aí todos aqueles nomes de pai para que o poder fosse conservado com os pais."

Não compreendi esta explicação sobre pais. E eu não sabia se Escudo de Urso queria dizer escudos que os ursos usavam para se proteger, ou escudos que as pessoas usavam para se proteger contra ursos, ou seriam os escudos feitos eles próprios de ursos? De todo modo, tudo isso era bastante difícil de explicar no colégio, como eu era um Escudo de Urso, e essa não era nem a pior parte. A pior parte era meu primeiro nome, que eram dois: Opal Viola. Isto faz de mim Opal Viola Victoria Escudo de Urso. Victoria era o nome de nossa mãe, muito embora ela atendesse por Vicky, e Opal Viola veio de nossa avó, a quem nunca conhecemos. Nossa mãe nos contou que ela era curandeira e uma renomada cantora de cantos espirituais, então eu tinha que carregar aquele grande e velho nome por aí com honradez. O bom é que, para gozarem de mim, as crianças não precisavam fazer nada, nada de rimas ou variações. Bastava que dissessem a coisa toda que ficava engraçado.

Tomamos um ônibus numa fria manhã cinzenta de fim de janeiro de 1970. Eu e Jacquie tínhamos mochilas vermelhas velhas e esgarçadas que combinavam e onde não cabia quase nada dentro, mas não tínhamos muita coisa. Coloquei duas mudas de roupa e meti meu ursinho, Dois Sapatos, debaixo do braço. O nome Dois Sapatos veio da minha irmã, porque seu ursinho de infância tinha apenas um sapato quando o pegaram. O urso dela não se chamava Um Sapato, mas talvez eu devesse me considerar sortuda de ter um urso com dois sapatos e não um só. Mas ursos não usam sapatos, então talvez eu nem fosse sortuda, e sim uma outra coisa.

Do lado de fora, na calçada, nossa mãe se voltou para fixar a casa. "Digam-lhe adeus, meninas."
    Eu tinha me acostumado a ficar de olho na porta da frente. Já tinha visto mais de algumas notas de despejo. E com certeza havia uma bem ali. Nossa mãe as mantinha sempre ali para poder alegar que não viu nenhuma e assim ganhar tempo.
    Eu e Jacquie erguemos os olhos para a casa. Não tinha sido má a casa amarela. Levando-se tudo em consideração. A primeira onde moramos sem nenhum dos dois pais, portanto fora tranquilo, até mesmo doce, como a torta de creme de banana que nossa mãe fez na primeira noite que passamos lá, quando o gás funcionou, mas a eletricidade não tinha sido ligada ainda, e nós comemos de pé na cozinha, à luz de velas.
    Ainda estávamos pensando no que dizer quando nossa mãe gritou "Ônibus!" e tivemos de desabalar atrás dela, arrastando atrás de nós nossas mochilas vermelhas que combinavam.

Era o meio do dia, portanto não havia quase ninguém no ônibus. Jacquie sentou-se no fundo, a alguns assentos de distância, como se não nos conhecesse, como se estivesse viajando sozinha. Quis perguntar para minha mãe mais sobre a ilha, mas sabia que ela não gostava de conversar no ônibus. Ela se virou, como Jacquie. Como se nenhuma de nós se conhecesse.

"Por que a gente deveria falar de assuntos nossos perto de gente que nem conhecemos?", ela dizia.

Depois de um tempo, eu já não podia mais aguentar. "Mãe", eu disse, "o que estamos fazendo?".

"Vamos ficar com nossos parentes. Índios de todas as tribos. Vamos até onde construíram aquela prisão. Começar de dentro da cela, que é onde estamos agora, o povo Indígena, é onde eles nos meteram, embora não façam com que pareça que nos meteram lá. Vamos cavar a nossa saída de lá de dentro com uma colher. Aqui, olhe isso."

Ela me entregou um cartão laminado de sua bolsa, do tamanho de uma carta de baralho. Era aquela foto que se vê em todo canto, a silhueta-de-um-índio-triste-a-cavalo, e do outro lado lia-se *A Profecia de Cavalo Louco*. Eu li:

> *Quando de um sofrimento para além do sofrimento, a Nação Vermelha há de erguer-se novamente e será uma bênção para um mundo enfermo. Um mundo cheio de promessas não cumpridas, egoísmo e separações. Um mundo que deseja luz novamente. Eu vejo um tempo de Sete Gerações, quando todas as cores da humanidade se unirão sob a Árvore Sagrada da Vida, e toda a Terra se tornará um só círculo novamente.*

Não compreendi o que ela estava tentando me dizer com aquele cartão, ou com aquilo da colher. Mas nossa mãe era assim. Falando em seu próprio idioma particular. Perguntei se haveria macacos. Pensei, por algum motivo, que todas as ilhas tinham macacos. Ela não respondeu à minha pergunta, apenas sorriu e observou as longas, cinzentas ruas de Oakland correrem na janela do ônibus como se fosse um velho filme de que gostava, mas que já tinha visto vezes demais para reparar.

Uma lancha nos levou até a ilha. Deixei a cabeça no colo da minha mãe por todo o tempo. Os caras que nos trouxeram vestiam uniformes militares. Eu não sabia em que estávamos nos metendo.

Comemos um ensopado de carne aguado de tigelas de isopor à volta de uma fogueira que alguns dos homens mais jovens mantinham bem grande e quente com nacos de paletes de madeira. Nossa mãe fumava cigarros um pouco afastada da fogueira, em companhia de duas grandes Índias velhas de altas risadas. Havia pilhas de pão de forma com manteiga sobre mesas com potes de ensopado. Quando a fogueira ficou quente demais, recuamos e nos sentamos.

"Não sei você", eu disse para Jacquie, a boca cheia de pão com manteiga, "mas eu bem que podia viver assim".

Nós rimos e Jacquie encostou-se em mim. Trombamos nossas cabeças acidentalmente, o que nos fez rir ainda mais. Ficou tarde, e eu estava cochilando quando nossa mãe voltou até nós.

"Todos estão dormindo em celas. É mais quente", ela nos disse. Eu e Jacquie dormimos na cela do outro lado da mãe. Ela sempre tinha sido maluca, entrando e saindo de emprego, mudando-nos por toda Oakland, entrando e saindo da vida de nossos pais, entrando e saindo de diferentes escolas, entrando e saindo de abrigos, mas isto era diferente, nós sempre terminávamos numa casa, num quarto, ao menos numa cama. Eu e Jacquie dormimos agarradas, em mantas indígenas, naquela velha cela de prisão do outro lado da mãe.

Tudo quanto emitia som naquelas celas ecoava cem vezes. Nossa mãe cantou a canção de ninar Cheyenne que costumava cantar para nos colocar para dormir. Fazia tanto tempo que não a ouvia que quase tinha me esquecido, e muito embora ela ecoasse loucamente por todas as paredes, era o eco da voz de nossa mãe. Pegamos no sono rápido e dormimos bem.

Jacquie se saiu muito melhor que eu. Ela começou a andar com um grupo de adolescentes que vivia correndo por toda a ilha. Os adultos estavam tão ocupados que não tinham como vigiar. Fiquei do lado da mãe. Íamos de lugar em lugar conversando com pessoas, comparecendo a reuniões oficias onde todos tentavam concordar no que fazer, o que pedir, quais seriam nossas demandas. Os índios de aspecto mais importante tendiam a ficar bravos mais facilmente. Estes eram os homens. E não se dava tanta atenção às mulheres quanto nossa mãe teria gostado. Aqueles primeiros dias passaram como semanas. Parecia que iríamos ficar ali para sempre, conseguir que os agentes federais nos construíssem uma escola e instalações médicas, um centro cultural.

    Em algum momento, no entanto, minha mãe me disse para sair e ver o que Jacquie estava aprontando. Eu não queria ir lá sozinha. Mas eventualmente fiquei entediada o bastante e saí para ver o que podia encontrar. Levei Dois Sapatos comigo. Sei que sou velha demais para tê-lo. Tenho quase treze anos. Mas o levei de qualquer jeito. Fui até o outro lado do farol, até onde parecia que não se devia ir.

    Encontrei-os na costa mais próxima da Golden Gate. Estavam por todos os rochedos, apontando uns para os outros e rindo daquele jeito selvagem e cruel que têm os adolescentes. Disse a Dois Sapatos que aquilo provavelmente não era ideia muito boa e que a gente devia só voltar.

"Irmã, você não precisa se preocupar. Todas essas pessoas, mesmo estes jovens aqui, são todos nossos parentes. Então não tenha medo. Ademais, se alguém vier lhe fazer mal, eu pulo e mordo as canelas deles, eles jamais esperariam por isso. Usarei meu remédio secreto de urso neles, isto vai adormecê-los. Vai ser como uma hibernação instantânea. É isso que vou fazer, Irmã, então não se preocupe. O criador me fez forte para proteger você", disse Dois Sapatos.

Mandei Dois Sapatos parar de falar feito Índio.

"Não sei o que você quer dizer com 'falar feito Índio'", disse ele.

"Você não é Índio, DS. Você é um ursinho Teddy."

"Sabe, não somos assim tão diferentes. Nós dois recebemos nossos nomes de homens com cérebro de porco."

"Cérebro de porco?"

"Homens com porco no lugar do cérebro."

"Ah. E isto quer dizer...?"

"Colombo chamou vocês de 'índios'; no nosso caso, a culpa foi de Teddy Roosevelt."

"Como?"

"Ele estava caçando um urso certa vez, mas acabou encontrando um urso bem esfarrapado, velho e faminto, e se recusou a atirar nele. Depois, nos jornais, apareceu uma charge sobre aquela história de caça que fazia parecer que o Sr. Roosevelt era piedoso, um verdadeiro amante da natureza, esse tipo de coisa. Depois, fizeram o pequeno urso de pelúcia e deram-lhe o nome de Urso do Teddy. Urso do Teddy tornou-se Ursinho Teddy. O que não se conta é que ele cortou a garganta daquele urso velho. É desse tipo de piedade que eles não querem que você se inteire."

"E como você sabe dessas coisas?"

"Você precisa conhecer a história de seu povo. Como vieram parar aqui, tudo isso tem base no que as pessoas fizeram para vocês chegarem aqui. Nós, ursos, vocês, Índios, nós já passamos por muita coisa. Tentaram nos matar. Mas quando você escuta a versão deles, eles fazem a história parecer uma grande e heroica aventura por uma floresta vazia. Havia ursos e Índios por toda parte. Irmã, eles cortaram todas as nossas gargantas."

"Por que tenho a impressão de que a mãe já nos contou isso?", disse eu.

"Roosevelt disse: 'Não vou tão longe a ponto de pensar que os únicos Índios bons são Índios mortos, mas acho que nove dentre dez são, e não gostaria de investigar muito a fundo o caso do décimo.'"

"Droga, DS. Isso é zoado. Eu só tinha ouvido aquela do porrete."

"Aquele porrete é a mentira sobre a piedade. Fale suave e tenha um grande porrete à mão, foi isso que ele disse sobre política externa. Foi o que usaram conosco, tanto com ursos como com Índios. Estrangeiros em nossa própria terra. E com seus porretes nos fizeram marchar tanto para o Oeste que quase desaparecemos."

Em seguida, Dois Sapatos ficou quieto. Era assim que era com ele. Ou ele tinha algo a dizer ou não tinha. Eu conseguia adivinhar qual seria pelo tipo de brilho que via no preto de seus olhos. Pus Dois Sapatos detrás de algumas rochas e caminhei até minha irmã.

Estavam todos reunidos numa pequena praia de areia úmida cheia de rochedos que iam minguando ou ficavam cobertos onde a água era mais funda. Quanto mais chegava perto deles, mais notava que Jacquie estava se comportando de maneira estranha — berrante, torta. Ela foi simpática comigo. Simpática demais. Ela me chamou, me deu um abraço forte demais, depois me apresentou ao grupo como sua irmã caçula numa voz alta demais. Menti e disse a todos que tinha doze anos, mas sequer me ouviram. Vi que estavam passando uma garrafa de mão em mão. Ela tinha acabado de chegar até Jacquie. Ela deu uma longa e intensa golada.

"Esse é o Harvey", disse-me Jacquie, empurrando a garrafa no braço dele. Harvey pegou a garrafa e não pareceu notar que Jacquie tinha dito alguma coisa. Caminhei para longe deles e vi que havia um rapaz afastado de todos que parecia ter idade mais parecida com a minha. Ele estava atirando pedras. Perguntei o que estava fazendo.

"O que parece?", ele disse.

"Que você está tentando se livrar da ilha, uma pedra de cada vez", eu disse.

"Queria jogar essa ilha estúpida no oceano."

"Ela já está no oceano."

"Quis dizer, no fundo", ele disse.

"Por que isso?", eu disse.

"Porque o pai está me forçando com meu irmão a ficarmos aqui", ele disse. "Arrancou a gente da escola. Sem TV, sem comida boa, todo mundo correndo por aí, bebendo, falando de como tudo vai ser diferente. É diferente, se é. E era melhor quando estávamos em casa."

"Você não acha que é bom estarmos lutando por algo? Tentando endireitar as coisas por tudo que fizeram com a gente por todas essas centenas de anos, desde que vieram?"

"Sim, sim, é só disso que meu pai fala. O que fizeram com a gente. O governo americano. Eu não sei nada disso, eu só quero ir para casa."

"Eu acho que nem temos mais nossa casa."

"Que é que tem de tão bom ocupar um lugar estúpido onde ninguém quer estar, um lugar do qual as pessoas estão tentando escapar desde que o construíram."

"Eu não sei. Pode ajudar. Nunca se sabe."

"É", disse, depois jogou uma pedra bem grande lá perto de onde estavam os meninos mais velhos. Eles se molharam e nos gritaram xingamentos que não reconheci.

"Qual é seu nome?", eu disse.

"Rocky", ele disse.

"Rocky atirador de rochas, então?", eu disse.

"Cale a boca, qual é seu nome?"

Eu me arrependi de ter chamado atenção para nomes, e tentei pensar em outra coisa para perguntar ou dizer, mas não veio nada.

"Opal Viola Victoria Bear Shield", disse o mais rápido que pude.

Rocky se limitou a lançar mais uma pedra. Fiquei em dúvida se ele não tinha ouvido ou se só não achou graça como a maior parte dos meninos. Nem tive chance de descobrir, porque naquele exato momento um barco apareceu rugindo de lugar nenhum. Alguns dos meninos mais velhos o tinham roubado de algum outro lugar na ilha. Todos caminharam em direção ao barco à medida que ele se aproximava. Eu e Rocky os seguimos.

"Você vai?", eu disse a Rocky.

"Sim, provavelmente vou", ele disse.

Fui até Jacquie, perguntar se ela iria.

"Pooooorra, óbvio!", ela disse, completamente bêbada, e foi quando eu soube que precisava ir.

A água ficou agitada logo de cara. Rocky perguntou se podia segurar a minha mão. A pergunta fez meu coração bater ainda mais rápido do que já estava batendo por estar naquele barco e indo tão rápido com todos aqueles outros meninos mais velhos que provavelmente nunca tinham dirigido um barco antes em toda a vida deles. Agarrei a mão de Rocky quando ele pulou ao passarmos pela crista de uma onda, e conservamos as mãos assim unidas até vermos um outro barco vindo em nossa direção, altura em que soltamos as mãos como se nos flagrar de mãos dadas fosse o motivo pelo qual o barco estava vindo. A princípio pensei que fosse a polícia, mas logo percebi que eram apenas alguns dos homens mais velhos que faziam travessias de barco da ilha até o continente e vice-versa para buscar mantimentos. Estavam gritando algo para nós. Os homens impeliram nosso barco até a frente da ilha.

Foi só quando atracaram que pude mesmo ouvir os gritos. Estavam berrando conosco. Todos os meninos mais velhos estavam bastante bêbados. Jacquie e Harvey saíram correndo, o que inspirou todo o mundo a fazer o mesmo. Eu e Rocky ficamos no barco, vimos os caras mais velhos tentando desajeitadamente fazer algo a respeito de todos estarem caindo e correndo e rindo aquela estúpida risada bêbada sobre o nada. Quando os dois perceberam que não iam pegar ninguém, e que ninguém lhes daria ouvidos, foram embora, ou porque desistiram ou para buscar socorro. O sol estava se pondo e veio um vento frio. Rocky saiu do barco e o amarrou. Perguntei-me onde ele teria aprendido a fazer uma coisa dessa. Desci também e senti o barco jogar ao deixá-lo. Estava entrando um nevoeiro baixo, vagaroso a ponto de parecer ameaçar, para cima de nossos joelhos. Observei o nevoeiro pelo que me pareceu vários minutos, depois vim por detrás de Rocky e agarrei-lhe a mão. Ele permaneceu de costas para mim, mas me deixou segurar sua mão assim.

"Ainda tenho medo do escuro", ele disse. E foi como se ele estivesse me contando outra coisa. Mas antes que eu pudesse decifrar o que era, ouvi gritos. Era Jacquie. Soltei a mão de Rocky e fui em direção aos gritos. Peguei as palavras *seu cuzão de merda*, depois parei e olhei para Rocky, tipo *o que está esperando?*. Rocky voltou-se e foi caminhando em direção ao barco.

Quando os encontrei, Jacquie estava se afastando de Harvey, pegando pedras a cada poucos passos e jogando-as contra ele. Harvey estava no chão, com a garrafa sobre o colo, a cabeça balançando – cabeça pesada. Foi quando percebi a semelhança. E eu não soube como não tinha percebido antes. Harvey era o irmão mais velho de Rocky.

"Anda", Jacquie me disse. "Seu merda", disse Jacquie, e cuspiu no chão em direção a Harvey. Caminhamos pela subida que conduzia às escadas da entrada do presídio.

"O que aconteceu?", eu disse.

"Nada."

"O que foi que ele fez?", eu disse.

"Eu disse para ele não fazer. Depois ele fez. Eu mandei ele parar." Jacquie esfregou um dos olhos com força. "Não tem merda de importância nenhuma, anda", disse Jacquie, e depois começou a caminhar mais rápido.

Deixei Jacquie caminhar na frente. Parei e segurei o corrimão no topo das escadas, perto do farol. Pensei em olhar para trás, para encontrar Rocky, depois ouvi minha irmã gritar para que eu a alcançasse.

Quando voltamos ao nosso pavilhão, nossa mãe estava lá, dormindo. Algo parecia errado na maneira como ela estava deitada. Estava de costas, mas ela sempre dormia de bruços. O sono dela parecia profundo demais. Ela estava posicionada como se não tivesse tido intenção de pegar no sono como pegou. E estava roncando. Jacquie foi dormir na cela do outro lado da nossa e eu escorreguei para debaixo das cobertas com minha mãe.

O vento acelerara lá fora. Eu estava com medo e incerta quanto a tudo que acabara de acontecer. O que estávamos fazendo ainda naquela ilha? Mas caí no sono praticamente ao fechar os olhos.

* * *

Acordei com Jacquie bem do meu lado. Em algum momento, Jaquie havia tomado o lugar de nossa mãe. O sol nos alcançou, fazendo sombras em formato de barras por nossos corpos.

    Depois daquela noite, não fazíamos nada o dia inteiro além de descobrir quais seriam as refeições e quando seriam servidas. Ficamos na ilha porque não havia outra escolha. Não havia outra casa ou vida para as quais retornar, nenhuma esperança de que talvez fôssemos obter aquilo que estávamos pedindo, de que o governo teria piedade de nós, pouparia nossas gargantas enviando barcos com comida e eletricistas, marceneiros e empreiteiros para dar um jeito no lugar. Os dias simplesmente passaram, e nada aconteceu. Os barcos iam e voltavam com cada vez menos suprimentos. Houve um incêndio em algum momento, e vi pessoas puxando fios de cobre das paredes dos edifícios, carregando as trouxas até os barcos. Os homens pareciam mais cansados e mais bêbados com mais frequência, e havia cada vez menos mulheres e crianças por aí.

    "Nós vamos sair daqui. Vocês duas não se preocupem", nossa mãe nos disse certa noite, do outro lado da cela. Mas eu não confiava mais nela. Não tinha certeza de que lado ela estava, ou mesmo se ainda havia lados. Talvez houvesse apenas lados como havia lados nos rochedos no limite da ilha.

    Num de nossos últimos dias na ilha, eu e minha mãe subimos até o farol. Ela me disse que queria olhar para a cidade. Disse que tinha algo a me contar. Havia pessoas correndo de um lado para outro, como era costume fazer naqueles últimos dias, como se o mundo estivesse acabando, mas eu e minha mãe ficamos ali sentadas na grama como se absolutamente nada estivesse acontecendo.

"Opal Viola, minha pequena", disse minha mãe, e prendeu um pouco do meu cabelo atrás da minha orelha. Ela nunca, jamais havia me chamado de *minha pequena*.

"Você precisa saber o que está acontecendo aqui", ela disse. "Você já é grande o suficiente para ficar sabendo agora, e lamento não ter te contado antes. Opal, você precisa saber que não devemos jamais *não* contar nossas histórias, e que ninguém é jovem demais para ouvir. Estamos todos aqui por conta de uma mentira. Eles têm mentido para nós desde que chegaram. Estão mentindo para nós agora!", ela disse.

O modo como ela disse "estão mentindo para nós agora!" me assustou. Como se tivesse dois significados diferentes e eu não soubesse o que nenhum dos dois queria dizer. Perguntei à minha mãe que mentira era essa, mas ela apenas fixou o sol longínquo, seu rosto todo se fechou. Eu não sabia o que fazer, fora ficar ali sentada e esperar para ver o que ela iria dizer. Um vento frio golpeou nossos rostos, fez com que fechássemos os olhos para ele. De olhos fechados, perguntei à minha mãe o que a gente ia fazer. Ela me disse que podíamos fazer apenas o que podíamos, e que o monstro, que era a máquina, que era o governo não tinha nenhuma intenção de desacelerar por tempo o suficiente para de fato olhar para trás e ver o que tinha acontecido. Corrigir. Portanto, o que podíamos fazer tinha tudo a ver com ser capaz de compreender de onde viéramos, o que acontecera ao nosso povo, e como honrá-los vivendo direito, contando nossas histórias. Ela me disse que o mundo era feito de histórias, nada mais, apenas histórias, e histórias sobre histórias. E então, como se tudo aquilo estivesse conduzindo ao que ela diria a seguir, minha mãe pausou por um longo tempo, olhou para a cidade ao longe e me disse que tinha câncer. A ilha inteira desapareceu naquele momento. Tudo. Eu me levantei e caminhei para longe sem saber para onde ir. Lembrei que tinha deixado Dois Sapatos ali perto daqueles rochedos já fazia um tempão.

Quando encontrei Dois Sapatos, ele estava deitado de lado e em péssimo estado, como se algo o tivesse mastigado, ou como se o vento e o sal tivessem diminuído seu brilho. Peguei-o e olhei para seu rosto. Não conseguia mais ver o brilho em seus olhos. Coloquei ele de volta no chão, como estava. Deixei daquele jeito.

Quando voltamos ao continente, num dia ensolarado, meses depois de termos ido para a ilha, tomamos um ônibus e voltamos para perto de onde tínhamos morado antes de nos mudarmos para a casa amarela. Nos arredores do centro de Oakland, na Telegraph. Ficamos com o irmão adotivo da nossa mãe, Ronald, que conhecemos no mesmo dia em que fomos para sua casa, viver com ele. Eu e Jacquie não gostávamos dele nem um pouco. Mas ele nos deu um quarto para cada uma. E a mãe disse que ele era autêntico. Um curandeiro. A mãe não queria fazer o que os médicos recomendavam. Por um tempo, nós íamos para o norte o tempo todo, onde Ronald organizava tendas de purificação. Lá dentro era quente demais para mim, mas Jacquie entrava com a mãe. Eu e Jacquie dizíamos que ela devia fazer o que os médicos lhe mandavam fazer também. Ela nos disse que não podia, que só podia agir da maneira como andava agindo. E foi como ela agiu. Recuando lentamente para dentro do passado como todas aquelas coisas sagradas e belas e para sempre perdidas. Um dia ela simplesmente se entocou no sofá na sala de estar de Ronald. Ela ficou menor e menor.

Depois de Alcatraz, depois da morte de nossa mãe, procurei passar despercebida. Passei a me concentrar na escola. Nossa mãe sempre nos dizia que a coisa mais importante que podíamos fazer era nos educarmos, e que as pessoas não lhe dão ouvidos de outro modo. Acabamos não ficando no Ronald tanto tempo assim. As coisas desandaram bem rápido. Quando ela estava lá, e mesmo durante um tempo depois de sua morte, ele nos deixou quietas. Eu e Jacquie passávamos o tempo todo juntas quando não estávamos no colégio. Íamos ver o túmulo da mãe sempre que podíamos. Um dia, no caminho de volta do cemitério para casa, Jacquie parou e se voltou para mim.

"O que estamos fazendo?", ela disse.
"Indo para casa", eu disse.
"Que casa?", Jacquie disse.
"Eu não sei", eu disse.
"O que vamos fazer?"
"Eu não sei."
"Você costuma sempre ter alguma resposta engraçadinha."
"Seguir em frente, acho..."
"Eu estou grávida", Jacquie disse.
"O quê?"
"Aquele merda do Harvey, lembra?"
"O quê?"
"Não importa, posso simplesmente me livrar dele."
"Não, você não pode simplesmente se livrar..."
"Eu conheço uma pessoa, o irmão da minha amiga Adriana conhece alguém em West Oakland."
"Jacquie, você não pode..."
"O quê, então? Criamos o bebê juntas, com o Ronald? Não", disse Jacquie, e depois começou a chorar. Como não tinha chorado nem no funeral. Ela parou, colocou sua mão sobre um parquímetro e desviou os olhos de mim. Passou o braço uma só vez pelo rosto, com força, depois seguiu caminhando. Caminhamos assim por

um bom tempo, o sol atrás de nós, nossas duas sombras inclinadas, esticadas à nossa frente.

"Uma das últimas coisas que a mãe me disse quando estávamos lá, ela disse que não deveríamos nunca não contar nossas histórias."

"Que merda quer dizer isso?"

"Estou falando de ter o bebê."

"Não é uma história, Opal, isto é real."

"Poderia ser os dois."

"A vida não funciona da mesma maneira que as histórias. A mãe está morta, ela não vai voltar, e estamos sozinhas, vivendo com um sujeito que a gente nem sabe se deve chamar de tio. Que tipo de história zoada é essa?"

"Sim, a mãe está morta, eu sei. Estamos sozinhas, mas não estamos mortas. Não acabou. Não podemos simplesmente desistir, Jacquie. Certo?"

Jacquie não respondeu a princípio. Seguimos caminhando, passando por todas as vitrines da Avenida Piedmont. Ouvimos os constantes sons de arrebentação dos carros que passavam, como o som de ondas contra os rochedos na enseada de nossos futuros incertos, numa Oakland que nunca mais seria a mesma, antes da mãe dar o fora numa asa lascada.

Chegamos a um sinal fechado. Quando ele ficou verde, Jacquie se abaixou e pegou minha mão. E quando chegamos ao outro lado da rua, ela não a soltou.

Edwin Black

∽

Estou na privada. Mas nada está acontecendo. Estou aqui. Você precisa tentar. Você precisa intentar, e não apenas se convencer, mas de fato ficar ali sentado acreditando. Já faz nove dias desde a última vez que fui ao banheiro. Um dos tópicos de sintomas no *MédicoWeb* era este: a sensação de que nem tudo saiu. No que diz respeito à minha vida, isto parece verdadeiro de maneiras que não posso ainda articular. Ou como o nome de um volume de contos que um dia ainda vou escrever, quando tudo finalmente sair.

O problema de acreditar é que você precisa acreditar que acreditar vai funcionar, você precisa acreditar na crença. Já raspei o pequeno tacho de fé que conservo ao lado da janela aberta em que minha mente se transformou desde que a internet entrou nela, tornou-me parte dela. Não estou brincando. Sinto como se estivesse passando por uma síndrome de abstinência. Já li a respeito de institutos de internamento para reabilitação de viciados em internet na Pensilvânia. Eles têm retiros de desintoxicação digital e complexos subterrâneos em desertos no Arizona. Meu problema não tem sido só com games. Ou com jogos de azar. Ou com rolar a tela incessantemente e atualizar minhas páginas de mídia social. Ou a infinita busca por música nova boa. É tudo junto. Por uns tempos fiquei realmente envolvido com *Second Life*. Acho que fiquei logado lá por dois anos completos. E à medida que eu crescia, engordava na vida real, e o Edwin Black que eu tinha dentro daquilo, lá, eu o tornava mais magro, e quanto menos eu fazia, mais ele fazia. O Edwin Black lá dentro tinha um emprego e uma namorada e sua mãe havia morrido tragicamente durante o parto. Aquele Edwin Black foi criado numa reserva com o pai. O Edwin Black do meu *Second Life* tinha orgulho. Tinha esperança.

Este Edwin Black, eu aqui na privada, não pode chegar até ali, na internet, porque ontem derrubei meu telefone na privada, e meu computador congelou, na mesma merda de dia ele simplesmente parou, nem mesmo o cursor do mouse se movia, nenhuma roda à manivela de conexão prometida. Nada de religar depois de tirar da tomada, apenas uma repentina e muda tela preta – meu rosto refletido nela, encarando, primeiro em horror diante da morte do computador, depois diante do meu rosto reagindo ao ver meu rosto reagir à morte do computador. Uma pequena parte de mim morreu então, ao ver meu rosto, pensando neste vício doentio, esse tempo todo que passei fazendo quase nada. Quatro anos sentado, encarando meu computador, encarando a internet. Acho que são três se descontarmos o sono, se descontarmos os sonhos, mas eu sonho com a internet, com frases de palavras-chave em mecanismos de busca que fazem todo o sentido nos sonhos, são a chave para o significado do sonho, mas que não fazem o menor sentido de manhã, como todos os sonhos que já tive.

Sonhei certa vez que me tornaria um escritor. O que quer dizer que fiz um Mestrado em Literatura Comparada com ênfase em

Literatura Nativo-Americana. Decerto deve ter parecido que eu estava a caminho de algo. Com meu diploma em mãos na última fotografia que eu tinha postado no Facebook. A fotografia me mostra de beca de formatura, cinquenta quilos mais magro, minha mãe com sorriso largo demais, olhando para mim com desenfreada adoração quando deveria estar de olho em Bill, seu namorado, a quem disse para não trazer, e que insistiu em tirar fotografias nossas quando lhe pedi para não fazê-lo. No fim, acabei gostando daquela fotografia. Olhei para ela mais do que para qualquer outra foto de mim mesmo. Ficou sendo minha foto de perfil até pouco tempo, porque uns poucos meses, talvez até mesmo um ano, era tudo bem, não anormal, mas depois de quatro anos era triste de uma maneira socialmente inaceitável.

Quando voltei para a casa da minha mãe, a porta do meu antigo quarto, da minha antiga vida naquele quarto, se abriu como uma boca e me engoliu.

Agora eu não tenho mais sonhos, ou, se sonho, sonho com sombrias formas geométricas flutuando silenciosamente por sobre uma paisagem cromática pixelada, rosa, negra e roxa. Sonhos de descanso de tela.

Preciso desistir. Nada está vindo. Levanto-me, subo a calça e saio do banheiro derrotado. Minha barriga é uma bola de boliche. A princípio não acredito. Olho novamente. Meu computador. Quase dou um pulo ao vê-lo voltar à vida. Quase aplaudo. Estou envergonhado com minha própria animação. Pensei que certamente tinha sido um vírus. Eu tinha clicado num link para baixar *O cavaleiro solitário*. Todo mundo concordou que era ruim, em tantos sentidos. Mas eu estava animado para assistir. Algo em ver o Johnny Depp fracassar daquele jeito me dá forças.

* * *

Sento-me e espero o computador voltar totalmente. Percebo que estou esfregando as mãos uma contra a outra e me detenho, coloco-as sobre o colo. Olho para a fotografia que tenho colada à minha parede. É Homer Simpson diante de um forno de micro-ondas, pensando: Será que Jesus poderia assar um burrito tão quente no micro-ondas que ele próprio não conseguiria comer? Penso no paradoxo da força irresistível. Mas o que está se passando em minhas bloqueadas, enrodilhadas, possivelmente enoveladas tripas? Seria a resolução de um antiquíssimo paradoxo? Se a função de cagar parou misteriosamente, não poderiam fazer o mesmo, por sua vez, também a visão, a audição, a respiração? Não. É tudo a comida de merda. Paradoxos não se resolvem. Cancelam-se. Estou pensando demais no caso. Quero isto demais.

Às vezes, a internet pode pensar com você, ou mesmo por você, conduzi-lo por caminhos misteriosos a informações que você precisa, mas que jamais teria pensado em pensar a respeito ou pesquisar por conta própria. Foi assim que descobri a respeito dos bezoares. Um bezoar é uma massa que se acha presa no sistema gastrointestinal, mas, quando você busca por *bezoar,* é conduzido ao *Picatrix*. O *Picatrix* é um livro de magia e astrologia do século XII, escrito originalmente em árabe e intitulado *Ghāyat al-Ḥakīm*, que significa *A Meta do Sábio*. Bezoares têm diversos usos no *Picatrix*, um dos quais sendo o de fazer talismãs que auxiliam em certos tipos de magia. Consegui encontrar uma cópia em pdf da tradução para o inglês do *Picatrix*. Quando rolei até algum lugar arbitrário do documento, a palavra *laxativo* me chamou a atenção, e li a seguinte passagem: "Os Índios indicam que quando a lua se acha nesta posição, eles partem em viagem e fazem uso de remédios laxativos. Donde pode-se usar isto como princípio na construção de um talismã para um viajante e sua segurança. Ademais, quando a lua encontra-se nessa posição, um talismã pode ser produzido para criar discórdia e animosidade entre cônjuges." Se eu acreditasse, ainda que remotamente, em qualquer tipo de magia, salvo o tipo que me conduziu até aquele verbete, e se eu pudesse de alguma maneira remover o bezoar cirurgicamente, eu o tornaria um talismã – contanto que a lua se encontrasse na posição correspondente – e cuidaria da minha constipação ao mesmo tempo que possivelmente destruiria o relacionamento de minha mãe com Bill.

Bill não é um babaca. Se tanto, ele se desdobra para ser gentil, ter conversa comigo. É a natureza forçada da coisa. Que eu precise decidir entre tratá-lo bem ou mal. A esse estranho. Bill e minha mãe se conheceram num bar no centro de Oakland. Minha mãe o trouxe para casa, o deixou voltar, vezes e mais vezes ao longo dos dois últimos anos, e fui forçado a ter que pensar sobre como ou se eu deveria gostar ou não do sujeito, procurar conhecê-lo melhor ou tentar me livrar dele. Porém, reluto em resistir ao Bill porque não quero ser um homem-bebê repulsivo com ciúmes do namorado da minha mãe porque a quero só para mim. Bill é um tipo Lakota que cresceu em Oakland. Passa quase todas as noites aqui. Sempre que está aqui, fico no meu quarto. E não posso cagar nem não cagar. Portanto, estoco comida e fico no meu quarto, leio sobre o que posso fazer a respeito desta possível nova fase da constipação, que – segundo o que acabo de descobrir num fórum sobre constipação – pode ser obstipação, que é grave, ou constipação completa. Fim.

A forista DefeKate Moss disse que não cagar pode te matar, e que certa vez precisou que lhe insertassem um tubo no nariz para que a coisa fosse sugada. Ela disse que se você começar a se sentir enjoado e a ter dores abdominais deve ir a um pronto-

LÁ NÃO EXISTE LÁ

-socorro. Sinto enjoo só de pensar na ideia de cagar pelo nariz através de um tubo.

Digito "o cérebro e constipação" e aperto Enter. Clico em diversos links, rolo por diversas páginas. Leio muito e não extraio nada. É assim que o tempo vai pulando. Links apenas levam a links que podem levá-lo de volta até o século XII. É assim que de repente pode ser seis da manhã, com minha mãe batendo na porta antes de ir para o trabalho, no Centro Indígena – onde ela fica tentando fazer com que eu peça um emprego.

"Sei que você ainda está acordado", ela diz. "Consigo ouvir você clicando aí dentro."

Nos últimos tempos, tenho estado levemente obcecado pelo cérebro. Tentando encontrar explicações para todas as coisas que se relacionam ao cérebro e a suas partes. Há quase informação demais lá fora. A internet é como um cérebro tentando entender um cérebro. Dependo da internet para lembrar agora. Não há motivo para lembrar-se quando a coisa está sempre ali ao alcance, como quando as pessoas costumavam saber números de telefone de cor, e agora já não conseguem mais lembrar nem dos próprios. O próprio ato de lembrar está se tornando ultrapassado.

O hipocampo é a parte do cérebro conectada à memória, mas não me lembro exatamente o que isto quer dizer. A memória está lá armazenada, ou seria o hipocampo algo como os membros da memória, alcançando outras partes do cérebro, onde ela está de fato armazenada, em pequenos nódulos ou pregas ou bolsões? E ela não está sempre "alcançando"? Trazendo à tona memórias, o passado, sem que lhe peçam. Digitando na barra de pesquisa antes mesmo que eu consiga pensar em fazê-lo. Antes de pensar já estou pensando com ela.

Descubro que o mesmo neurotransmissor vinculado à felicidade e ao bem-estar tem a ver, supostamente, com o sistema gastrointestinal. Há qualquer coisa de errado com meus níveis de serotonina. Leio sobre inibidores seletivos de recaptação de serotonina, que são antidepressivos. Teria eu que tomar antidepressivos? Ou teria que recaptá-los?

Levanto e me afasto do computador, inclino a cabeça para trás o máximo que posso para alongar o pescoço. Tento calcular quanto tempo estive no computador, mas, quando enfio na boca um pedaço de pizza de dois dias, meus pensamentos se deslocam para o que está se passando comigo no meu cérebro enquanto eu como. Mastigo e clico em outro link. Leio que o tronco encefálico é a base da consciência, e que a língua correlaciona-se ao tronco encefálico quase que diretamente; portanto, comer é o caminho mais direto para conseguir a sensação de que se está vivo. Esta sensação ou pensamento é interrompido por um desejo por Pepsi.

Ao despejar Pepsi na minha boca direto da garrafa, vejo-me no espelho que minha mãe pôs ali na frente da geladeira. Teria ela feito isso para me forçar a olhar para mim mesmo antes de abrir a geladeira? Estava ela dizendo, ao colocar ali o espelho, "Olhe para si mesmo, Ed, veja o que se tornou, você é um monstro". Olho para a porta da frente. Escuto. Olho novamente o espelho. Eu estou é inchado. Vejo minhas bochechas o tempo todo, assim como uma pessoa com nariz grande meio que nunca perde de vista o próprio nariz.

Cuspo a Pepsi na pia atrás de mim. Olho para mim mesmo no espelho. Toco as bochechas com ambas as mãos. Toco o reflexo das minhas bochechas com ambas as mãos, depois as chupo um pouco, mordo-as para firmar a aparência, estou tentando ter uma prévia de como eu seria se perdesse 15 quilos.

* * *

Eu não tinha crescido gordo. Nem acima do peso. Nem obeso, *plus size*, ou como quer que se possa chamá-lo hoje em dia sem parecer politicamente incorreto, insensível ou não científico. Mas sempre me *senti* gordo. Isto significava, de algum modo, que eu estava fadado a *ser* um dia gordo, ou será que foi minha obsessão com ser gordo mesmo quando eu não era que eventualmente me levou a ser gordo? Será que o que mais tentamos evitar acaba por nos perseguir porque prestamos atenção demais com a nossa preocupação?

Ouço o som de *pop-ding* do Facebook vindo do meu computador e volto ao meu quarto. Sei o que pode significar. Ainda estou logado na conta de Facebook da minha mãe.

Tudo o que minha mãe se recordava do meu pai era seu primeiro nome, Harvey, que ele vivia em Phoenix, e o fato de ser um Índio Nativo-Americano. Sempre odiei a maneira como ela diz "Índio Nativo-Americano", é uma espécie de termo guarda-chuva politicamente correto esquisito que você só ouve da boca de pessoas brancas que nunca conheceram um Nativo de verdade. E me lembra de como sou afastado por causa dela. Não apenas por ela ser branca, e eu mestiço, mas por causa da maneira como ela nunca fez nada para me aproximar do meu pai.

Eu uso Nativo, é o que usam outros Nativos no Facebook. Tenho 660 amigos. Toneladas de amigos Nativos no meu feed. A maioria dos meus amigos, no entanto, é gente que não conheço, e que alegremente aceitou minha amizade quando solicitada.

Depois de obter permissão da minha mãe, mandei mensagens privadas para dez Harveys diferentes retirados de seu perfil que pareciam "obviamente" Nativos e viviam em Phoenix. "Talvez você não se lembre de mim", escrevi. "Passamos juntos uma noite especial há alguns anos. Não consigo me livrar dessa lembrança.

Não houve nunca alguém como você, nem antes nem depois. Estou em Oakland, Califórnia agora. Você ainda está em Phoenix? Podemos conversar, ou talvez nos encontrar em algum momento, talvez? Você tem planos de vir para cá? Eu poderia ir até você." Nunca vou me recuperar plenamente da sensação de tentar escrever de modo sedutor ao meu possível pai, como minha própria mãe.

Mas aqui está. Uma mensagem do meu possível pai.

Olá, Karen, eu me lembro daquela noite louca, leio com horror, esperando que não conte nenhum detalhe do que fizera aquela noite "louca".

Estou indo para Oakland em alguns meses, para o Grande Pow-wow de Oakland. Sou o MC do Pow-wow, diz a mensagem. Coração disparado, uma doentia sensação de queda no estômago, digito de volta "Lamento muito ter feito isso. Dessa maneira. Acho que sou seu filho".

Espero. Bato o pé, encaro o monitor, limpo a garganta sem razão. Imagino como ele deve estar se sentindo. Ir de passar a noite com um flerte antigo a ter um filho surgido do nada. Eu não devia ter feito assim. Eu devia ter feito minha mãe ir se encontrar com ele. Podia ter feito ela tirar um retrato.

O quê?, aparece na janela de bate-papo.
Aqui não é Karen.
Não entendo.
Sou filho da Karen.
Ah.
Sim.
Você está me dizendo que eu tenho um filho, e que você é ele?
Sim.
Tem certeza?
Minha mãe disse que é mais do que provável. Tipo 99%.
Nenhum outro sujeito durante o mesmo período de tempo, então?

Eu não sei.
Perdão. Ela está por aí?
Não.
Você parece Índio?
Minha pele é morena. Amarronzada.
Isto tem a ver com dinheiro?
Não.
Você não tem foto de perfil.
Nem você.

Vejo um ícone de clipe de papel com uma extensão jpeg. Clico duas vezes. Ali de pé, empunhando um microfone, dançarinos de pow-wow no fundo, vejo a mim mesmo no rosto do homem. Ele é maior que eu, tanto mais alto quanto mais gordo, com cabelo longo, usando boné de beisebol, mas não há como se enganar. É meu pai.

Você se parece comigo, digito.
Mande uma foto.
Não tenho.
Tire uma.
Certo. Espere, digito, depois tiro uma selfie com a câmera do computador da minha mãe e envio para ele.
Ora merda, escreve Harvey.
Ora merda, penso.
De que tribo você é/somos?, escrevo.
Cheyenne. Do Sul. De Oklahoma. Me registrei nas Tribos Cheyenne e Arapaho de Oklahoma. Não somos Arapahos.
Valeu!, digito, e depois, *Tenho que ir!* Como se de fato precisasse. De repente, tudo isso se torna demais para mim.

Deslogo do Facebook e vou até a sala de estar para ver TV e esperar minha mãe voltar para casa. Esqueço de ligar a TV. Olho para a tela plana escura vazia, penso em nossa conversa.

Por quantos anos eu morri de vontade de descobrir o que era a outra metade de mim? Quantas tribos inventei nesse ínterim, quando me perguntavam? Eu tinha passado quatro anos numa especialização em Estudos Nativo-Americanos. Dissecando histórias tribais, em busca de sinais, algo que pudesse lembrar a mim mesmo, algo que me parecesse familiar. Eu conseguira passar quatro anos de graduação estudando literatura comparada com ênfase em literatura nativo-americana. Escrevi minha tese a respeito da influência inevitável das políticas de "quantum de sangue" sobre a identidade Nativa moderna, e a literatura escrita por autores Nativos de sangue mestiço que influenciou a identidade em culturas Nativas. Tudo isto sem saber a que tribo eu pertencia. Sempre me defendendo. Como se eu não fosse Nativo o bastante. Sou tão Nativo quanto Obama é negro. É diferente, no entanto. Para os Nativos. Eu sei. Eu não sei como ser. Todos os jeitos possíveis que consigo conceber a mim mesmo dizendo que sou Nativo parecem errados.

"Ei, Ed, o que você está fazendo aqui fora?", diz minha mãe ao entrar pela porta da frente.

"Pensei que já tivesse se fundido com suas máquinas a essa altura", disse ela, e levantou as mãos, meio que mexendo os dedos de um jeito zombador ao dizer "fundido com suas máquinas".

Recentemente, eu cometera o erro de falar com ela sobre singularidade. E sobre como era uma eventualidade, uma inevitabilidade, que acabássemos nos fundindo com inteligência artificial. Uma vez que percebêssemos que ela era superior, uma vez que ela se afirmasse como superior, teríamos que nos adaptar, nos fundir de modo a não sermos engolidos, tomados.

"Ora, essa é uma teoria bem conveniente para alguém que passa vinte horas por dia inclinado no próprio computador como se estivesse esperando um beijo", dissera ela.

Ela joga as chaves sobre a mesa, deixa a porta da frente aberta, acende um cigarro e fica fumando ali no batente, apontando a boca e a fumaça para fora.

"Venha cá um segundo. Quero conversar."

"Mãe", digo, num tom que sei que é choroso.

"Edwin", diz ela, gozando do meu tom. "Já falamos sobre isso. Eu quero informes. Você concordou em me dar informes. Caso contrário, mais quatro anos vão se passar, e eu vou ter que pedir para o Bill derrubar uma parede lá atrás para você."

"Foda-se o Bill", digo. "Já disse que não quero ouvir nada de você a respeito do meu peso. Estou consciente dele. Você acha que não sei? Estou consciente do fato de que estou imenso. Caminho com ele, ele derruba coisas, não caibo mais na maioria das minhas roupas. Aquelas em que eu caibo me deixam ridículo", digo. Involuntariamente, meus braços estão balançando no ar como se eu estivesse tentando fazê-los caber em alguma das minhas camisetas que já não cabem mais. Abaixo os braços, meto as mãos nos bolsos. "Não cago há nove dias. Você faz ideia de como isso é para uma pessoa que já é grande? Quando se é grande, você pensa nisso o tempo inteiro. Você sente. Todos aqueles anos, você fazendo dieta o tempo inteiro, não acha que isso fodeu comigo? Estamos sempre pensando no nosso peso. Se estamos gordos demais. Bom, o que se passa comigo vem com uma resposta simples, ainda mais quando vejo meu próprio reflexo no espelho na frente da geladeira, o qual, aliás, sei que você colocou ali para o meu *benefício*. Sabe, quando você tenta fazer piada a respeito, isto faz com que eu queira ficar ainda mais gordo, explodir, continuar comendo até entalar em algum canto, morrer em algum canto, só uma imensa massa morta. Vão ter que usar uma grua para me remover, e todo mundo vai ficar te dizendo 'o que aconteceu?', e 'pobrezinho' e 'como você pôde deixar isso acontecer?', e é melhor que você esteja lá fumando um cigarro desesperadamente, atônita, o Bill atrás de você, massageando seus ombros, e você vai se lembrar de todas as vezes que fez graça de mim, e não vai saber o que dizer aos vizinhos que vão estar encarando a minha massa horrorizados, a grua tremendo, apenas, fazendo o seu melhor." Simulo uma grua trêmula com minha mão para ela.

"Meu Deus, Ed. Já basta. Venha conversar comigo um segundo."

Pego uma maçã-verde da fruteira e me sirvo um copo d'água.

"Está vendo?", quase grito, segurando bem a maçã para que ela veja. "Estou tentando. Eis aqui um informe ao vivo, estou fazendo um *live streaming* dele agora mesmo para você, veja, estou tentando comer melhor. Acabei de cuspir um pouco de Pepsi na pia. Isto é um copo de água."

"Gostaria que você se acalmasse", diz minha mãe. "Você vai ter um ataque do coração. Relaxe, apenas. Me trate como se eu fosse sua mãe, como se me importasse com você, como se o amasse, me trate como se eu tivesse passado por vinte e seis horas de trabalho de parto por você, vinte e seis horas e depois uma cesárea para colocar a cereja no bolo. Tiveram que me cortar, Ed, você não queria sair, você estava atrasado duas semanas, cheguei a te contar isso? Quer me ensinar o que é se sentir empanturrada?"

"Gostaria que você parasse de jogar isso na minha cara, quantas horas de trabalho de parto você precisou aguentar para me colocar aqui. Eu não pedi para vir."

"Jogar na sua cara? Você acha que eu jogo na sua cara? Ora, seu ingratozinho de..."

Ela se levanta com um tranco e corre na minha direção. Faz cócegas atrás do meu pescoço. Para meu horror, não consigo evitar de rir. "Para. Tá certo. Tá certo. Apenas acalme-se você também. O que você quer ouvir?", digo, e estendo bem a camisa por cima da minha barriga. "Não tenho informes. Não há muita coisa lá fora para alguém com praticamente nenhuma experiência de trabalho, com um Mestrado em Literatura Comparada. Eu procuro. Eu vasculho. Eu me frustro e, claro, me distraio. Há tanta coisa para pesquisar, e aí quando você pensa em algo novo, quando você descobre algo novo, é como se você estivesse pensando com outra mente, como se tivesse acesso a um cérebro maior, coletivo. Estamos à beira de algo aqui", digo, sabendo como isto deve soar para ela.

"Você está à beira de algo, com certeza. Cérebro coletivo? Vasculhar? Você faz a coisa soar como se estivesse fazendo muito mais que clicar em links e ler. Mas tudo bem, então, que tipo de emprego você tem procurado? Quero dizer, que categorias você pesquisa?"

"Procuro bicos de escrita, que são quase sempre algum tipo de falcatrua voltada a escritores aspirantes ingênuos que estão procurando trabalhar de graça ou ganhar concurso. Procuro em organizações artísticas. Depois me perco no pântano das ONGs. Inscrições para bolsas e, sabe, a maior parte dos lugares pede experiência ou..."

"Bolsa? Você poderia conseguir uma bolsa, não poderia?"

"Não sei nada de inscrições em bolsas."

"Você poderia aprender. Pesquisar. Provavelmente há tutoriais no YouTube ou coisa assim, não?"

"Esses são os meus informes", digo e sinto uma distensão de membro que se solta. Enquanto eu falava, algo em mim lançou-se para trás para lembrar-se de tudo que um dia esperei ser, e o colocou ao lado do sentimento de ser quem sou agora. "Desculpe ser um inútil", digo. E não quero, mas estou sendo mesmo sincero.

"Não fale assim. Você não é um derrotado, Ed."

"Eu não disse que eu era um derrotado. Bill é quem diz isso. Esta é a palavra do Bill para mim", digo, e o tanto que eu sentia de verdadeira tristeza some. Dou as costas para voltar ao meu quarto.

"Mas... espera. Não volta assim para o seu quarto. Por favor. Espera um segundo. Sente-se. Vamos conversar, isto não é conversar."

"Estive sentado o dia inteiro."

"E a culpa disso é de quem?", diz ela, e começo a caminhar em direção a meu quarto.

"Certo, fique de pé, mas fique. Não precisamos conversar sobre Bill. Como é que suas histórias estão se desenvolvendo, então, benzinho?"

"Minhas histórias? Fala sério, mãe."

"O quê?"

"Sempre que falamos sobre minha escrita, sinto que você está tentando fazer com que eu me sinta melhor diante do fato de que sequer estou fazendo isso."

"Ed, todos nós precisamos de encorajamento. Todos nós."

"Isto é verdade, isto é verdade, mãe, você também parece necessitada, mas por acaso você me escuta dizer que precisa parar de fumar e beber tanto, que você devia encontrar alternativas mais saudáveis do que desmaiar na frente da TV toda noite, especialmente por causa do seu emprego, já que seu título é o de conselheira de abuso de substâncias? Não, eu não faço isso. Porque não ajuda. Agora posso ir?"

"Sabe, você ainda se comporta como se tivesse 14 anos, como se mal pudesse esperar para voltar aos videogames. Eu não vou estar por perto sempre, Ed. Um dia você vai olhar para trás e eu já vou ter ido embora, e você vai desejar ter apreciado este tempo que nós temos juntos..."

"Ah, meu Deus..."

"Estou só dizendo. A internet tem muito a oferecer, mas nunca vão fazer um site que possa substituir a companhia da sua mãe."

"Estou liberado, então?"

"Mais uma coisa..."

"O quê?"

"Soube de uma vaga..."

"No Centro Indígena."

"Sim."

"Certo, o que é?"

"É uma residência paga. Você estaria basicamente ajudando com tudo que tenha a ver com o pow-wow."

"Uma residência?"

"Paga."

"Me mande as informações."

"Sério?"

"Posso ir agora?"

"Vai."

E aí eu vou até a minha mãe e dou-lhe um beijo na bochecha.

De volta ao meu quarto, coloco os meus fones de ouvido. Coloco A Tribe Called Red. É um grupo de DJs e produtores de Povos Ameríndios que trabalham em Ottawa. Eles fazem música eletrônica a partir de *samples* de grupos percussivos de pow-wow. É a forma mais moderna, ou pós-moderna, de música indígena que já ouvi que é tanto tradicional quanto nova. O problema da arte Indígena em geral é que ela está presa ao passado. O lance, ou o duplo vínculo da coisa toda é que, se não bebe da tradição, como é que a coisa é Indígena? E se está presa na tradição, no passado, como pode ser relevante para outros povos Indígenas vivendo neste momento, como pode ser moderna? Portanto, aproximar-se e ao mesmo tempo manter distância da tradição, para que seja reconhecidamente Nativo e ao mesmo tempo soar novo, é um pequeno tipo de milagre que esses três produtores de Povos Ameríndios que trabalham em Ottawa fizeram acontecer num disco homônimo particularmente acessível, o qual eles, no espírito do tempo da *mixtape*, distribuíram online de graça.

Assento-me no chão e tento tibiamente algumas flexões. Rolo e tento uma abdominal. Minha metade de cima se recusa a se mexer. Penso em meus tempos de faculdade. Em como isso foi há muito tempo, e como eu tinha sido esperançoso. O quão impossível minha vida atual teria me parecido então.

Não estou acostumado a forçar o meu corpo a fazer nada. Talvez seja tarde demais para voltar do que fiz a mim mesmo. Não. Estar acabado parece com sentar de volta na frente do computador. Eu não estou acabado. Eu sou um índio Cheyenne. Um guerreiro. Não. Isso é muito cafona. Merda. Fico com raiva do pensamento, que eu tenha mesmo pensado isso. Uso a raiva para fazer força, para fazer uma abdominal. Empurro com tudo que tenho e subo, subo até o fim. Mas, junto à euforia de completar minha primeira abdominal, veio uma explosão, um bolo úmido e fétido de alívio assentado no fundo do meu moletom. Estou sem fôlego, suando, sentado na minha própria merda. Deito-me de volta, estendo ambos os braços, palmas para cima. Vejo-me dizendo *obrigado* em voz alta, a ninguém em particular. Sinto algo que não difere de esperança.

PARTE II

Reivindicar

~~~

Uma pena é aparada, é aparada pela luz e o inseto e o poste, aparada por pouca inclinação e por todo tipo de reservas montadas e altos volumes. Decerto é coesa.

— GERTRUDE STEIN

Bill Davis

~

Bill caminha pelas arquibancadas com a meticulosidade lenta de alguém que está num emprego há tempo demais. Caminha com dificuldade, vagarosamente, mas não sem orgulho. Submerge-se em seu trabalho. Ele gosta de ter o que fazer, sentir-se útil, ainda que aquele trabalho, aquele emprego, seja, no momento, na área da manutenção. Ele está catando o lixo negligenciado pela equipe inicial de pós-jogo. É um emprego para o velho que eles não podem demitir porque já está lá há tanto tempo. Ele sabe. Mas também sabe que significa mais para eles do que isso. Afinal, não contam com ele para cobrir-lhes os turnos? Ele não está disponível qualquer dia da semana para qualquer turno? Ele não conhecia as entradas e saídas daquele coliseu melhor que ninguém? Não tinha ele cumprido quase todas as tarefas que existiam por todos os anos em que trabalhou lá? Da segurança, onde ele começou, percorrendo todo o trajeto, até vendedor de amendoim – trabalho que só fizera uma vez e odiara. Ele diz para si mesmo que significa mais. Ele diz para si mesmo que pode dizê-lo e acreditar. Mas não é verdade. Já não há mais espaço para velhos como Bill aqui. Em lugar nenhum.

Com a mão, Bill faz um arco como a viseira de um boné e o coloca sobre a testa para tapar o sol. Usa luvas de látex azul-claras, segura com uma mão o apanhador de lixo e com a outra um saco de lixo cinza-claro.

Ele para o que está fazendo. Pensa ver algo se aproximar por cima da borda superior do estádio. Algo pequeno. Um movimento não natural. Definitivamente não uma gaivota.

Bill balança a cabeça, cospe no chão, depois pisa no cuspe, gira sobre os próprios pés, em seguida semicerra os olhos para tentar enxergar o que está lá em cima. Seu telefone vibra no bolso. Ele o puxa e vê que é sua namorada, Karen, sem dúvida deve ser sobre Edwin, seu filho bebezão. Nos últimos tempos, ela tem telefonado o tempo inteiro para falar dele. No mais dos casos, sobre ele precisar de caronas de ida e volta para o trabalho. Bill não pode suportar a maneira como ela o paparica. Não pode suportar o bebê de trinta e poucos anos que ele é. Não pode suportar o que se permitia que os jovens se tornassem hoje em dia. Bebês mimados, todos eles, sem vestígio de casca, nenhuma dureza restante. Há qualquer coisa de errado nisso tudo. Algo na perene luz de telefone em suas caras, ou na maneira por demais rápida com que digitam em seus telefones, suas modas *gender-fluid*, seu jeito de ser dócil, hiperpoliticamente correto, a que faltam a um só tempo toda graça social, polidez e modos do Velho Mundo. Edwin é assim também. Esperto no que diz respeito à tecnologia, claro, mas quando se trata do sujo, duro, frio mundo real lá fora, para além da tela, sem a tela, é um bebê.

Sim, as coisas vão mal hoje em dia. Todo mundo fala como se elas estivessem melhorando e isso só torna pior o fato de que ainda assim tudo vai tão mal. É a mesma coisa com a vida dele. Karen diz para ele se manter positivo. Mas você precisa primeiro alcançar a positividade para então mantê-la. Ele a ama, no entanto. De verdade. E ele tenta, tenta de verdade enxergar tudo como estando bem. Parece só que os jovens dominaram o lugar. Até mesmo os velhos no comando estão agindo como crianças. Não há mais visão, escopo, profundidade. Queremos agora e queremos novidade. Esse mundo é uma bola de curva sacana arremessada por algum jogador mirim hiperexcitado, abastecido de esteroides, que dá tão pouca importância ao jogo quanto aos costa-riquenhos que tão zelosamente costuram as bolas à mão.

O campo está preparado para um jogo de beisebol. O gramado está tão rente que não se move. É a imobilidade de rolha de carvalho do centro de uma bola de beisebol. O gramado tem linhas retas desenhadas a giz que separam a zona morta da área principal, estendem-se até as arquibancadas e fazem o caminho de volta até a área interna do campo, onde os jogadores jogam o jogo, onde arremessam e meneiam os tacos e roubam e correm pelas bases, onde sinalizam e rebatem e fazem *strikes* e *ball*, onde garantem corridas, onde suam e aguardam à sombra nos bancos, só mascando e cuspindo até se acabarem todas as rodadas. O telefone de Bill toca novamente. Desta vez ele atende.

"Karen, o que é, estou trabalhando."

"Desculpe te incomodar no trabalho, meu bem, mas o Edwin precisa que alguém o pegue mais tarde. Ele simplesmente não consegue. Você sabe. Depois do que aconteceu com ele no ônibus..."

"Você sabe como eu me sinto a respeito..."

"Bill, por favor, faça isso só essa vez, mais tarde vou ter uma conversa com ele. Vou fazê-lo entender que não pode mais contar com você", diz Karen. *Contar mais com você.* Bill odeia o modo como ela consegue reverter a situação com apenas algumas palavras seletas.

"Não coloque as coisas assim. Coloque na conta dele. Ele precisa ser capaz de se virar sozinho agora, ele..."

"Pelo menos ele está com um emprego agora. Ele está trabalhando. Todos os dias. Isso é muito. Para ele. Por favor. Não quero desencorajá-lo. O objetivo é fazer com que ele queira fazer a vida sozinho, lembra? Depois, podemos conversar sobre você se mudar para cá, finalmente", diz Karen, agora com a voz doce.

"OK."

"De verdade? Obrigada, meu bem. E se você puder pegar uma caixa de Franzia no caminho de casa, dos rosa, acabou aqui."

"Hoje à noite você me deve", Bill diz e desliga antes que ela possa responder.

Bill olha à volta do estádio vazio, desfrutando a imobilidade. Ele precisa desse tipo de imobilidade – livre de movimento. Ele pensa no incidente no ônibus. Edwin. Bill ainda conseguia dar risada só de pensar na coisa. Sorri um sorriso que não consegue conter. No seu primeiro dia de trabalho, Edwin se atracou com um veterano no ônibus. Bill não sabe como começou, mas seja lá o que tenha acontecido, o motorista acabou enxotando ambos do ônibus. Depois o sujeito correu atrás de Edwin por toda a International em sua cadeira de rodas. Por sorte, ele o perseguiu na direção certa e Edwin conseguiu chegar ao trabalho a tempo, apesar de ter sido enxotado do ônibus – provavelmente porque o estavam perseguindo. Bill ri alto, pensando em Edwin correndo por sua vida pela International. Chegando no trabalho na hora, bagunçado e suarento. Bom, essa parte não era engraçada, na verdade. Essa parte tornava a coisa triste.

Bill passa por uma superfície de metal na parede leste. Vê-se refletido nela. Estabiliza seu reflexo instável, distorcido, na chapa de metal amassada, endireita os ombros, ergue o queixo. Aquele sujeito de jaqueta corta-vento preta, cujo cabelo já está totalmente grisalho e rareando, e cuja barriga se projeta um pouco mais a cada ano, cujos pés e joelhos doem quando ele fica em pé ou

Bill Davis

caminha por muito tempo, ele está bem, ele está dando conta. Poderia facilmente não estar dando conta. Quase sempre não tem conseguido dar conta.

Este coliseu, o time, o Oakland Athletics já foi a coisa mais importante no mundo para Bill, durante aquele período mágico para Oakland, entre 1972 e 1975, quando os A's ganharam por três anos consecutivos. Isso você não vê mais acontecer. Agora é muito mais um negócio, eles jamais permitiriam isso. Aqueles foram anos estranhos para Bill, anos ruins, terríveis. Ele tinha voltado do Vietnã depois de sair do Exército em 1971, dispensado sem honras. Ele odiava o país e o país o odiava. Naquela altura, havia tantas drogas viajando por seu corpo que era difícil acreditar que ele ainda conseguisse se lembrar de algo. Ele lembra, sobretudo, dos jogos. Os jogos eram tudo o que ele tinha então. Ele tinha seus times, e eles estavam ganhando, três anos consecutivos, justo quando ele precisava, depois do que parecia a Bill uma vida inteira de derrota. Foram esses os anos de Vida Blue, Cat Fish Jones, Reggie Jackson, o cretino Charles Finley. E então, quando os Raiders venceram em 1976, dois campeonatos que ainda não haviam sido vencidos por times de San Francisco, essa foi uma época realmente boa para ser alguém de Oakland, sentir que se era parte daquela coisa, daquela vitória.

Ele foi contratado no coliseu em 1989, depois de passar cinco anos na penitenciária de San Quentin por esfaquear um cara do lado de fora de um bar de motoqueiros em Fruitvale, perto dos trilhos do trem. Não era nem a faca de Bill. O esfaqueamento foi casual, foi em legítima defesa. Ele não sabia como a faca tinha ido parar em sua mão. Às vezes você só faz coisas, age ou reage da maneira como precisa. O problema era que Bill não conseguia contar a própria história direito. O outro cara estava menos bêbado. Tinha uma história mais consistente. Então Bill acabou se dando mal. De alguma forma, no final, a faca acabou sendo dele. Era ele quem tinha um histórico de violência. O maluco veterano do Vietnã que fora expulso do Exército.

Mas a cadeia foi boa para Bill. Ele leu por quase todo o tempo que passou lá. Leu tudo de Hunter S. Thompson que pôde encontrar. Leu o advogado de Hunter, Oscar Zeta Acosta. Ele amou *Autobiography of a Brown Buffalo* e *The Revolt of the Cockroach People*. Ele leu Fitzgerald e Hemingway, Raymond Carver, Faulkner. Todos os bêbados. Leu Ken Kesey. Ele amou *Um estranho no ninho*. Ficou puto quando fizeram o filme e o sujeito Nativo, que era o narrador do livro todo, limitava-se a fazer o papel do Índio doido silencioso e estoico que jogava a pia contra a janela no final para salvar Jack Nicholson. Ele leu Richard Brautigan. Jack London. Ele leu livros de história, biografias, livros sobre o sistema prisional. Livros sobre beisebol, futebol. História dos Nativos Californianos. Ele leu Stephen King e Elmore Leonard. Ele leu, e se manteve quieto. Deixou os anos se dissolverem como pode acontecer quando você está dentro deles, mas em outra parte, dentro de um livro, no quarteirão, num sonho.

Outro ano bom que veio depois dos tempos ruins para Bill foi 1989, quando os A's ganharam de lavada dos San Francisco Giants. Quando, no meio da série, antes do terceiro jogo, a Terra derrapou. Caiu. Tremeu. O terremoto de Loma Prieta matou 63 pessoas, ou 63 pessoas morreram por sua causa. A autoestrada Cypress caiu, e o carro de alguém saltou da Ponte Bay, bem aonde parte dela havia caído no meio. Foi neste dia que o beisebol salvou vidas em Oakland e em toda a área da baía. Se mais pessoas não tivessem estado em casa, sentadas em volta da TV, vendo o jogo, teriam estado nas autoestradas, teriam estado no mundo lá fora, onde tudo estava desmoronando, simplesmente caindo aos pedaços.

Bill Davis

* * *

Bill olha de volta para a área externa do campo. E bem na sua frente, flutuando até o nível de seus olhos, lá fora nas arquibancadas com ele, encontra-se um pequeno avião. Ou Bill não vira nunca um desse? Sim, já viu, é um drone. Um avião-drone, como aqueles que estiveram enviando a esconderijos de terroristas e cavernas no Oriente Médio. Bill faz que vai esmagar o drone com seu apanhador de lixo. A coisa flutua para trás, depois se volta e desce flutuando até onde ele não pode mais enxergar. "Ei", Bill se vê gritando para o drone. E depois ele se volta para subir as escadas até o corredor que o levará às escadas que descem até o campo.

Ao chegar ao topo das escadas no primeiro deque, campo interno, setor plaza, ele saca seu binóculo, examina o campo à cata do drone e o localiza. Ele desce as escadas, tenta mantê-lo em sua mira, mas é difícil enquanto se caminha, o binóculo treme e a coisa não para de se mexer. Bill vê que está se encaminhando para a *home base*. Desce as escadas saltando. Há anos que não corre tão rápido. Talvez décadas.

Agora Bill pode vê-lo com seus olhos. Ele está correndo, apanhador de lixo na mão. Ele vai destruir a coisa. Bill ainda tem briga, bravura, sangue que corre quente – ele ainda consegue se mover. Ele pisa na poeira vermelho-amarronzada. O drone está na *home base*, está se voltando na direção de Bill à medida que ele corre na direção dele. Ele prepara o apanhador de lixo, ergue-o no ar atrás de si. Mas o drone o enxerga no momento em que ele adentra o campo. Volta voando. Bill consegue acertar um golpe e deixa a coisa grogue por um momento. Ele levanta o apanhador de lixo novamente, desce-o com força e erra por completo. O drone alça voo para cima, reto, rápido, três metros, seis, nove metros em segundos. Bill pega o binóculo, observa o drone sair voando por sobre a borda do coliseu.

Calvin Johnson

✿

Quando cheguei em casa do trabalho, encontrei Sonny e Maggie me esperando à mesa da cozinha com a mesa posta e o jantar pronto. Maggie é minha irmã. Estou vivendo aqui só até conseguir economizar o suficiente. Mas gosto de estar perto dela e da filha. É como estar de volta ao lar. Lar do tipo que não podemos ter mais. Desde que nosso pai foi embora, simplesmente desapareceu. De fato, ele nunca esteve realmente lá. Mas nossa mãe agia como se ele tivesse estado. Como se a partida dele tivesse sido o fim. Na verdade, não se tratava nem dele, nem de nenhum de nós. Ela ficou muito tempo sem um diagnóstico. Foi o que Maggie disse.

Ser bipolar é como ter contas a ajustar, é ter que cortar um dobrado com um machado do qual você precisa para cortar a lenha numa floresta fria e sombria, cuja saída você talvez perceba que jamais encontrará. Foi nestes termos que Maggie colocou a coisa. Ela tem, eu e meu irmão não temos. Mas ela está medicada. Sob controle. A Maggie é como a chave para a história de nossas vidas. Eu e meu irmão Charles nós a amamos e odiamos do jeito que você acaba se sentindo acerca de qualquer um mais próximo a você que tenha a doença.

Maggie fez bolo de carne e purê de batatas, brócolis – o de sempre. Comemos em silêncio por um tempo, depois Sonny me chutou a canela debaixo da mesa, com força, depois fez como se nada estivesse acontecendo, seguiu comendo sua janta. Eu também fingi.

"Isto está uma delícia, Maggie, o gosto é como o da mãe. Não está bom, Sonny?", eu disse, depois sorri para Sonny. Ela não devolveu o sorriso. Me inclinei para dar uma garfada, segurei-a sobre o prato, depois bati na canela de Sonny de leve com meu pé.

Sonny não conteve um sorriso, depois riu porque não tinha conseguido também. Ela me chutou novamente.

"Certo, Sonny", disse Maggie. "Pode ir pegar guardanapos para todo mundo? Tem aquela limonada que você gosta", Maggie me disse.

"Obrigado, vou pegar uma cerva, no entanto. Ainda temos, não é?", eu disse.

Levantei-me e abri a geladeira, pensei melhor sobre a cerveja, depois peguei a limonada. Maggie não viu que eu não tinha pegado cerveja.

"Você pode pegar aquela limonada que eu arranjei pra gente, no entanto", ela disse.

"Vai me dizer o que eu posso e o que eu não posso fazer agora?", eu disse – e imediatamente desejei não ter dito. Sonny levantou-se e saiu correndo da cozinha. O próximo som que ouvimos foi a porta telada se abrir e fechar. Levantei-me com Maggie e fui até a sala, pensando que Sonny tivesse talvez saído correndo pela porta da frente.

Em vez disso, lá estava nosso irmão, bem ali na sala de estar, com seu amigo Carlos – sua sombra, seu gêmeo. Ao avistá-los, Maggie deu meia-volta e foi até o quarto de Sonny, para onde eu deveria tê-la seguido.

Ambos tinham pistolas calibre 40 em mãos. Estavam sentados na sala de estar com a indiferença calma e cruel de homens que sabem que você deve algo a eles. Eu sabia que ele apareceria eventualmente. Telefonara para ele algumas semanas antes, para informá-lo de que eu ia conseguir o dinheiro que eu estava devendo, mas que precisava de mais tempo. Maggie me deixou ficar com ela sob a condição de que eu ficasse longe do nosso irmão Charles. Mas aqui estava ele.

Charles era uma figura impressionante com seu um metro e noventa de altura, 110 quilos, ombros largos e umas mãos enormes. Os All Stars de Charles foram para cima da mesinha de centro. Carlos descansou os pés lá em cima também, ligou a TV.

"Senta, Calvin", Charles me disse.

"Estou legal", eu disse.

"Está mesmo?", disse Carlos, zapeando pelos canais.

"Já faz um tempo", Charles disse. "Já faz tempo pra caralho, eu diria. Onde você esteve? De férias? Deve ser legal. Se esconder assim. Refeições caseiras, criança correndo. Brincando de casinha. Com a porra da nossa irmã. Que merda é essa? Tenho que dizer, não posso evitar de me perguntar para onde vai toda essa grana que você está economizando, com você aqui encostado, sem pagar aluguel? Certo?"

"Você sabe que não está pagando aluguel", Carlos disse.

"Mas você tem um emprego", disse Charles. "Está fazendo dinheiro. Esse dinheiro devia estar na porra do meu bolso ontem. No bolso do Octavio. Você tem sorte de ser meu irmão caçula, sabe disso? Tem sorte que eu não diga para ninguém que eu sei para onde você sai correndo. Mas eu só consigo aguentar essa merda até certo ponto."

"Eu já disse que conseguiria a grana. Por que você precisa vir sem avisar e tal? E ficar agindo como se não tivesse nada a ver com aquela merda que rolou no pow-wow." Eu tinha sido roubado no estacionamento antes mesmo de conseguir entrar. Não devia ter trazido a parada comigo. Os 450 gramas que eu tinha então. Mas nem tinha certeza de tê-los trazido. Ou será que Charles colocou a coisa no meu porta-luvas? Eu estava fumando demais naquela época. Minha lembrança era uma porra de um escorrega onde as merdas que me aconteciam desciam e não subiam mais.

"Certo. Você me pegou. Acertou bem em cheio. Eu não devia ter ido embora nunca. Você está certo. Eu devia me agilizar, e pagar o Octavio por umas paradas que uns camaradas deles roubaram de mim. Então, obrigado. Você está mesmo me dando uma força aqui, irmão", eu disse. "Mas não posso deixar de me perguntar por que você me disse que eu deveria dar uma conferida naquele pow-wow na Laney. Ver a nossa herança Nativa, essas merdas. Você disse que a mãe teria gostado que a gente fosse. Você disse que ia me encontrar lá. E não posso deixar de me perguntar se não sabia da merda que ia me acontecer ali no estacionamento. O que não consigo entender é por quê. Que interesse você tem nisso? É para me manter por perto? Porque eu estava falando de largar essa merda? Ou você acabou fumando seu bagulho todo, seu merda, e agora precisa do meu para não fazer feio?"

Charles se levantou e deu um passo na minha direção, depois parou e fechou os punhos. Abri minhas mãos e coloquei-as para o alto num gesto de *relaxa*, depois dei dois passos para trás. Charles deu outro passo na minha direção, depois deu uma olhada para Carlos. "Vamos dar um passeio", disse ao Carlos, que se levantou e desligou a TV. Observei-os caminhar na minha frente. Olhei para o corredor, na direção do quarto de Sonny. Meu olho direito tremeu involuntariamente. "Vamos", ouvi Charles dizer lá da frente.

* * *

Charles dirigia um Chevy El Camino azul-escuro, customizado, com quatro portas. Ele estava limpo como se tivesse acabado de lavar aquela tarde, o que provavelmente fez. Caras como o Charles estavam sempre lavando os carros, mantendo os sapatos e chapéus limpos como novos.

 Antes de Charles ligar o carro, ele acendeu um baseado e o passou para Carlos, que deu dois pegas e depois passou para mim. Dei uma bola longa e o devolvi. Dirigimos pela San Leandro Boulevard até East Oakland. Não reconheci a batida que estava tocando, uma coisa lenta, com o grave pronunciado, algo que vinha principalmente debaixo do assento traseiro, do *subwoofer*. Notei que Charles e Carlos mal balançavam a cabeça no ritmo da música. Nenhum dos dois jamais admitiria que estava dançando, balançando a cabeça assim, mas estavam meio que dançando, dançando da menor maneira possível, mas dançando, e pensei que aquilo era engraçado pra caramba, e eu quase ri, mas então percebi, poucos minutos depois, que estava fazendo o mesmo que eles, e não era engraçado, e percebi como estava doido. Isso era outra parada, isso que eles fumavam, podia ter *angel dust* salpicado em cima, chamavam de KJ. Merda, conhecendo os caras, era exatamente por isso que eu não conseguia impedir minha cabeça de balançar, e o porquê das luzes da rua estarem tão claras, e com uma cara tão malvada, e, tipo, vermelhas demais ou algo assim. Fiquei feliz de só ter dado uma bola.

Fomos parar na cozinha da casa de alguém. As paredes estavam todas brilhantes, amarelas. Música mariachi abafada sacudia o recinto, vinda do quintal. Charles fez um gesto para que eu me sentasse a uma mesa à qual só se podia chegar deslizando, feito uma cabine, com Carlos à minha esquerda, tamborilando num ritmo que estava ouvindo na própria cabeça. Charles estava na minha frente, me encarando diretamente.

"Sabe onde estamos?"

"Estou achando que é algum lugar onde o Octavio pode acabar estando, mas não sei por que diabos você acharia isso uma boa ideia."

Charles deu uma risada falsa. "Lembra de quando a gente foi para o Diamond Park e passou por aquele tubo comprido de esgoto? A gente correu ele inteiro, e numa altura não tinha luz, só o som da água correndo e a gente não sabia de onde aquela porra estava vindo ou para onde estava indo. Tivemos que pular por cima dela. Lembra que nós ouvimos uma voz, e depois você achou que alguém tinha agarrado sua perna, e você ganiu feito uma porra de um porco bebê, e quase caiu, mas eu te puxei de volta e nós pulamos e saímos correndo de lá juntos?", disse Charles, deslizando uma garrafa de tequila para frente e para trás sobre a mesa à sua frente. "Estou tentando te colocar em posição de ser agarrado", disse Charles, e parou de deslizar a garrafa. Pôs as mãos em cima dela, firmou-a. "Quando Octavio ver a sua cara, vai ser assim mesmo, e eu vou te puxar de volta, te salvar de ser levado por aquele tubo até lugar nenhum. Você não vai sair dessa merda sozinho, está entendendo?"

Carlos pôs seu braço à minha volta e tentei afastá-lo dando de ombros. Charles se inclinou para trás e deixou tombar seus grandes braços.

Bem nesta hora, Octavio entrou na cozinha. Seus olhos se transformaram em balas – ele os disparou pelo recinto. "Que merda é esta, Charlos?"

Era assim que Octavio chamava Charles e Carlos, porque estavam sempre juntos e eram parecidos. Era um modo de colocá-los em seus lugares, deixá-los inteirados de que eram ambos igualmente menos importantes que ele; Octavio, que tinha 1,98 metro de altura, tronco malhado e braços musculosos que se viam mesmo através da camiseta preta extralarga que sempre usava.

"Octavio", disse Charles, "fique frio, estou só tentando lembrá-lo de como são as coisas. Não viaje. Ele vai pagar. É meu irmão caçula, Octavio, sem desrespeito, cara. Eu só quero que ele fique sabendo".

"Fique sabendo de quê? Sem desrespeito? O que é isso, Charlos? Eu acho que você nem sabe."

Octavio sacou uma Magnum toda branca da frente de seu cinto e a apontou para o meu rosto enquanto olhava para Charles.

"Que merda de jogo você acha que estamos jogando aqui?", disse Octavio, olhando para Charles, mas falando comigo. "Você pega emprestado, depois fica devendo. Você não paga, você perde a parada, eu não dou a mínima como você perdeu, está perdido, depois desaparece, e aparece na porra da cozinha do meu tio. Vocês são muito doidos, Charlos. Eu vim para cá para me divertir. Mas porque você conseguiu fazer com que o meu bagulho fosse roubado, e porque o teu irmão queimou toda a parada dele, vocês dois me devem, e eu entrei numa fria com quem pego a parada, e agora eu devo, e estamos todos fodidos se não arranjarmos alguma grana de verdade daqui a pouco."

Octavio manteve a arma apontada para mim. Queimou toda a parada dele? Que merda é essa? Olhei fixamente para dentro do cano da arma. Me enfiei nele. Direto naquele túnel. Vi a maneira como a coisa tinha que se desenrolar. Octavio ia se virar para a bancada atrás dele para pegar uma bebida, depois Charles se levantaria feito uma bala de sua cadeira e daria uma chave de braço no Octavio por detrás. A arma cairia ao chão durante a luta, e Charles, ele o manteria ali, viraria a ambos, e tentando de repente ser um bom irmão mais velho, gritaria para mim: "Sai daqui, porra." Mas eu não sairia. Saberia exatamente o que fazer. Eu pegaria a arma do chão. Eu a pegaria e miraria na cabeça do Octavio e olharia para Charles.

"Me dê a arma, Calvin. Sai daqui, porra", diria Charles.

"Não vou a lugar nenhum", eu lhe diria.

"Então atira nele", Charles diria.

Então, Octavio e eu nos encararíamos. Eu notaria pela primeira vez que os olhos de Octavio eram verdes. Eu olharia para dentro daqueles olhos por tanto tempo que Octavio ficaria doido, e ele se jogaria para trás, dando com as costas de Charles contra o armário. Depois, eu lhe diria como todos eles iam fazer com que o Octavio bebesse, que ele ia beber até não conseguir mais ficar de pé. Eu lhes diria que, se fizessem com que bebesse o bastante, ele não lembraria de porra nenhuma. Provocaríamos um teto preto tão total que ele iria para frente e para trás no tempo, engoliria a noite.

Meus olhos estavam fechados. Por um segundo me perguntei se não estaria ainda no carro, sonhando a cena no banco traseiro. Era uma noite como tantas outras que eu já tivera antes. Talvez eu acordasse no banco traseiro, iríamos para casa, e eu voltaria para a vida que estava tentando fazer e que não incluía nada dessa merda.

Abri meus olhos. Octavio ainda estava segurando o berro, mas estava rindo. Charles começou a rir também. Octavio pôs a arma sobre a mesa e eles se abraçaram, os dois, Charles e Octavio. Depois, Carlos levantou-se e apertou a mão de Octavio.

"São essas as peças que você mandou fazer?", Charles disse a Octavio, pegando a arma branca.

"Nada, essa é especial. Lembra do David? Caçula do Manny. Ele fez essas aqui na porra do próprio porão. As outras só parecem com nove milímetros. Vai lá, diz pra ele", Octavio disse a Charles, olhando para mim.

"Lembra quando eu te falei daquele pow-wow da Laney, você disse que queria ir porque tinha um grande prestes a acontecer no Coliseum de Oakland, e você estava trabalhando no comitê do pow-wow. Lembra disso?", disse Charles.

"Sim", eu disse.

"Lembra do que mais você me disse?"

"Não", eu respondi.

"Do dinheiro", Charles disse.

"Dinheiro?", perguntei.

"Você disse que ia ter algo em torno de 50 mil dólares de prêmios em dinheiro ali naquele dia", disse Charles. "E como seria fácil roubar."

"Caralho, eu estava brincando, Charles. Você acha que eu roubaria as pessoas com quem eu trabalho e ainda acharia que ia conseguir me safar, porra? Era uma merda de uma piada."

"Que engraçado", disse Octavio.

Charles levantou a cabeça na direção de Octavio como quem diz: e aí?

"Que alguém pensasse que você roubaria as pessoas com quem trabalha e achasse que ia conseguir se safar. Acho engraçada essa merda", disse Octavio.

"É assim que a gente torna as coisas justas", disse Charles. "Você também vai receber uma parte, então ficamos todos bem, não é, Octavio?"

Octavio assentiu com a cabeça. Depois pegou a garrafa de tequila. "Vamos beber", ele disse.

Então bebemos. Enxugamos metade da garrafa, dose após dose. Antes da última dose houve uma pausa, e Octavio ergueu os olhos para mim, depois ergueu seu copo na minha direção, e fez um gesto para que eu me levantasse. Nós tomamos a dose, só eu e ele, depois ele me deu um abraço, que esqueci de devolver.

Enquanto ele me abraçava, vi Charles olhar para Carlos como se não estivesse gostando do que estava acontecendo. Depois que Octavio me soltou, ele voltou-se e pegou mais uma garrafa de tequila do alto da estante, depois meio que riu de sabe-se lá o quê, e foi tropeçando pela cozinha até sair.

    Charles ergueu a cabeça na minha direção, tipo: Vamos embora. A caminho do carro, vimos um moleque de bicicleta olhando todo mundo de longe. Senti que Charles estava quase indo lá para dizer-lhe alguma coisa. Em seguida, Carlos tentou intimidá-lo fazendo como se fosse bater nele. O moleque não se moveu. Só ficava encarando a casa. Os olhos dele eram bastante caídos, mas não era como se ele estivesse só viajando ou bêbado. Pensei no Sloth dos *Goonies*. E depois pensei num filme que eu vi numa manhã de sábado em algum momento quando eu tinha tipo cinco ou seis anos. Era sobre um moleque que um dia acordava cego. Antes disso, eu nunca tinha pensado na ideia de que você pode simplesmente um dia acordar para alguma coisa horrível, alguma mudança fodida naquilo que você achava que era sua vida. E foi assim que eu me senti então. Tomando aquelas doses. O abraço de Octavio. Concordando com algum plano malfadado de merda. Quis dizer alguma coisa para o moleque na bicicleta. Não sei o quê. Não havia o que dizer. Entramos no carro e dirigimos até a casa em silêncio, o som grave do motor e da estrada nos conduzindo cada vez mais longe, rumo a alguma merda de que nunca mais conseguiríamos retornar.

Jacquie Red Feather

~

Jacquie Red Feather voou de Albuquerque até Phoenix na noite anterior ao início da conferência, aterrissando após o voo de uma hora num nevoento gradiente entre verde e rosa. Quando o avião desacelerou, até começar a taxiar, ela fechou a janela e encarou a parte traseira do assento em frente. *Protegendo-os do Mal*. Esse era o tema da conferência desse ano. Adivinhou que isto significava autoflagelo. Mas o problema seria realmente o suicídio em si? Recentemente, ela lera um artigo que chamava de apavorante o número de suicídios em comunidades Ameríndias. Há quantos anos já existiam programas financiados federalmente, tentando impedir o suicídio com cartazes e linhas telefônicas de emergência? Não era de surpreender que estivesse piorando. Não há como vender que a vida está boa quando ela não está. Esta era mais uma conferência da Administração de Serviços de Saúde Mental e Abuso de Substâncias a que sua posição como conselheira para questões de abuso de substâncias subsidiadas pelo governo a obrigava a ir.

A mulher que tratara de seu check-in no hotel tinha *Florencia* escrito no crachá. Seu hálito cheirava a cerveja, cigarros e perfume.

Que ela bebesse no trabalho, ou que ela viesse trabalhar bêbada, fez com que Jacquie gostasse dela. Jacquie estava sóbria há dez dias. Florencia elogiou o cabelo de Jacquie, que ela recentemente cortara reto e tingira de preto para ocultar os grisalhos. Jacquie nunca soube o que fazer com um elogio.

"Tão vermelhos", disse ela acerca dos bicos-de-papagaio atrás de Florencia, de que Jacquie nem gostava, pelo fato de que até mesmo as de verdade parecem falsas.

"Nós as chamamos de *Flores de Noche Buena*. Flores da Noite Santa, porque elas desabrochavam por volta do Natal."

"Mas estamos em março", Jacquie lhe disse.

"Eu acho que são as flores mais bonitas", disse Florencia.

A última recaída de Jacquie não deixara marcas de queimadura em sua vida. Ela não perdera o emprego e não batera com o carro. Estava sóbria de novo, e dez dias é o mesmo que um ano quando você quer beber o tempo inteiro.

Florencia disse a Jacquie, que estava transpirando visivelmente, que a piscina ficava aberta até dez. O sol já havia baixado, mas ainda fazia 32 graus lá fora. A caminho de seu quarto, Jacquie viu que não havia ninguém na piscina.

Muito depois da mãe de Jacquie ter deixado o pai dela de uma vez por todas, durante uma das muitas vezes em que sua mãe havia deixado o pai de sua irmã, Opal, quando Opal era apenas um bebê e Jaquie tinha seis anos, elas ficaram num hotel perto do aeroporto de Oakland. Sua mãe lhes contava histórias sobre mudar-se definitivamente. Sobre voltar para casa, para Oklahoma. Mas "casa", para Jacquie e sua irmã, era uma caminhonete trancada num estacionamento vazio. Casa era um longo trajeto de ônibus. Casa era as três pernoitando em qualquer lugar seguro. E aquela noite no hotel, com a possibilidade de fazer uma viagem, fugir da vida que sua mãe estivera fazendo com suas filhas a reboque, aquela noite foi uma das melhores da vida de Jacquie. Sua mãe pegara no sono. Mais cedo, ela tinha visto a piscina – um retângulo brilhoso, azul-claro – a caminho do quarto delas. Fazia frio lá fora, mas ela vira uma placa que dizia: *Piscina Aquecida*. Jacquie assistiu à TV e esperou a mãe cair no sono com Opal, depois se esgueirou até a piscina. Não havia ninguém por perto. Jacquie tirou os sapatos e as meias e pôs um dedo na água, depois ergueu os olhos até a porta de seu quarto. Ela olhou para todas as portas e janelas dos quartos que ficavam de frente para a piscina. Era sua primeira vez numa piscina. Ela não sabia nadar. Sobretudo, ela só queria estar dentro da água. Submergir e abrir os olhos, olhar para suas mãos e ver as bolhas subindo na luz mais azul.

Em seu quarto, ela largou as malas, tirou os sapatos e deitou-se na cama. Ligou a TV, colocou-a muda, rolou para ficar de costas e encarou o teto por um tempo, apreciando a frieza branca e vazia do quarto. Pensou em Opal. Os meninos. O que poderiam estar fazendo. Ao longo dos últimos meses, depois de anos de silêncio, estiveram trocando mensagens. Opal tomava conta dos três netos de Jacquie – que ela sequer chegara a conhecer.

Q q vc tá fazendo?, Jacquie escreveu para Opal. Ela colocou o telefone sobre a cama e foi até sua mala para pegar a roupa de banho. Era um maiô listrado preto e branco. Ela o vestiu diante do espelho. Cicatrizes e tatuagens a cobriam, fazendo-lhe a volta do pescoço, da barriga, dos braços e dos tornozelos. Havia tatuagens de penas em seus antebraços, uma para sua mãe e uma para sua irmã, e estrelas nas costas de suas mãos – estas eram estrelas, só. As teias que tinha na parte de cima dos pés foram as que doeram mais.

Jacquie caminhou até a janela para ver se a piscina ainda estava vazia. Seu telefone vibrou na cama.

Orvil achou patas de aranha na perna, dizia a mensagem.

Q?, Jacquie escreveu de volta. Mas a frase não assentou, de fato. O que aquilo poderia significar? Pesquisaria depois no telefone: Patas de aranhas encontradas na perna, sem encontrar nada.

É, sei lá. Os meninos acham que significa alguma coisa ndn. Jacquie sorriu. Nunca vira *Indígena* abreviado como "ndn" antes.

Talvez ele ganhe poderes que nem o Homem-Aranha, Jacquie escreveu.

Alguma coisa assim já te aconteceu?

O quê? não. vou dar uma nadada.

Jacquie ajoelhou-se diante do frigobar. Em sua cabeça, ouviu a mãe dizer: "A teia de aranha é um lar e uma armadilha." E embora nunca tivesse realmente entendido o que sua mãe queria dizer com isso, empenhara-se ao longo dos anos em fazer com que aquilo fizesse sentido, dando-lhe mais significado do que sua mãe provavelmente jamais pretendeu. Neste caso, Jacquie era a aranha, e o frigobar, a teia. Lar era beber. Beber era a armadilha. Ou algo assim. O lance era *não abrir a geladeira*. E ela não o fez.

Jacquie postou-se à beira da piscina, vendo a luz sobre a água tremer e cintilar. Seus braços, cruzados sobre o estômago, pareciam verdes e rachados. Desceu cuidadosamente as escadas, depois deu um leve impulso e nadou sob a água por toda a extensão da piscina e voltou. Subiu para pegar ar, viu a superfície da água mexer-se um pouco, depois voltou para debaixo e assistiu às bolhas se juntando, subindo e desaparecendo.

Enquanto fumava um cigarro perto da piscina, ela pensou no táxi que pegara no aeroporto e na loja de bebidas que vira a apenas uma quadra do hotel. Poderia ir a pé até lá. O que ela queria de fato era aquele mesmo cigarro depois de seis cervejas. Ela queria que o sono viesse fácil como vinha quando ela bebia. No caminho de volta para o quarto, ela pegou uma Pepsi e um saquinho de castanhas e frutas secas na máquina de venda automática. Na cama, zapeou pelos canais, pousando aqui e acolá, mudando de canal a cada pausa para os comerciais, devorando o mix de frutas secas e a Pepsi; somente então, o apetite aceso pelas frutas secas, reparou que ainda não havia jantado. Ficou acordada com os olhos fechados na cama por uma hora, depois colocou um travesseiro sobre o rosto e adormeceu. Quando acordou, às quatro da madrugada, não reconheceu o que estava em cima de seu rosto. Atirou o travesseiro na outra extremidade do quarto, depois se levantou e urinou e passou as duas horas seguintes tentando se convencer de que estava dormindo, ou, por vezes, dormindo de fato, mas sonhando que não conseguia pegar no sono.

Jacquie encontrou um lugar vago nos fundos do salão de baile principal. Havia um Índio idoso com boné de beisebol que trazia uma mão erguida, como se rezasse, enquanto a outra salpicava água de uma garrafa na multidão. Ela jamais vira coisa parecida.

Os olhos de Jacquie vagaram pelo recinto. Ela estudou a decoração Nativa. O recinto era grande, com teto alto e lustres imensos, cada um consistindo de um agrupamento de oito lâmpadas em forma de vela circundadas por uma gigantesca faixa de metal corrugado com recortes de padrões tribais, criando sombras nas paredes – múltiplos Kokopellis, linhas ziguezagueantes e espirais, tudo lá no cimo do recinto, onde a tinta mais lembrava o vermelho amarronzado do sangue seco. Os tapetes estavam repletos de linhas ondulantes e variegadas formas geométricas – como qualquer tapete de cassino ou cinema.

Ela olhou para a multidão. Havia provavelmente umas duzentas pessoas, todas elas sentadas à volta de mesas circulares com copos de água e pequenos pratos de papel lotados de frutas e doces. Jacquie reconheceu os tipos da conferência. Em maioria, havia as mulheres Ameríndias idosas. Depois, vinham as brancas idosas. Depois os Ameríndios idosos. Não havia jovens à vista. Todos que ela via pareciam ou sérios demais ou insuficientemente sérios. Esta era uma gente carreirista, mais preocupada com manter seus empregos, com os financiadores e requerimentos de bolsa do que com a vontade de ajudar famílias Indígenas. Jacquie não era diferente. Ela o sabia, e odiava este fato.

O primeiro palestrante, um homem que parecia que estaria mais confortável numa esquina do que numa conferência, aproximou-se do pódio. Homens como ele não se veem num palco com frequência. Ele usava tênis Jordan e um agasalho esportivo Adidas. Tinha sobre a orelha esquerda uma tatuagem apagada, irreconhecível, que chegava até o topo de sua careca – podiam ter sido rachaduras, ou teias, ou uma meia-coroa de espinhos. De poucos em poucos segundos, abria a boca em formato oval, e limpava-lhe o exterior com o polegar e o indicador, como se houvesse ali um excesso de saliva, ou como se, ao limpar, estivesse se certificando de que não iria cuspir e parecer desleixado.

Aproximou-se do microfone. Passou um longo e desconcertante minuto examinando a assistência, depois inclinou-se para o microfone. "Vejo muitos Índios por aí hoje. Isto faz eu me sentir bem. Há cerca de vinte anos, fui a uma conferência como essa, e era só um mar de rostos brancos. Fui quando era jovem. Foi minha primeira vez num avião e a primeira vez que eu me afastava de Phoenix por mais de alguns dias. Eu tinha sido forçado a participar de um programa como parte de um acordo judicial, o qual acatei para ficar fora da prisão para menores. Esse programa acabou sendo debatido numa conferência na capital – um destaque nacional. Escolheram a mim e a alguns outros jovens, não com base em nossas aptidões de liderança ou por nosso comprometimento com a causa, ou por causa de nossa participação, mas porque éramos os mais à mercê. Claro, tudo o que tínhamos que fazer era ficar sentados no palco, ouvir histórias de sucesso de jovens e à nossa equipe de serviços para menores falar sobre como o nosso programa era o máximo. Mas, enquanto eu estava viajando, meu irmão caçula, Harold, encontrou uma pistola que eu guardava no meu armário. Ele deu um tiro entre os próprios olhos com aquela pistola. Ele tinha catorze anos", disse o cara, e tossiu longe do microfone. Jacquie mexeu-se em sua cadeira.

"O que vim aqui para falar a respeito é como toda a nossa abordagem desde o início tem sido assim: Crianças estão se atirando das janelas de edifícios em chamas, morrendo na queda. E nós achamos que o problema é o fato de elas estarem se jogando. Isto é o que fizemos: tentamos encontrar maneiras de elas pararem de se jogar. Convencê-las de que é melhor ser queimado vivo do que ir embora quando a barra fica pesada demais para elas aguentarem. Protegemos as janelas e fizemos redes melhores para apanhá-las, encontramos modos mais convincentes de dizer para elas não pularem. Elas estão decidindo que é melhor estar duro e morto do que vivo nisto que temos aqui, nesta vida, a que fizemos para elas, a que elas herdaram. E ou estamos envolvidos e temos uma parte em cada uma dessas mortes, como eu tive na do meu irmão, ou estamos ausentes, o que também é envolvimento, assim como o silêncio não é apenas o silêncio, é não tomar a palavra. Agora estou envolvido com prevenção ao suicídio. Quinze parentes meus cometeram suicídio ao longo da minha vida, sem contar meu irmão. Uma comunidade com a qual estive trabalhando recentemente na Dakota do Sul me disse que já não tinha mais luto em si. Isto depois de terem passado por dezessete suicídios em sua comunidade em apenas oito meses. Mas como inculcamos em nossas crianças a vontade de viver? Nessas conferências. E nos escritórios. Nos e-mails e nos eventos comunitários, é preciso haver uma urgência, um espírito do tipo faça-o-quer-for-a-qualquer-custo atrás do que fazemos. Ou então fodam-se os programas, talvez devêssemos enviar o dinheiro às próprias famílias, que precisam e sabem o que fazer dele, já que todos nós sabemos a que se destina esse dinheiro, salários e conferências como essa. Lamento. Eu também sou pago por essas merdas, e na verdade, merda, eu não lamento, este assunto não deveria ser encarado com polidez ou formalidade. Não podemos nos perder em meio aos avanços de carreira e aos objetivos de bolsa, a faina de todo dia, como se fizéssemos o que fazemos por obrigação. Escolhemos o que fazemos, e nesta escolha entra a comunidade. Estamos escolhendo por elas. O tempo todo. É isso que esses jovens estão sentindo. Eles não têm controle. Adivinhem que tipo de controle eles têm? Precisamos agir conforme o que sempre dizemos. E se não podemos, e se nos preocupamos apenas com nós mesmos, precisamos sair de cena, deixar outra pessoa da comunidade que de fato se importa, que vai de fato fazer algo, deixá-la chegar e ajudar. Foda-se todo o resto."

Jacquie estava fora do salão antes mesmo da plateia começar seus hesitantes, obrigatórios aplausos. Enquanto corria, o crachá com seu nome balançava à volta de seu pescoço, ameaçava talhar-lhe o queixo. Quando chegou a seu quarto, fechou a porta com as costas e escorregou para baixo, caiu e chorou alto de encontro a ela. Pressionou os olhos contra os joelhos e explosões de manchas roxas, negras, verdes e rosa desabrocharam ali atrás de seus olhos, depois lentamente constituíram imagens, depois lembranças. Primeiro ela viu o grande buraco. Depois o corpo emaciado da filha. Havia pequenos furos vermelhos e róseos por toda a extensão de seus braços. Sua pele estava branca, azul e amarelada, com veias verdes. Jacquie estava ali para identificar o corpo. O corpo era o corpo de sua filha, tinha sido o pequeno corpo que ela carregara por apenas seis meses. Ela havia, naquela altura, visto os médicos colocarem agulhas no braço dela, ali na incubadora, naquele tempo em que tudo que ela queria, e de uma maneira como nunca quisera nada antes, era que sua nova filhinha vingasse. O legista olhou para Jacquie, prancheta e caneta em mãos. Ela passou um longo tempo encarando algum ponto entre o corpo e a prancheta, tentando não gritar, tentando não elevar os olhos para ver o rosto de sua filha. O grande buraco. O tiro entre os olhos. Como um terceiro olho, ou uma terceira órbita ocular vazia. A aranha traiçoeira, Veho, de que sua mãe costumava falar a ela e a Opal, ela estava sempre roubando olhos para ver melhor. Veho era o branco que chegou e fez o velho mundo enxergar com os seus olhos. Veja. Veja bem, o jeito como as coisas vão ser é: primeiro você vai me dar toda a sua terra, depois a sua atenção, até esquecer como dá-la. Até que seus olhos estejam drenados e você não consiga enxergar detrás de si e não haver nada à frente, e a agulha, a garrafa e o cachimbo sejam a única visão que faz algum sentido. Em seu carro, Jacquie golpeou o volante com a parte inferior dos punhos até não poder mais. Ela quebrou um mindinho contra o volante.

Isto foi há 13 anos. Na ocasião, ela estava sóbria havia seis meses. O período mais longo desde que começara a beber. Mas depois disso ela dirigiu diretamente até uma loja de bebidas, passou os seis anos seguintes emborcando uma garrafa de uísque por noite. Ela dirigia um ônibus intermunicipal com ar-condicionado, a linha 57, entrando e saindo de Oakland seis dias por semana. Bebia todas as noites, até um estupor administrável. Acordava todos os dias para trabalhar. Um dia ela pegou no sono enquanto dirigia e bateu seu ônibus contra um poste telefônico. Depois de um mês de tratamento residencial, ela foi embora de Oakland. Ela ainda não sabe, não se lembra de como foi parar em Albuquerque. Em algum momento conseguiu um emprego como recepcionista numa clínica indígena fundada pelos Serviços Indígenas de Saúde e depois, eventualmente, sem nunca alcançar uma sobriedade significativa, tornou-se conselheira certificada para abuso de substâncias por meio de um curso online custeado pelo seu emprego.

Ali em seu quarto de hotel, agachada contra a porta do quarto, ela se lembrou de todas as fotos dos meninos que Opal lhe havia enviado por e-mail ao longo dos anos, as quais ela se recusara a ver. Ela se pôs de pé e caminhou até seu laptop, sobre a mesa. Em sua conta no Gmail, ela procurou o nome de Opal. Abriu cada e-mail com o ícone de clipe indicando anexo. Acompanhou-os pelos anos. Aniversários e primeiras bicicletas e desenhos que tinham feito. Havia pequenos vídeos deles brigando na cozinha e dormindo em seus beliches, todos num mesmo quarto. Os três reunidos em torno de uma tela de computador, aquele brilho de monitor nas caras. Uma foto em particular partiu seu coração. Os três enfileirados diante de Opal. Opal com seu olhar estático, estoico, sóbrio. Ela olhava para Jacquie através de todos os anos e de tudo por que haviam passado. *Venha buscá-los, são seus*, dizia o rosto de Opal. O mais jovem tinha um meio-sorriso no rosto como se um de seus irmãos tivesse acabado de lhe dar um murro no braço, mas Opal lhes tivesse dito que era melhor que sorrissem para o retrato. O do meio parecia estar ou fingindo ou fazendo de fato um sinal de gangue com os dedos na frente do peito, sorrindo um sorriso imenso. Ele era o que mais se parecia com Jamie, filha de Jacquie. O mais velho não sorria. Parecia-se com Opal. Parecia-se com a mãe de Opal e Jacquie, Vicky.

Jacquie quis ir até eles. Quis uma bebida. Queria beber. Precisava de uma reunião. Mais cedo, ela vira que as reuniões do

AA ao longo daquela conferência se dariam no segundo andar, toda noite às sete e meia. Sempre havia reuniões nas conferências, sendo esta uma conferência especificamente voltada à saúde mental/prevenção contra abuso de substâncias, repleta de pessoas como ela, que tinham entrado para este meio porque eles próprios haviam passado por isso, e esperavam encontrar sentido em suas carreiras ajudando os outros a não cometerem os mesmos erros que haviam cometido em suas vidas. Quando foi enxugar o suor da testa com a manga, percebeu que o ar-condicionado tinha sido desligado. Ela foi até ele e ligou o ar frio nas alturas. Caiu no sono esperando esfriar.

Jacquie entrou no recinto com pressa, pensando que estava atrasada. Três homens achavam-se sentados num círculo feito de oito cadeiras desdobráveis. Atrás deles havia petiscos nos quais ninguém encostara ainda. A sala era uma bagunça de zunido fluorescente, uma sala de conferência mais para pequena com uma lousa na parede da frente, uma luz pálida, que prendia a todos em sua lisura – que fazia com que tudo parecesse estar acontecendo há uma década, na TV.

Jacquie foi até a mesa nos fundos e olhou para a comida – um bule de café numa cafeteira automática de aspecto bastante velho, queijo, cream crackers, carne e minipauzinhos de aipo dispostos à maneira de um leque num círculo ao redor de diversas pastinhas. Jacquie pegou um único pauzinho de aipo, serviu-se de uma xícara de café e foi caminhando para juntar-se ao grupo.

Todos eram homens Índigenas mais velhos, com cabelo longo – dois usavam boné de beisebol e o que parecia provavelmente ser o líder do grupo usava chapéu de caubói. O cara do chapéu de caubói se apresentou ao grupo como Harvey. Jacquie voltou sua cabeça para longe, mas o rosto incrustado num orbe de gordura, os olhos e o nariz e a boca, eram dele. Jacquie pensou se Harvey a reconhecera, porque ele pediu licença, disse que precisava ir ao banheiro.

Jacquie mandou uma mensagem para Opal: *Adivinhe com quem estou numa reunião agora mesmo?*

Opal respondeu de imediato: *Quem?*
Harvey de Alcatraz.
Quem?
Harvey, também conhecido como o pai da filha que eu abandonei.
Não.
Sim.
Tem certeza?
Sim.
O que você vai fazer?
Sei lá.
Sei lá?
Ele voltou agora.

Opal enviou uma foto dos meninos no quarto deles, todos deitados da mesma maneira, com fones de ouvido postos, olhando para o teto. Era a primeira fotografia que ela enviava via mensagem de texto desde que Jacquie lhe dissera para não fazer isso, que ela só tinha permissão para enviar fotos deles por e-mail, pois aquilo poderia ferrar com o dia dela. Jacquie fez um movimento de beliscão reverso e depois fez mais movimentos de beliscão repetidos para ver cada um de seus rostos.

Vou falar com ele depois da reunião, Jacquie escreveu de volta, depois colocou seu telefone em modo silencioso e o escondeu.

Harvey sentou-se sem olhar para Jacquie. Com um simples gesto da mão, uma palma para cima, ele apontou para ela. Jacquie não tinha certeza se este não olhar para ela, mais a ida ao banheiro, significavam que ele sabia. De todo modo, era a vez dela de contar sua história ou compartilhar o que quisesse, e ele ficaria a par tão logo ela dissesse o próprio nome. Jacquie descansou os cotovelos sobre os joelhos, inclinou-se para o interior do grupo.

"Meu nome é Jacquie Red Feather. Eu não digo esse lance de *eu sou uma alcoólatra*. Eu digo que não bebo mais. Eu costumava beber e agora não mais. No momento, tenho onze dias de sobriedade. Sou grata por estar aqui, e pelo tempo de vocês. Obrigada a todos por me ouvirem. Aprecio o fato de estarem todos aqui", Jacquie tossiu, a garganta repentinamente áspera. Colocou uma pastilha para tosse dentro da boca de maneira tão casual que logo se via que ela provavelmente comia um bocado de pastilhas para tosse e fumava muitos cigarros, e nunca conseguia realmente sobrepujar a tosse, mas a sobrepujava o bastante enquanto estivesse chupando uma pastilha para tosse, e portanto as comia constantemente. "O problema que se tornou um problema com bebida começou para mim muito antes da bebida estar sequer relacionada a ele, embora se relacionasse quando comecei a beber. Não que eu culpe meu passado, ou não o aceite. A gente tinha estado em Alcatraz, eu e minha família, durante a ocupação, em 1970. Tudo começou para mim ali. Este moleque de merda", Jacquie fez questão de olhar diretamente para Harvey depois de dizer isto. Ele se mexeu desconfortavelmente em sua cadeira um pouco, mas limitou-se a encarar o chão em pose de escuta. "Talvez ele não soubesse o que estava fazendo então, mas também talvez ele tenha fodido com a vida de todo um renque de mulheres, usado de força para esticar um não até transformá-lo em sim, cuzões como ele, agora eu sei, são fáceis de achar, mas suspeito, pelo pouco tempo que passei com ele naquela ilha, que continuou fazendo isso mais vezes. Depois que minha mãe morreu, vivemos numa casa de estranhos. Parentes distantes. Coisa pela qual sou grata. Tínhamos comida na mesa, um teto sobre nossas cabeças. Mas eu entreguei uma filha para adoção naquele tempo. A menina a que dei à luz veio daquela ilha. Do que se passou ali. Eu a entreguei aos dezessete anos. Eu era estúpida. Não saberia como encontrá-la agora, mesmo que eu quisesse. Foi uma adoção fechada. E desde então tive mais uma filha. Mas eu também fodi com isso por conta do meu vício – uma garrafa por noite de qualquer coisa que me custasse 10 dólares ou menos. Então, a coisa ficou tão ruim que me disseram que eu teria que parar se quisesse segurar meu emprego. E depois, como é costume, para continuar podendo beber, eu larguei o emprego. Minha filha, Jamie, já estava fora de casa naquela época, então foi mais fácil para mim desmoronar completamente. Insiram aqui uma sucessão infinita de histórias de terror com bebida. Hoje estou tentando voltar. Minha filha morreu, deixou seus três filhos para trás, mas eu também os deixei. Eu estou tentando voltar, mas como disse, onze dias. É só que, é que você empaca, e daí, quanto mais empacado fica, mais empacado fica", Jacquie tossiu e limpou a garganta, depois se calou. Ela ergueu os olhos para Harvey, para os outros no grupo, mas todos tinham a cabeça baixa. Ela não queria terminar naquele tom, mas não sentiu mais vontade de continuar. "Eu sei lá", disse ela. "Acho que terminei."

O círculo estava silencioso. Harvey limpou a garganta.

"Obrigado", disse Harvey. Ele fez um gesto para que o próximo homem falasse.

Era um velho, Navajo, adivinhou Jacquie. Ele tirou o chapéu, como vemos alguns Ameríndios fazerem quando rezam.

"Tudo mudou para mim numa reunião", disse ele. "Não como uma dessas. Estas têm sido o que tem feito toda a diferença desde então. Eu tinha estado bebendo e me drogando durante a maior parte da minha vida adulta, com intervalos. Comecei algumas famílias, deixei elas caírem de lado por conta dos meus vícios. E depois um irmão meu organizou uma reunião para mim. Igreja Nativa-Americana. Era para seu sobrinho, Clinton."

Jacquie parou de ouvir. Pensou que ajudaria dizer o que ela disse sobre Harvey na frente dele. Mas, olhando para ele então, ouvindo as histórias dos outros, ela concluiu que ele provavelmente passara dificuldades. Jacquie lembrou-se da maneira como ele falava sobre o pai na ilha. Como ele nem tinha visto o pai desde que chegara na ilha. Depois, pensando sobre a ilha, Jacquie lembrou-se de ver Harvey no dia em que foram embora. Ela tinha acabado de entrar no barco, e o viu na água. Quase ninguém entrava naquela água. Era gélida. E – todos haviam sido convencidos – infestada de tubarões. Depois, Jacquie viu o irmão caçula de Harvey, Rocky, correndo colina abaixo, gritando o nome de Harvey. Deram partida no barco. Todos se sentaram, mas Jacquie estava de pé. A mãe de Jacquie pôs a mão sobre o ombro de Jacquie. Devia ter achado que Jacquie estava triste, porque deixou-a ficar de pé por alguns minutos. Harvey não estava nadando. Ele parecia estar se escondendo na água. E depois ele estava gritando pelo irmão. Rocky o escutou e pulou com todas as roupas no corpo. O barco começou a se mover.

"OK, estamos indo, sente-se agora, Jacquie", disse Vicky.

Jacquie sentou-se, mas seguiu olhando. Viu o pai dos meninos tropeçando colina abaixo. Ele tinha alguma coisa na mão, um pau ou um bastão. Tudo foi ficando cada vez menor à medida que atravessavam lentamente a baía.

"Todos nós passamos por muita coisa que não entendemos em um mundo feito ou para nos quebrar ou nos endurecer a tal ponto que não podemos mais quebrar mesmo quando é isto o que mais precisamos fazer." Quem falava era Harvey.

Jacquie se deu conta de que não estivera escutando.

"Ficar doido parece a única coisa que resta a fazer", Harvey continuou. "Não é o álcool. Não existe relação especial entre os

Índios e o álcool. É só o que é barato, disponível, legal. É o que temos para recorrer quando parece que não nos sobra mais nada. Eu também fiz isso. Por um longo tempo. Mas parei de contar a história que eu tinha estado contando para mim mesmo, sobre como aquele era o único caminho, por conta de todas as dificuldades por que passei, e como eu tinha me tornado difícil, aquele papo de se automedicar contra a doença que era a minha vida, meu quinhão ruim, história. Quando vemos que a história é o modo como vivemos nossas vidas, só então é que podemos começar a mudar, um dia de cada vez. Tentamos ajudar pessoas como nós, tentamos tornar o mundo à nossa volta um pouco melhor. É então que a história começa. Quero dizer aqui que lamento muito por quem eu fui." Harvey ergueu os olhos para Jacquie, que desviou o olhar. "Eu também tenho essa vergonha. Do tipo que é feita de mais anos do que você sabe que ainda tem para viver. Aquela vergonha que faz você querer dizer foda-se e só voltar para a bebida como um meio para um fim. Me arrependo por todas as pessoas que eu magoei por todo aquele tempo em que estive doido demais para ver o que estava fazendo. Não há desculpa. Desculpas sequer significam tanto quanto só... só reconhecer que você fodeu com tudo, magoou gente, e que você não quer fazer isso mais. Nem a si mesmo também. Essa é, por vezes, a parte mais difícil. Então, fechemos esta noite como sempre fazemos, mas vamos nos certificar de que estamos atentos à oração, e dizê-la de verdade. Deus, me dê a serenidade..."

Todos a estavam dizendo em uníssono. Jacquie não ia fazê-lo, a princípio, mas de repente viu-se dizendo a oração com eles. "E a sabedoria para saber a diferença", ela terminou.

A sala se esvaziou. Todos, menos os dois, Jacquie e Harvey.

Jacquie estava sentada, com as mãos empilhadas sobre o colo. Ela não conseguia se mexer.

"Quanto tempo", disse Harvey.

"É."

"Sabe, eu vou voltar para Oakland nesse verão. Dentro de uns poucos meses, na verdade, para o pow-wow, mas também..."

"Isto é para ser como se tudo estivesse normal, bacana, como velhos amigos?"

"Você não ficou para conversar?"

"Ainda não sei por que fiquei."

"Eu sei que você disse o que fizemos, o que eu fiz em Alcatraz, como você a entregou para adoção. E lamento por tudo isso. Eu não tinha como saber. Acabei de descobrir que também tenho um filho. Ele me encontrou pelo Facebook. Ele mora em..."

"Do que você está falando?", disse Jacquie, depois levantou-se para ir embora.

"Podemos recomeçar?"

"Eu não dou a mínima pro seu filho, nem pra sua vida."

"Existe alguma maneira de encontrar?"

"Encontrar o quê?"

"Nossa filha."

"Não a chame assim."

"Talvez ela queira saber."

"Será melhor para todos se ela não souber."

"E os seus netos?"

"Não."

"Não precisamos continuar com isso", disse Harvey, e tirou o chapéu. Ele era careca no topo. Ele levantou-se e pôs o chapéu sobre sua cadeira.

"O que você vai dizer para ele?", disse Jacquie.

"Sobre o quê?"

"Sobre onde você esteve."

"Eu não sabia. Escuta, Jacquie, acho que você devia pensar em voltar comigo. Para Oakland."

Jacquie Red Feather

"Nós nem nos conhecemos."

"A carona é de graça. Vamos dirigir o dia todo e depois noite adentro até chegarmos lá."

"Você tem todas as respostas, então?"

"Eu quero fazer alguma coisa para ajudar. Não há modo de desfazer o que fiz com você. Mas eu preciso tentar."

"Há quanto tempo você está sóbrio?", disse Jacquie.

"Desde 1982."

"Cacete."

"Aqueles meninos precisam da avó."

"Eu não sei. E você certamente não sabe merda nenhuma da minha vida."

"Talvez a gente consiga encontrá-la."

"Não."

"Há maneiras de..."

"Meu Deus, cala a porra dessa boca! Pare de agir como se me conhecesse, como se a gente sequer tivesse algo a dizer um para o outro, como se a gente quisesse encontrar um ao outro, como se a gente não tivesse simplesmente..." Jacquie se deteve, depois levantou-se e saiu da sala.

Harvey a alcançou no elevador.

"Jacquie, me desculpe, por favor", ele disse.

"Por favor o quê? Estou indo embora agora", ela disse, e apertou o botão já aceso.

"Você não quer se arrepender disso mais tarde", disse Harvey. "Você não quer seguir por esse mesmo caminho que esteve seguindo."

"Você não pode realmente achar que vai ser a pessoa que finalmente vai virar o jogo para mim. Eu me mataria, caralho, se você acabasse sendo a pessoa que vai afinal me ajudar. Você entende isso?" O elevador chegou e Jacquie entrou.

"Deve existir uma razão para tudo isso. Que a gente se encontre desse jeito", disse Harvey, atravessando o limiar do elevador com o braço para segurá-lo ali.

"A razão é que nós somos dois merdas e o mundo Indígena é pequeno."

"Não venha comigo então, tudo bem. Nem me dê ouvidos. Mas você disse no círculo. Você sabe o que quer. Você disse. Você quer voltar."

"OK", disse Jacquie.

"OK", disse Harvey. "OK quer dizer que você vai voltar?"

"Vou pensar a respeito", ela disse.

Harvey soltou a porta do elevador.

De volta a seu quarto, Jacquie deitou-se na cama. Pôs um travesseiro sobre o rosto. Depois, sem sequer pensar a respeito, ela levantou-se e foi até o frigobar e o abriu. Estava cheio de pequenas doses, cervejas, pequenas garrafas de vinho. A princípio, isto a deixou contente. A ideia de sentir-se bem e confortável, segura, tudo com as primeiras, as primeiras seis já serviriam, e depois a inevitável estirada até 12, 16, porque, uma vez preso, uma vez que se começava, a teia se pegava a você onde quer que você alcançasse com as mãos. Jacquie fechou o frigobar, depois esticou o braço por trás dele e desligou-o da tomada. Arrastou o frigobar de sob a TV, depois, usando toda sua força, caminhou com a coisa até a porta. As garrafas se entrechocavam, como que protestando. Lentamente, de quina em quina, ela foi se encaminhando. Ela deixou o frigobar do lado de fora, no corredor, depois voltou e telefonou à recepção para mandar-lhes vir buscá-lo. Ela estava suando. Ela ainda queria uma bebida. Ainda havia tempo antes de eles subirem para pegá-lo. Ela precisava ir embora. Colocou o traje de banho.

Jacquie Red Feather

* * *

Jacquie contornou o frigobar, caminhou pelo corredor, percebeu que havia esquecido os cigarros, depois deu meia-volta e foi buscá--los. Quando tornou a sair do quarto, deu com a canela no frigobar.

"Vá", disse ela, olhando para o frigobar, "se foder". Procurou ver se havia alguém chegando, depois abriu o frigobar e puxou uma garrafa. Depois outra. Enrolou seis em sua toalha. Depois dez. No elevador, segurou o feixe de garrafas com ambos os braços.

Caminhou de volta à piscina vazia, entrou e permaneceu submersa até doer. Cada vez que subia, dava uma olhada no fardo coberto pela toalha. Existe uma dor quando você se impede de respirar. Um alívio quando sobe para pegar ar. Era a mesma coisa quando você bebia depois de dizer a si próprio que não o faria. Ambos em dado momento se rompiam. Ambos davam e tomavam. Jacquie mergulhou e nadou para frente e para trás, tomando fôlego quando necessário. Pensou em seus netos. Aquela foto deles com Opal, o rosto de Opal, seus olhos dizendo para Jacquie: *Venha buscá-los.*

Jacquie saiu da piscina e caminhou até a toalha. Puxou a trouxa para si, depois atirou-a para o alto, para dentro d'água. Observou a toalha branca descer flutuando, depois estender-se e ficar plana. Observou as garrafas descendo até o fundo. Virou-se, saiu pelo portão e voltou para seu quarto.

A mensagem de texto que enviou para Opal era a seguinte: *Se eu for para Oakland, posso ficar aí?*

Orvil Red Feather

∾

Orvil fica de pé diante do espelho do quarto de Opal com seu traje cerimonial todo errado. Não está às avessas, e na verdade ele não sabe o que fez de errado, mas não estava direito. Ele se mexe diante do espelho e suas penas balançam. Flagra a hesitação, a preocupação em seus olhos, ali no espelho. De repente, teme que Opal entre no próprio quarto, onde Orvil está fazendo... o quê? Haveria coisas demais para explicar. Ele pensa no que ela faria se o pegasse. Desde que ficaram sob os cuidados dela, Opal tinha se mostrado manifestamente contrária a eles fazerem qualquer coisa Indígena. Ela tratava tudo aquilo como se fosse algo que eles pudessem decidir por si próprios quando tivessem idade. Como beber ou dirigir ou fumar ou votar. "Indianar."

"Riscos demais", ela dissera. "Especialmente com os pow-wows. Meninos como você? Não."

Orvil não podia compreender o que ela queria dizer com riscos. Encontrara os trajes por acidente no armário dela muitos anos atrás, enquanto procurava presentes de Natal. Pedira permissão para vesti-los, e ela simplesmente dissera *não*. Quando ele perguntou o porquê, ela disse: "O jeito Cheyenne, deixamos você aprender por conta própria, depois o ensinamos quando estiver pronto."

"Isso não faz sentido", Orvil dissera. "Se aprendermos por nossa conta, não precisaremos que ninguém nos ensine. É porque você está trabalhando o tempo inteiro."

Ele viu a cabeça da avó voltar-se da panela que ela estava mexendo. Rapidamente puxou uma cadeira e sentou-se.

"Não me faça dizer, Orvil", ela disse. "Eu fico tão cansada de me ouvir dizer isso. Você sabe o quanto eu trabalho. Como volto tarde para casa. Eu tenho minha rota e as cartas não param de chegar, assim como as contas. Seus telefones, a internet, a luz, a comida. Tem o aluguel e as roupas e o dinheiro para o ônibus e para o trem. Escuta, amor, fico feliz que você queira se instruir, mas aprender sobre sua herança é um privilégio. Um privilégio que não temos. E de todo modo, qualquer coisa que você ouça de mim a respeito de sua herança não vai torná-lo mais ou menos Índio. Mais ou menos um Índio de verdade. Nunca deixe ninguém te dizer o que significa ser Índio. Morreram demais dos nossos para que uns poucos viessem parar aqui, bem aqui, bem nesta cozinha. Eu, você. Cada parte do nosso povo que conseguiu sobreviver é preciosa. Você é Índio porque você é Índio porque você é Índio", disse ela, terminando a conversa voltando-se para mexer.

"Então, se tivéssemos mais dinheiro, se você não precisasse trabalhar tanto, as coisas seriam diferentes?", disse Orvil.

"Você não ouviu uma palavra do que eu te disse, ouviu?", ela respondeu.

Opal Viola Victoria Bear Shield. Grande e velho nome para uma grande e velha senhora. Ela não é tecnicamente a avó deles. À maneira Indígena, ela é. Foi o que disse a eles quando explicou por que era uma Bear Shield e eles, Red Feathers. Ela é, na verdade, tia-avó deles. A avó deles de verdade, Jacquie Red Feather, mora no Novo México. Opal é meia-irmã de Jacquie, mas elas cresceram juntas, com a mesma mãe. A filha de Jacquie, Jamie, é a mãe dos meninos. Mas Jamie não fez mais que os parir. Nem ficou limpa quando eles estavam dentro dela. Todos os três tinham começado suas vidas com síndrome de abstinência. Bebês de heroína. Jamie deu um tiro no meio dos próprios olhos quando Orvil tinha seis anos, seus irmãos quatro e dois. Opal os adotou oficialmente depois da morte da mãe, mas ela já tinha ficado bastante com eles antes disso. Orvil tem apenas um punhado de lembranças da mãe. Entreouvira uns detalhes quando sua avó estava conversando com uma amiga no telefone da cozinha, certa madrugada.

"Conte alguma coisa dela", Orvil dizia sempre que tinha oportunidade, em momentos em que Opal estava de bom humor e parecia que ia responder.

"Ela é o motivo pelo qual os nomes de vocês se soletram tão mal", Opal disse aos meninos durante o jantar certa noite, depois de Lony contar-lhes que os meninos o estavam chamando *Lony, o pônei* no colégio.

"Ninguém fala o nome direito", disse Lony.

"Ela que fez isso?", Orvil disse.

"Claro que foi. Quem mais? Não que ela fosse estúpida. Ela sabia soletrar. Ela só queria que vocês todos fossem diferentes. Eu não a culpo. Nossos nomes deviam parecer diferentes."

"Ela era uma estúpida do caralho", disse Loother. "Essa parada é babaca", ele levantou-se, empurrou a cadeira e foi embora da sala. Sempre fora ele quem mais reclamava da grafia do próprio nome, embora as pessoas ainda o pronunciassem direito. Ninguém nunca sequer tinha notado que Orvil se devia grafar *Orville* – com aqueles inúteis *l* e *e* sobressalentes. Quanto a Lony, era só porque Opal conhecera a mãe deles, sabia como ela pronunciava, que alguém em algum lugar sabia que Lony não rimava com pônei.

Orvil Red Feather

* * *

Orvil consegue vestir o traje cerimonial direito e posta-se diante do espelho de corpo inteiro na porta do armário de Opal. Espelhos sempre foram um problema para ele. A palavra *estúpido* com frequência se faz ouvir na cabeça dele quando olha para si mesmo no espelho. Ele não sabe por quê, mas parece importante. E verdadeiro. Os trajes pinicam e suas cores estão lavadas. São apertados demais. Ele não tem o aspecto que esperava ter. Não sabia o que esperava achar. Ser Índio tampouco lhe cabia. E virtualmente tudo o que Orvil aprendera sobre ser Índio ele aprendera virtualmente. Assistindo a horas e horas de filmagens de pow-wows, documentários no YouTube, lendo tudo o que havia para ler em sites como o Wikipedia, powwows.com e *Indian Country Today*. Buscando no Google coisas como O *que quer dizer ser um Índio de verdade*, o que o levou a gastar muitos cliques em foros bem zoados e preconceituosos, e finalmente a uma palavra no urbandictionary. com que ele jamais ouvira: *Fingíndio*.

Orvil soube que queria dançar da primeira vez que viu um dançarino na TV. Ele tinha doze anos. Era novembro, então era fácil encontrar Índios na TV. Todo mundo já tinha ido se deitar. Ele estava zapeando pelos canais quando o achou. Ali, na tela, em trajes cerimoniais completos, o dançarino se movia como se a gravidade tivesse para ele um significado diferente. Era como dançar *break*, de alguma forma, pensou Orvil, mas parecia tanto uma novidade – até mesmo maneiro – quanto ancestral. Tanta coisa ele perdera, tanta coisa não lhe tinha sido dada. Não lhe sido dita. Naquele momento, na frente da TV, ele soube. Era parte de algo. Algo em cujo compasso se podia dançar.

E então, o que Orvil está fazendo, segundo o próprio, diante do espelho, com seus trajes cerimoniais roubados, pequenos demais para ele, é *se fantasiando de Índio*. Com peles e laços, fitas e penas, peitoral de ossos e ombros curvados, ele permanece de pé, os joelhos fraquejando, um impostor, uma cópia, um menino se fantasiando. E no entanto, há algo ali, atrás daquele olhar estúpido e vidrado, olhar que tanto lança a seus irmãos, aquele olhar crítico, cruel, atrás dele, ele quase pode enxergar, que é o motivo pelo qual continua olhando, continua de pé diante do espelho. Ele está esperando que algo verdadeiro apareça diante dele – a respeito dele. É importante que se vista como um Índio, dance como um Índio, ainda que seja um teatro, ainda que ele se sinta como uma fraude o tempo todo, porque a única maneira de ser Índio nesse mundo é parecer-se com e agir como um Índio. Ser ou não ser Índio depende disso.

Hoje os irmãos Red Feather vão buscar uma nova bicicleta para Lony. A caminho, eles param no Centro Indígena, Orvil deve receber duzentos dólares para contar uma história para um projeto de narração que Orvil viu no Facebook.

Loother e Lony ficam sentados do lado de fora, no corredor, enquanto Orvil é conduzido para dentro de uma sala por um cara que se apresentou como Dene Oxendene. Dene faz Orvil sentar-se na frente da câmera. Ele se senta detrás da câmera, cruza as pernas, inclina-se para Orvil.

"Pode me dizer seu nome, sua idade e de onde você vem?", diz Dene.

"OK. Orvil Red Feather. Oakland."

"E sua tribo, você sabe a que tribo pertence?"

"Cheyenne. Pelo lado de nossa mãe."

"E como você ficou sabendo desse projeto?"

"Pelo Facebook. Disse que pagava duzentos dólares?"

"Isso mesmo. Estou aqui para coletar histórias para poder disponibilizá-las online, de modo que as pessoas da nossa comunidade e de comunidades como a nossa possam ver e ouvir. Quando você escuta histórias de pessoas como você, você se sente menos sozinho. Quando se sente menos sozinho, como se tivesse uma comunidade de pessoas por trás de você, do seu lado, acredito que é possível viver uma vida melhor. Isso faz sentido?"

"Claro."

"O que significa para você quando eu digo *história*?"

"Eu não sei", diz Orvil. Sem pensar, ele cruza as pernas como Dene.

"Tente."

"É tipo contar para os outros algo que aconteceu com você."

"Bom. É basicamente isso. Agora, me conte algo que tenha acontecido com você."

"Tipo o quê?"

"Isso é contigo. Que nem você disse. Não precisa ser grande coisa. Conte-me algo que tenha acontecido com você que se destaque, algo em que você tenha pensado de cara."

"Eu e meus irmãos. Como terminamos com nossa avó, com quem vivemos agora. Foi depois da segunda vez que nós achamos que ela tinha tido uma overdose."

"Você se incomodaria de falar sobre esse dia?"

"Mal me lembro de qualquer coisa de quando eu era menino, mas lembro daquele dia perfeitamente. Era um sábado, então eu e meus irmãos vimos desenhos a manhã toda. Fui até a cozinha fazer uns sanduíches, e a encontrei caída de cara no chão. O nariz dela estava todo esmagado contra o chão e sangrando, e eu soube que a coisa era séria porque os braços dela estavam torcidos na altura do estômago, como se ela tivesse caído em cima deles, o que significava que ela tinha desmaiado enquanto andava. A primeira coisa que fiz foi mandar meus irmãos para o quintal. Estávamos vivendo na rua 38 na época, numa pequena casa azul com um pequeno gramado cercado onde ainda éramos pequenos e novos o suficiente para gostar de brincar. Tirei o espelho de maquiagem da mãe e o coloquei sob seu nariz. Eu vira aquilo num programa, e quando eu vi que o espelho mal ficou embaçado, liguei para o 911. Quando eles chegaram, porque eu disse à telefonista que éramos só eu e meus irmãos além da mãe, vieram com duas viaturas de polícia e um funcionário do Serviço de Proteção ao Menor. Ele era um velho cara Índio que eu nunca mais vi, só daquela vez. Foi a primeira vez que eu ouvi que nós éramos Índios. Ele reconheceu que nós éramos Índios só de olhar para nós. Levaram nossa mãe embora numa maca enquanto o assistente social mostrava um truque de mágica para os meus irmãos menores com uma caixa de fósforos, ou então ele estava apenas acendendo fósforos e a coisa parecia mágica, eu não sei. Ele é o motivo pelo qual contataram nossa avó e por que acabamos sendo adotados por ela. Ele nos levou até o seu escritório e perguntou se tínhamos mais alguém além de nossa mãe. Depois de falar com nossa avó Opal, fomos embora e a encontramos no hospital."

"E então?"

"Então fomos para casa com ela."

"Para casa com sua avó?"

"Sim."

"E a mãe de vocês?"

"Ela já tinha ido embora do hospital quando chegamos lá. Acabou que ela só tinha desmaiado por conta da queda. Não era overdose."

"Essa é uma boa história. Obrigado. Quer dizer, não é boa, mas muito obrigado por contá-la."

"Agora eu recebo duzentos dólares?"

Orvil Red Feather

Orvil e seus irmãos deixam o Centro Indígena e vão direto à Target de West Oakland para pegar a bicicleta de Lony. Lony vai na traseira da bicicleta de Loother – apoiado sobre cavilhas. Ainda que a história tivesse sido triste de rememorar, Orvil sente-se bem de tê-la contado. Sentiu-se ainda melhor com o vale-presente de duzentos dólares no seu bolso traseiro. Ele não consegue parar de sorrir. Mas sua perna. O calombo que tem em sua perna desde que consegue se lembrar tem coçado ultimamente. Ele não tem conseguido parar de coçar.

"Acabou de acontecer uma merda no banheiro", Orvil diz para Loother ao deixar a Target.
"Não é isso que é para acontecer lá?", Loother dizer.
"Cala a porra da boca, Loother, estou falando sério", diz Orvil.
"O quê? Você não conseguiu segurar a tempo?", diz Loother.
"Eu estava sentado no reservado, mexendo na coisa. Lembra do calombo que eu tenho? Senti alguma coisa querendo sair dele. Então eu puxei, tipo, só puxei uma para fora, coloquei num pouco de papel higiênico dobrado, depois voltei e peguei mais uma. Depois, mais duas. Tenho quase certeza de que são patas de aranha", diz Orvil.
"Pffft", diz Loother, e ri. Ao que Orvil lhe mostra uma bela pilha de papel higiênico dobrado.
"Deixa eu ver", diz Loother.
Orvil desfaz as dobras do papel higiênico e mostra para Loother.
"Que merda é essa?", diz Loother.
"Diretamente da minha perna", diz Orvil.
"Tem certeza que não são, tipo, farpas?"
"Não, olha onde a pata dobra. Tem uma articulação. E uma ponta. Tipo a ponta de uma pata, onde fica mais estreito, veja."

"Isso é bizarro", diz Loother. "Mas e as outras quatro? Quer dizer, se são patas de aranha, tinha que ter oito, certo?"

Antes que Orvil possa dizer qualquer coisa ou guardar as patas de aranha, Loother já está no telefone.

"Está pesquisando?", pergunta-lhe Orvil, mas ele não responde. Ele só digita. Rola páginas. Espera.

"Encontrou alguma coisa?", diz Orvil.

"Não. Nadinha", Loother diz.

"Só vamos embora", diz Orvil, depois põe os fones de ouvido. Olha para trás e vê seus irmãos colocando os seus também. Pedalam de volta até a Wood Street. Ao passarem pela placa da Target, Orvil se lembra do ano anterior, quando todos ganharam telefones da Target no mesmo dia como presente de Natal antecipado. Eram os telefones mais baratos da loja, mas não eram de abrir e fechar. Eram smart. Fazem tudo que os meninos precisam que eles façam: fazem chamadas, mandam mensagem, tocam música e os colocam na internet.

Pedalam juntos em fileira, e escutam o que sai de seus fones. Orvil ouve sobretudo música de pow-wow. Tem alguma coisa na energia daquele grande, pujante tambor, na intensidade do canto, como uma urgência que parece especificamente indígena. Ele também gosta do poder que faz o som de um coro de vozes, aquelas harmonias agudas, choradas, como não se pode adivinhar quantos cantores há, e como por vezes soa como dez cantores, às vezes como uma centena. Houve até uma vez, dançando na sala de Opal com os olhos fechados, em que ele sentiu como se fossem todos os seus ancestrais que haviam sobrevivido para que ele pudesse estar ali dançando e ouvindo aquele som, cantando bem ali nos ouvidos dele através de todos aqueles duros anos a que sobreviveram. Mas aquele também foi o momento em que seus irmãos o viram em trajes cerimoniais pela primeira vez, dançando daquele jeito, entraram e o pegaram assim no meio da coisa, e acharam tudo hilário, riram e riram, mas prometeram não contar para Opal.

Quanto a Loother, sem contar a si próprio, ele escuta exclusivamente três rappers, Chance the Rapper, Eminem e Earl Sweatshirt. Loother compõe e grava os próprios raps por cima de bases instrumentais que encontra no YouTube, e obriga Orvil e Lony a escutar estes raps e a concordar com ele sobre o quanto ele é bom. Quanto a Lony, há pouco descobriram o que ele curtia.

"Ouviu isso?", Loother perguntara certa noite, no quarto deles.

"Sim. É tipo, é tipo uma espécie de coral, ou coro, certo?", disse Orvil.

"Sim, tipo anjos, uma merda assim", Loother disse.

"Anjos", Orvil disse.

"Sim, tipo como eles fazem soar parecido."

"Como eles fazem soar parecido?"

"Quer dizer, tipo nos filmes, essas merdas", disse Loother. "Cala a boca. Está rolando ainda. Escuta."

Ficaram sentados pelos minutos seguintes e ouviram o som distante da sinfonia, do coro saindo de uma polegada de caixa de som, emudecido pelos ouvidos de Lony – prontos a acreditar que fosse qualquer coisa, qualquer coisa melhor que o som que faziam os anjos. Orvil foi o primeiro a entender o que o som era, e ele começou a dizer o nome de Lony, mas Loother levantou-se pôs um dedo sobre os lábios, depois foi caminhando e puxou gentilmente os fones de ouvido. Colocou um deles perto do próprio ouvido e sorriu. Olhou para o telefone de Lony e sorriu maior e o mostrou a Orvil.

"Beethoven?", disse Orvil.

Pedalam pela rua 14, a caminho do centro. A 14 os leva, via centro, até a East 12th, que dá na Fruitvale, sem ciclovia, mas numa rua larga o suficiente, de modo que, muito embora os carros fiquem confortáveis, ziguezagueiem um pouco e acelerem na East 12th, é melhor que pedalar na sarjeta da International Boulevard.

Quando chegaram ao cruzamento da Fruitvale com a International, pararam no estacionamento da Wendy's. Orvil e Loother tiraram seus fones.

"Gente. Sério? Orvil está com patas de aranha na perna? Que merda é essa?", Lony pergunta. Orvil e Loother trocam olhares e riem com gosto. Lony quase nunca diz palavrões; portanto, quando o faz, é sempre tanto supersério quanto engraçado de se ouvir.

"Qual é?", diz Lony.

"É de verdade, Lony", Orvil diz.

"O que significa isso, é de verdade?", diz Lony.

"Não sabemos", diz Orvil.

"Liga para a avó", Lony diz.

"E digo o quê?", diz Loother.

"Conta para ela", diz Lony.

"Ela vai fazer um escarcéu", diz Orvil.

"O que a internet mostrou?", Lony pergunta.

Loother limita-se a balançar a cabeça.

"Parece Indígena", diz Orvil.

"O quê?", diz Loother.

"Aranhas, essas merdas", diz Orvil.

"Definitivamente, Índio", diz Lony.

"Talvez você devesse ligar", diz Loother.

"Merda", diz Orvil. "Mas o pow-wow é amanhã."

"O que isso tem a ver?", diz Loother.

"Tem razão", diz Orvil. "Não é como se ela soubesse que a gente está indo."

Orvil deixa uma mensagem para a avó quando ela não atende. Conta que pegaram a bicicleta de Lony, e depois fala das patas

Orvil Red Feather

de aranha. Enquanto deixa a mensagem, observa Loother e Lony olharem juntos para as patas. Eles mexem nas duas patas, e mexem o papel higiênico de modo que as patas se dobrem. Orvil sente um pulso no estômago, e como se algo caísse dele. Depois de desligar, ele pega as patas, dobra o papel higiênico e o coloca dentro do bolso.

No dia do pow-wow, Orvil acorda quente. Ao olhar pela janela, vê que não está quente lá fora. É uma manhã de Oakland, longa plana, cinzenta. Ele cobre o rosto com o fundo frio do travesseiro. Pensa no pow-wow, depois levanta o travesseiro e inclina a cabeça para ouvir o que pensa estar escutando da cozinha. Quer minimizar seu tempo com Opal antes de irem. Acorda os irmãos batendo neles com seu travesseiro. Ambos gemem e rolam, então ele bate de novo.

"A gente precisa sair sem ter que falar com ela, talvez ela tenha feito o café da manhã pra gente. A gente diz pra ela que não está com fome."

"Mas eu estou com fome", diz Lony.

"Não queremos ouvir o que ela pensa das patas de aranha?", diz Loother.

"Não", diz Orvil. "Não queremos. Agora não."

"Eu realmente acho que ela não vai ligar de a gente ir ao pow-wow", diz Loother.

"Talvez", diz Orvil. "Mas e se ela ligar?"

Orvil e seus irmãos pedalam suas bicicletas pela San Leandro Boulevard, na calçada, em fila. Na estação Coliseum do BART, eles levantam suas bicicletas e as carregam sobre os ombros, depois atravessam pedalando a ponte para pedestres que conduz ao Coliseum de Oakland. Diminuem a velocidade. Orvil ergue os olhos e vê, através da grade de ferro, a névoa da manhã se dissipando, dando lugar ao azul.

Orvil conduz os irmãos, em sentido horário, à volta do limite externo do estacionamento. Põe-se de pé e pedala com força, depois tira o boné preto comum e o coloca no bolso da frente de seu moletom com capuz. Após ganhar alguma velocidade, ele para de pedalar, tira as mãos do guidom e pega o próprio cabelo. Ele ficou grande. Grande de bater no meio das costas. Ele o amarra com o grampo de cabelo com miçangas que encontrara junto aos trajes cerimoniais no armário da avó. Puxa o rabo de cavalo pelo meio-círculo na parte traseira de seu boné, o qual se fecha com os estalidos de seis pequenos botões de plástico negro enfileirados. Ele gosta do som, a sensação que dá quando consegue encaixá-los perfeitamente numa fila. Ele ganha velocidade novamente, depois contorna e olha para trás. Lony o segue com a língua para fora devido à força com que está pedalando. Loother está tirando fotos do coliseu com seu telefone. O coliseu parece imenso. Maior do que parece quando visto do BART, ou enquanto se dirige pela rodovia. Orvil vai dançar no mesmo campo onde os A's e os Raiders jogam. Ele vai competir como dançarino. Irá dançar a dança que aprendeu vendo vídeos de pow-wow no YouTube. É seu primeiro pow-wow.

"Podemos parar?", diz Lony, sem fôlego.

Fazem uma parada a meio do perímetro do estacionamento.

"Preciso fazer uma pergunta para vocês", diz Lony.

"Pergunta então, moleque", diz Loother.

"Cala a boca, Loother. O que é que há, Lony?", diz Orvil, olhando para Loother.

"Estive querendo perguntar", diz Lony, "tipo, o que é um pow-wow?".

Loother ri, tira o boné e dá com ele contra a bicicleta.

Orvil Red Feather

"Lony, já vimos vários pow-wows, o que você quer dizer com o que é um pow-wow?", diz Orvil.

"É, mas eu nunca perguntei a ninguém", diz Lony. "Eu não sabia o que a gente estava olhando." Lony dá um puxão na aba de seu boné preto e amarelo do A's para abaixar a própria cabeça.

Orvil volta os olhos para cima ao som de um avião que passa sobrevoando.

"Quer dizer, por que todo mundo se fantasia, dança e canta que nem Índio?", diz Lony.

"Lony", diz Loother daquele jeito que um irmão mais velho pode te desmerecer só dizendo seu nome.

"Deixa pra lá", diz Lony.

"Não", diz Orvil.

"Sempre que eu faço perguntas vocês me fazem com que eu me sinta idiota por perguntar", diz Lony.

"É, Lony, mas você faz umas perguntas bem idiotas", diz Loother. "Às vezes é difícil saber o que dizer."

"Então diga que é difícil saber o que dizer", diz Lony, apertando o freio de mão. Ele engole com força, vendo sua mão se agarrar ao freio de mão, depois se abaixa para ver o freio agarrar o pneu da frente.

"São só costumes antigos, Lony. Dançar, cantar como índio. Precisamos dar continuidade", diz Orvil.

"Por quê?", diz Lony.

"Se não dermos, eles podem desaparecer", diz Orvil.

"Desaparecer? Mas eles vão para onde?"

"Quero dizer que as pessoas vão esquecer."

"Por que a gente não pode só inventar os nossos próprios costumes", diz Lony.

Orvil tira o boné, alisa o cabelo para trás e o recoloca de uma maneira que diz que ele está perdendo a paciência, como o modo como a avó deles põe a palma da mão sobre a testa e a conserva lá quando se sente frustrada.

"Lony, você gosta do gosto dos tacos Indígenas, certo?", diz Orvil.

"Sim", diz Lony.

"Você um belo dia inventaria sozinho uma comida e a comeria?", Orvil diz.

"Na verdade, isto parece bem divertido", Lony diz, ainda olhando para baixo, mas sorrindo um pouco agora, o que faz Orvil rir e dizer a palavra *estúpido* no meio da risada.

Loother ri também, mas já está de olho no telefone.

Voltam às bicicletas e recomeçam a pedalar, depois olham para cima e veem fileiras de carros afluindo lá para dentro, centenas de pessoas deixando seus carros. Os meninos param. Orvil salta da bicicleta. Estes são outros Índios. Saindo de seus carros. Alguns deles já em trajes cerimoniais. Índios de verdade, como eles jamais tinham visto, sem contar a avó deles, que eles provavelmente deviam contar, mas era difícil precisar o que havia de Indígena nela, especificamente. Ela era tudo que eles conheciam além da mãe deles, em quem é difícil demais pensar ou lembrar. Opal trabalhava nos Correios. Entregava correspondência. Gostava de ver TV quando estava em casa. De cozinhar para eles. Não sabiam muito mais dela. Ela de fato lhes fazia pão frito em ocasiões especiais.

Orvil repuxa as tiras de náilon da mochila para apertá-la e solta o guidom, deixa a roda da frente bambear, mas equilibra-se inclinando-se para trás. Na mochila encontram-se os trajes cerimoniais que mal lhe cabem, seu capuz negro XXL, que era grande demais para ele de propósito, e três – agora esmagados – sanduíches de pasta de amendoim com geleia em pequenos sacos plásticos de fecho ziplock que ele espera que não tenham que comer, mas sabe que talvez precisem se os tacos indígenas estiverem muito caros – se o preço da comida for de alguma forma parecido com o da comida nos jogos dos A's quando não era noite de desconto. Eles só conheciam os tacos indígenas porque a avó deles costumava fazê-los em seus aniversários. Era das poucas coisas indígenas que ela fazia. E ela sempre se certificava de lembrá-los de que aquilo não é tradicional, e que surgiu da míngua de recursos e do desejo por *comfort food*.

Para terem certeza de que poderiam comprar pelo menos um taco indígena cada um, pedalaram até a fonte atrás do templo mórmon. Loother havia estado lá por conta de uma excursão do colégio até o Parque Joaquim Miller, e disse que eles jogaram moedas lá dentro e fizeram desejos. Fizeram Lony enrolar a calça e catar todas as moedas que conseguia enxergar, enquanto Orvil e Loother jogavam pedras no edifício comunitário no topo das escadas sobre a fonte – distração que, naquele momento, não perceberam como podendo ser pior que a própria raspagem da fonte. Descer a avenida Lincoln depois disso foi uma das coisas mais sensacionais e estúpidas que já tinham feito juntos. Era possível descer uma colina tão rápido a ponto de não haver mais nada acontecendo no mundo inteiro, afora a sensação da velocidade passando por você e o vento nos olhos. Eles foram até o Shopping Bay Fair, em San Leandro, e rasparam o que puderam também daquela fonte antes de serem enxotados por um segurança. Tomaram o ônibus até o Lawrence Hall of Science, nas Berkeley Hills, onde havia uma fonte dupla, a qual sabiam que estaria praticamente intocada, porque só gente rica ou crianças monitoradas em excursões de colégio costumavam ir até lá. Depois de juntarem todas as moedas e trocá-las no banco, saíram-se com um total de catorze dólares e noventa e um centavos.

* * *

Quando chegam na entrada do coliseu, Orvil volta os olhos para Loother e pergunta se ele está com o cadeado.

"Você que sempre traz", diz Loother.

"Eu pedi para você pegar antes de sairmos de casa. Eu disse: 'Loother, pode pegar o cadeado, não quero ele bagunçando meus trajes.' Sério que você não trouxe? Merda. O que a gente vai fazer? Eu pedi para você logo antes de sairmos de casa, você disse: 'sim, já peguei.' Loother, você disse sim, já peguei."

"Eu devia estar falando de outra coisa", diz Loother.

Orvil expira a palavra *OK* e faz sinal para que o sigam. Escondem as bicicletas nuns arbustos do outro lado do coliseu.

"A vó mata a gente se perdermos nossas bicicletas", diz Lony.

"Bom, não tem como a gente não ir", diz Orvil. "Então nós vamos."

Interlúdio

∽

Que esquisitices não encontramos numa cidade grande, quando sabemos passear e olhar? A vida fervilha de monstros inocentes.
— BAUDELAIRE, TRADUÇÃO DE DOROTHÉE DE BRUCHARD

Pow-wows

Para os pow-wows, chegamos do país inteiro. De reservas e cidades, de rancherias, de fortes, pueblos, lagoas e terrenos em fideicomisso fora das reservas. Chegamos de cidades à beira de rodovias no norte de Nevada com nomes como Winnemucca. Alguns de nós vêm lá de Oklahoma, Dakota do Sul, Arizona, Novo México, Montana, Minnesota; vimos de Phoenix, Albuquerque, Los Angeles, Nova York, Pine Ridge, Fort Apache, Gila River, Pit River, da reserva de Osage, Rosebub, Flathead, Red Lake, San Carlos, Turtle Mountain, da reserva Navajo. Para chegar aos pow-wows, dirigimos sozinhos ou em pares em viagens de carro; deslocamo-nos em caravanas como famílias, atulhados em caminhonetes, vans e nas traseiras de Ford Broncos. Alguns de nós fumam dois maços por dia se estamos dirigindo, ou bebemos cerveja seguidamente para nos mantermos ocupados. Alguns de nós, que desistiram daquela vida exausta, na longa rubra estrada da sobriedade, bebemos café, cantamos, rezamos e contamos histórias até ficarmos esgotados. Mentimos, falseamos e roubamos nossas histórias, nós as suamos e sangramos pela autoestrada, até que aquela longa linha branca nos aquieta, faz com que paremos no acostamento para dormir. Quando ficamos cansados, paramos em motéis e hotéis, dormimos em nossos carros à beira da estrada, em paragens, paradas de caminhão, estacionamentos do Walmart. Somos jovens e velhos, todo tipo de Índio no meio.

Fizemos os pow-wows porque precisávamos de um lugar onde pudéssemos estar juntos. Algo intertribal, algo antigo, algo que nos rendesse dinheiro, algo pelo que pudéssemos trabalhar, por nossas joias, nossas canções, nossas danças, nosso tambor. Continuamos a fazer pow-wows porque não há muitos lugares em que podemos estar todos juntos, onde podemos nos ver e nos ouvir.

Viemos todos ao Grande Pow-wow de Oakland por motivos diferentes. Os fios soltos e bagunçados de nossas vidas foram puxados numa trança – amarrados à traseira de tudo o que estivéramos fazendo o tempo todo para conseguir chegar aqui. Faz milhas que estamos chegando. E estivemos chegando por anos, gerações, vidas inteiras, em camadas de rezas e trajes feitos à mão, cobertos de miçangas e costurados uns aos outros, emplumados, trançados, abençoados e amaldiçoados.

O Grande Pow-wow de Oakland

No estacionamento do Coliseum de Oakland, para o Grande Pow-wow de Oakland, uma coisa torna idênticos muitos de nossos carros. Nossos para-choques e janelas traseiras estão cobertos de adesivos Indígenas, como: *Ainda estamos aqui* e *Meu outro veículo é um pônei de guerra*, e *Claro que o governo é confiável, Basta perguntar a um índio!*; *Custer mereceu*; *Não herdamos a terra de nossos ancestrais, nós a tomamos emprestada de nossas crianças*; *Lutando contra o terrorismo desde 1492*; e *Meu filho não passou de ano com louvor, mas sabe muito bem como cantar louvores*. Há adesivos das Irmãs Schimmel, e adesivos da Nação Navajo, adesivos da Nação Cherokee, Idle No More e flâmulas da AIM afixadas a antenas com fita adesiva. Há apanhadores de sonhos e diminutos mocassins, penas e miscelânea com contas dependuradas de espelhos retrovisores.

Somos Índios e Nativo-Americanos, Ameríndios e Índios Nativo-Americanos, Índios Norte-Americanos, Nativos, NDNs e Ind'ins, Índios com Status e Índios sem Status, Índios das Primeiras Nações e Índios tão Índios que, ou pensamos neste fato todos os dias, ou não pensamos nele absolutamente. Somos Índios Urbanos, e Índios Indígenas, Índios de reservas e Índios do México, da América do Sul e da América Central. Somos Índios Nativos do Alaska, Havaianos Nativos e Índios Europeus Expatriados, Índios de oito tribos diferentes com requerimentos de cociente sanguíneo e, portanto, tipos de Índios não reconhecidos pela Federação. Somos membros inscritos de tribos e membros desinscritos, membros inelegíveis e membros de conselhos tribais. Somos puros-sangues, mestiços, *quadroons*, Índios com um oitavo de sangue Indígena, um dezesseis avos, um trinta e dois avos. Uma matemática impossível. Remanescentes insignificantes.

Sangue

O sangue, ao sair, emporcalha. Dentro, ele corre limpo e parece azul nos tubos que forram nossos corpos, os quais se dividem e se ramificam como os sistemas fluviais da Terra. O sangue é noventa por cento água. E, como a água, precisa estar em movimento. O sangue deve fluir, nunca se extraviar ou se bifurcar ou coagular ou dividir – perder qualquer quantidade essencial de si mesmo enquanto distribui-se equanimemente por nossos corpos. Mas o sangue emporcalha quando sai. Ele seca, se divide e se racha pelo ar.

O cociente de sangue nativo foi introduzido em 1705, na colônia da Virgínia. Se você fosse pelo menos meio-nativo, não tinha os mesmos direitos que os brancos. O cociente sanguíneo e as qualificações para tornar-se membro de tribo foram relegadas, desde então, às tribos individuais, para que elas decidam.

No fim dos anos 1990, Saddam Hussein encomendou que um Alcorão fosse escrito com seu próprio sangue. Agora, lideranças muçulmanas não têm certeza quanto ao que fazer com ele. Ter redigido um Alcorão com sangue foi pecado, mas destruí-lo também o seria.

A ferida que foi feita quando os brancos vieram e levaram tudo o que levaram nunca sarou. Uma ferida descurada infecciona. Torna-se um novo tipo de ferida, assim como a história do que de fato aconteceu tornou-se um novo tipo de história. Todas estas histórias que não estivemos contando esse tempo todo, que não estivemos escutando, são apenas parte do que precisamos para nos curarmos. Não que estejamos quebrados. E não cometa o equívoco de nos chamar de resilientes. Não ter sido destruído, não ter desistido, ter sobrevivido não é nenhum distintivo de honra. Você chamaria de resiliente uma vítima de tentativa de assassinato?

Quando vamos contar nossas histórias, as pessoas pensam que gostaríamos que ela tivesse sido diferente. As pessoas querem dizer coisas como "maus perdedores" e "superem de uma vez por todas", "parem de jogar o jogo da culpa". Mas será um jogo? Somente os que perderam tanto quanto nós enxergam aquela fatia de sorriso

Interlúdio

particularmente cruel numa pessoa que pensa estar vencendo ao dizer a palavra: superem. O caso é o seguinte: se você tem a opção de não pensar a respeito ou sequer considerar a história, quer a tenha aprendido corretamente ou não, ou se ela é sequer merecedora de consideração, é assim que você sabe que está a bordo do navio que serve *hors-d'oeuvres* e afofa seus travesseiros, enquanto outros estão em mar aberto, nadando ou se afogando, ou se agarrando a pequenos botes infláveis onde precisam se revezar para conservar inflado, pessoas sem fôlego, que nunca nem ouviram falar das palavras *hors-d'oeuvres* ou *afofar*. Então, alguém lá em cima do iate diz: "Pena que aqueles sujeitos lá embaixo sejam preguiçosos, e não tão inteligentes e capazes quantos nós aqui de cima, que construímos nós próprios estes barcos fortes, grandes e arrojados, nós que deslizamos pelos sete mares como reis." E depois outra pessoa a bordo diz algo como: "Mas foi teu pai que te deu esse iate, e esses que trouxeram os *hors-d'oeuvres* são os criados dele." Ao que a pessoa é jogada para fora do barco por um grupo de capangas contratados que também haviam sido contratados pelo pai que era dono do iate, contratados com o expresso propósito de remover todo e qualquer agitador no iate com vistas a impedi-los de fazer ondas desnecessárias, ou mesmo de aludir ao pai ou ao próprio iate. Enquanto isso, o homem atirado do barco implora por sua vida, e as pessoas nos pequenos botes infláveis não conseguem alcançá-lo a tempo, ou nem sequer tentam, e a velocidade e o peso do iate provocam uma corrente subterrânea. Em seguida, aos sussurros, enquanto o agitador é sugado para debaixo do iate, fazem-se acordos privados, calculam-se precauções e todos concordam silenciosamente em seguir concordando silenciosamente com a letra implícita da lei e em não pensar no que acabou de acontecer. Logo depois, do pai, que colocou estas coisas em seus lugares, se falará apenas em forma de folclore, histórias contadas de noite a crianças, sob as estrelas, a cuja altura existem subitamente diversos pais, nobres, sábios ancestrais. E o barco segue navegando, desimpedido.

Se você teve a sorte de nascer numa família cujos ancestrais se beneficiaram diretamente do genocídio e/ou da escravidão, talvez pense que, quanto menos souber, mais inocente poderá permanecer, o que é um bom incentivo para não descobrir, não olhar fundo demais, caminhar cuidadosamente à volta do tigre adormecido. Não será preciso procurar além de seu próprio sobrenome. Refaça-lhe o traçado e talvez descubra sua linhagem pavimentada de ouro ou repleta de armadilhas.

Sobrenomes

Não tínhamos sobrenomes antes de eles chegarem. Quando decidiram que precisavam manter um registro nosso, sobrenomes nos foram dados, bem como nos foi dado o próprio nome de índio. Eram tentativas de tradução e remendos de nomes indígenas, sobrenomes aleatórios e nomes que vinham de generais, almirantes, coronéis americanos brancos, e por vezes nomes de pelotões, que por vezes eram apenas cores. É por isso que somos Blacks e Browns, Greens, Whites e Oranges. Somos Smiths, Lees, Scotts, MacArthurs, Shermans, Johnsons, Jacksons. Nossos nomes são poemas, descrições de animais, imagens que fazem todo e nenhum sentido. Somos Little Cloud, Littleman, Loneman, Bull Coming, Madbull, Bad Heart Bull, Jumping Bull, Bird, Birdshead, Kingbird, Magpie, Eagle, Turtle, Crow, Beaver, Youngblood, Tallman, Eastman, Hoffman, Flying Out, Has No Horse, Broken Leg, Fingernail, Left Hand, Elk Shoulder, White Eagle, Black Horse, Two Rivers, Goldtooth, Goodblanket, Goodbear, Bear Shield, Yellow Man, Blindman, Roanhorse, Bellymule, Ballard, Begay, Yazzie.

Interlúdio

Nós somos Dixon, Livingston, Tsosie, Nelson, Oxendene, Harjo, Armstrong, Mills, Tallchief, Banks, Rogers, Bitsilly, Bellecourt, Means, Good Feather, Bad Feather, Little Feather, Red Feather.

Morte Aparente

Não teremos chegado esperando uma troca de tiros. Um atirador. Ainda que aconteça tantas vezes, que o vejamos acontecer tantas vezes em nossas telas, caminhamos ainda em nossas vidas pensando: não, mas nós não, isto acontece com eles, com as pessoas do outro lado da tela, as vítimas, suas famílias, não conhecemos aquelas pessoas, sequer conhecemos pessoas que conheçam aquelas pessoas, estamos distantes um ou dois graus da maior parte do que vemos do outro lado da tela, especialmente aquele homem terrível, sempre um homem, assistimos e sentimos o horror, o ato inacreditável, por um dia, por dois dias inteiros, por uma semana, postamos e clicamos em links e "curtimos" e "descurtimos" e repostamos e depois, e depois é como se não tivesse acontecido, seguimos em frente, surge a próxima coisa. Nos habituamos a tudo a ponto de nos habituarmos a nos habituar a tudo. Ou apenas pensamos que estamos habituados, até o atirador, até o encontrarmos na vida real, quando ele está lá conosco, os tiros virão de todas as partes, de dentro, de fora, do passado, do futuro, do agora, e não sabemos de imediato onde está o atirador, os corpos cairão, o grave dos estrondos fará com que nossos corações percam o compasso, a descarga de pânico e centelhas e suor sobre nossa pele, nada será mais real que o momento em que soubermos em nossos ossos que o fim está próximo.

    Haverá menos gritaria do que se espera. Será aquele silêncio de presa ao esconder-se, o silêncio de tentar desaparecer, não estar lá fora, fecharemos os olhos e iremos fundo lá dentro, vamos esperar que seja um sonho ou pesadelo, esperar que com fechar os olhos acordemos talvez para aquela outra vida, de volta ao outro lado da tela, onde podemos assistir da segurança de nossos sofás e quartos, de assentos de ônibus e trem, em nossos escritórios, qualquer lugar que não seja lá, no chão, nos fazendo de mortos, portanto, não nos fazendo nada de mortos, correremos como fantasmas de nossos próprios cadáveres na esperança de fugir dos tiros e do silêncio estrondoso da espera pelo disparo do próximo tiro, esperando que mais uma linha aguda e quente atravesse uma vida, corte uma respiração, traga veloz demais o calor e depois o arrefecimento de uma morte cedo demais.

Temos esperado que o atirador surja em nossas vidas do mesmo modo como sabemos que a morte está e sempre esteve em nosso encalço, com sua foice decisiva, seu corte permanente. Quase esperamos sentir o estrondo de tiros disparados nas redondezas. Jogarmo-nos no chão e cobrir nossas cabeças. Sentirmo-nos como um animal, preso na pilha sobre o chão. Soubemos que o atirador podia surgir de qualquer lugar, em qualquer lugar onde as pessoas se reunissem, temos esperado vê-lo à nossa periferia, uma sombra mascarada movendo-se pela multidão, apagando pessoas aleatoriamente, estrondos semiautomáticos deitando corpos, arremessando-os se debatendo pelo ar partido.

Uma bala é uma coisa tão rápida que é quente e tão quente que é má e tão reta que atravessa diretamente um corpo, faz um buraco, rasga, queima, sai, continua, esfomeada, ou permanece, esfria-se, aloja-se, envenena. Quando uma bala te abre, o sangue jorra como uma boca cheia demais. Uma bala perdida, como um cão de rua, pode simplesmente surgir e morder qualquer um em qualquer lugar, só porque seus dentes foram feitos para morder, feitos para amolecer, passar rasgando pela carne, uma bala é feita para carcomer o quanto pode.

Interlúdio

Algo nisto fará sentido. As balas vêm vindo por quilômetros. Anos. O som delas irá romper a água em nossos corpos, rasgar o próprio som, rasgar nossas vidas ao meio. O trágico de tudo será inexprimível, o fato de que estivemos lutando há décadas para sermos reconhecidos como um povo no tempo presente, moderno, e relevante, vivo, apenas para morrer no relvado, vestindo penas.

Tony Loneman

∽

As balas vão vir da fábrica de munição de Black Hills, em Black Hills, Dakota do Sul. Serão empacotadas em caixas de dezesseis, conduzidas através do país e guardadas em um armazém em Hayward, Califórnia, por sete anos, depois estocadas em prateleiras e compradas em Oakland numa Walmart perto da Avenida Hegenberger por um jovem chamado Tony Loneman. As duas caixas de balas serão colocadas dentro de sua mochila. Ele as retirará novamente para que os seguranças, na saída, confiram o recibo referente a elas. Tony pedalará sua bicicleta pela Hegenberger, sobre o viaduto e para além dos postos de gasolina e cadeias de fast-food na calçada. Ele sentirá o peso e ouvirá o tilintar das balas a cada pulo e rachadura. Na entrada do coliseu, ele vai retirar cada uma das caixas de balas e esvaziá-las dentro de um par de meias. Ele vai brandir e jogar as meias, uma de cada vez, contra a parede detrás dos arbustos depois dos detectores de metais. Quando tiver acabado, ele vai olhar para a lua, ver a névoa de sua própria respiração erguer-se entre ele e tudo. Seu coração estará em seus ouvidos, pensando nas balas nos arbustos, no pow-wow. E como ele foi parar ali sob a lua, sob os imponentes muros do coliseu, escondendo balas em arbustos?

Calvin Johnson

～

Quando Calvin chega lá, as pessoas estão fazendo o que sempre fazem durante a primeira hora de cada reunião do comitê de pow-wow a que já comparecera: puxando conversa fiada e limpando pratos de papel cheios de comida mexicana vindos de um bufê. Tem um cara novo lá. Ele é grande, e é o único sem prato. Calvin intui que não tem um prato porque é um desses sujeitos grandalhões que não sabem como portar o próprio peso. Como apossar-se dele. Calvin está mais para o extremo grandalhão do espectro, mas ele é alto e usa roupas folgadas, de modo que aparenta ser grande, e não necessariamente gordo.

Calvin senta-se do lado do grandalhão e lhe dá um leve aceno geral de cabeça do tipo "E aí?". O cara levanta a mão e acena, depois parece arrepender-se imediatamente do aceno, pois baixa a mão tão rápido quanto ela se erguera e saca seu celular como todo mundo faz hoje em dia quando quer ir embora sem ir embora.

Blue está escrevendo ou desenhando na parte de cima de um bloco de notas amarelo. Calvin gosta de Blue. Ela e Maggie costumavam trabalhar juntas nos serviços para a juventude. Foi ela que arranjou esse emprego para Calvin, muito embora ele não tivesse nenhuma experiência trabalhando com jovens. Ela provavelmente achou que Calvin era um jovem. Ou parecia-se com um. Com suas tralhas da Raider e cavanhaque deprimente. Blue é presidente do comitê do pow-wow. Ela convidara Calvin a juntar-se ao comitê pouco depois de ele conseguir o emprego. Blue dissera que eles queriam novas e inovadoras perspectivas. Tinham conseguido alguma bolsa para eventos bem grande e queriam tornar esse pow-wow grande, para que competisse com outros pow-wows por aí. Calvin dissera estupidamente: "Vamos chamar de o Grande Pow-wow de Oakland" numa das reuniões e todo mundo amou. Tentou dizer que estava apenas brincando, mas o mantiveram assim mesmo.

Thomas, o zelador, entra falando sozinho. Calvin sente o cheiro de imediato. Vapores alcoólicos. Em seguida, como se Thomas soubesse que Calvin sente seu cheiro, passa por ele a passo decidido, a caminho do grandalhão.

"Thomas Frank", diz ele, e estica a mão.

"Edwin Black", ele responde.

"Vou deixar vocês trabalharem", diz Thomas enquanto leva o lixo para fora. "Me avisem se precisarem de ajuda para limpar as sobras", diz ele num tom tipo "guarde um prato para mim". O cara é esquisito. Constrangedor pra caralho, como se tivesse que fazer com que você se sentisse tão desconfortável quanto ele sempre aparentava estar, como se não conseguisse segurar.

Blue bate na mesa duas vezes e pigarreia. "Certo, gente", ela diz, dando mais duas pancadas na mesa. "Vamos começar. Temos muito que conversar. Já é janeiro. Temos menos de cinco meses. Vamos começar com as duas pessoas novas, uma das quais ainda não está aqui, então isto significa que quem começa é você, Edwin. Vá em frente e conte um pouco sobre você para todos e como vai ser o seu papel aqui no Centro."

"Oi, todo mundo", Edwin diz, e ergue a mão e acena aquele mesmo aceno que acenara a Calvin. "Sou Edwin Black, e, bom, obviamente trabalho aqui agora, quer dizer, suponho que não obviamente, desculpem." Edwin mexe-se em sua cadeira.

"É só contar para eles de onde você vem, qual é sua tribo e sua função aqui", disse Blue.

"Certo, então. Eu cresci aqui em Oakland, e eu sou, hummm, eu sou Cheyenne, bom, não sou registrado ainda, mas tipo serei, nas tribos Cheyenne e Arapaho de Oklahoma, meu pai disse que somos Cheyenne e não Arapaho e, desculpem, vou estar aqui estagiando pelos próximos meses antes do pow-wow, estou aqui para ajudar com o pow-wow", diz Edwin.

"Estamos só esperando mais um", Blue está dizendo quando um outro sujeito adentra a reunião. "Falando nele", diz Blue.

É um sujeito jovem com boné de beisebol onde se estampa um padrão tribal indistinto. Se ele não estivesse usando aquele boné, Calvin não saberia se teria adivinhado que ele era nativo.

"Pessoal, esse é Dene Oxendene. Dene Oxendene, esse é o comitê do pow-wow. Dene vai montar uma tenda de narração de histórias meio tipo *StoryCorps*. Já ouviram falar do *StoryCorps*?"

Todos murmuram diversas respostas reticentes.

"Dene", diz Blue, "por que não vai em frente e diz algumas coisas sobre você antes de começarmos?".

Dene começa a dizer alguma coisa sobre a narração de histórias, umas coisas bem intelectuais, então Calvin dessintoniza. Ele não sabe o que vai dizer quando chegar sua vez. Ele havia sido encarregado de encontrar vendedores mais jovens, de modo a apoiar jovens artistas e empreendedores Nativos. Mas ele não tinha feito merda nenhuma.

"Calvin?", ele ouve Blue dizer.

Dene Oxendene

～

DENE CONVENCEU BLUE a deixar Calvin ser entrevistado para seu projeto de narrativas durante o expediente. Calvin fica cruzando e descruzando as pernas e puxando a aba do boné. Dene acha que Calvin está nervoso, mas Dene também está, ele está sempre nervoso, então talvez seja uma projeção. Mas a projeção como conceito é uma ladeira escorregadia, porque tudo pode ser uma projeção. Está regularmente sujeito ao efeito repetitivo, sufocante, do solipsismo.

Ele coloca a câmera e o microfone no escritório de Blue de antemão. Blue está em horário de almoço. Calvin agora está sentado quieto, vendo Dene mexer em seu equipamento de gravação. Ele entende o que estava errado e aperta *gravar* na câmera, e, no dispositivo de gravação, depois ajusta o microfone uma última vez. Dene aprendeu cedo a gravar tudo antes e depois, posto que estes momentos podem, por vezes, ser ainda melhores do que quando o entrevistado sabe que está sendo gravado.

"Desculpe, achei que estávamos prontos antes de você entrar", diz Dene, e senta-se à direita da câmera.

"Não tem problema", diz Calvin. "De que se trata isso mesmo?"

"Você vai dizer seu nome e sua tribo. Falar sobre o lugar ou os lugares em que viveu em Oakland, e depois, se conseguir se lembrar de uma história para contar, tipo algo que lhe tenha acontecido em Oakland que possa, tipo, dar uma ideia de como tem sido para você, especificamente, crescer em Oakland, como Ameríndio, como tem sido."

"Meu pai nunca falou sobre ser Nativo e essas paradas a ponto de não sabermos nem mesmo a que tribo pertencemos pelo lado dele. Nossa mãe tem sangue Nativo no lado dela também, mas ela também não sabe muito disso. É, e meu pai quase nunca estava em casa, e então, um dia, ele realmente sumiu. Ele nos abandonou. Então, eu não sei, às vezes me sinto mal até de dizer que sou Nativo. Na maior parte do tempo, eu só sinto que sou de Oakland."

"Oh", diz Dene.

"Eu fui roubado no estacionamento, prestes a ir a um pow--wow na faculdade Laney. Não é uma história muito boa, eu só fui roubado numa porra de estacionamento e depois fui embora. Eu nunca nem cheguei ao pow-wow. Então, este que vai acontecer daqui a pouco será o meu primeiro."

Dene não tem certeza de como ajudá-lo a chegar a uma história, e ele não quer forçar. Está feliz de já estar gravando. Às vezes, não ter uma história é a história.

"Tipo, ter ele como pai e não saber, e como ele fodeu com tudo como pai, eu não quero que pareça que acho que seja isto o que significa ser Nativo. Sei que há muitos Nativos vivendo em Oakland e na Área da Baía com histórias parecidas. Mas é como se não pudéssemos realmente falar a respeito porque não é de fato uma história Nativa, só que ao mesmo tempo é. É foda."

"É."

Dene Oxendene

"Quando é que você vai começar a gravar para que eu diga, tipo, o que quer que seja que eu vá tentar dizer?"

"Ah, eu já estou gravando."

"O quê?"

"Desculpa, eu devia ter contado."

"Isso significa que você vai usar alguma coisa que eu já disse?"

"Posso?"

"Tipo, acho que sim. Essa parada é tipo seu emprego?"

"Meio que. Eu não tenho outro emprego. Mas estou tentando pagar todos os participantes com o dinheiro da bolsa que peguei da cidade de Oakland. Acho que vou conseguir ganhar o suficiente para segurar as pontas", Dene diz. E depois há uma pausa, um silêncio do qual nenhum dos dois sabe como se recuperar. Dene limpa a garganta.

"Como você terminou trabalhando aqui?", diz Dene.

"Minha irmã. Ela é amiga da Blue."

"Então você não sente, tipo, nenhum tipo de orgulho nativo ou algo assim."

"Honestamente?"

"Sim."

"Eu só não me sinto bem tentando dizer alguma coisa que não me parece verdadeira."

"É isso que eu estou tentando tirar dessa coisa toda. Tudo posto junto, todas as nossas histórias. Porque tudo que temos neste momento são histórias de reserva, e versões cagadas de livros escolares de história ultrapassados. Muitos de nós vivem em cidades agora. Isto é para ser, tipo, um modo de começar a contar esta outra história."

"Eu só não acho certo reivindicar a condição de Nativo se não sei nada dela."

"Então você acha que ser Nativo diz respeito a saber alguma coisa?"

"Não, mas diz respeito a uma cultura, e a uma história."

"Meu pai também não foi presente. Eu nem sei quem ele é. Minha mãe é Nativa também, e me ensinou o quanto pôde, quando não estava muito ocupada trabalhando ou simplesmente não estava a fim. Do jeito que ela dizia, nossos ancestrais todos lutaram até a morte para permanecer vivos; então, algumas partes de seu sangue se uniram ao sangue de outra nação e eles fizeram filhos, então deixa eles pra lá, deixa eles pra lá mesmo com eles ainda vivendo em nós?"

"Cara, eu te entendo. Mas, pensando bem, não sei. Eu simplesmente não entendo desse lance de sangue."

Jacquie Red Feather

Jacquie e Harvey andam na picape Ford de Harvey pelo deserto lilás enluarado naquele longo trecho entre Phoenix e Blythe, na Interestadual 10. A viagem até agora tem sido repleta de longos silêncios que Jacquie conserva ao ignorar as perguntas de Harvey. Ele não é o tipo do homem que fica confortável com o silêncio. É um Mestre de Cerimônias de pow-wow. Seu trabalho é manter a boca ativa. Mas Jacquie está habituada ao silêncio. Não tem problemas com ele. Na realidade, fizera Harvey prometer que não precisaria falar. Isto não significava que Harvey não o faria.

"Sabe, uma vez eu fiquei perdido aqui no deserto", diz Harvey, mantendo os olhos fitos na estrada à frente deles. "Eu tinha saído pra beber com alguns amigos, e a gente quis dar um passeio de carro. Uma noite como esta teria sido perfeita. Não está nem escuro. Aquela lua cheia refletindo na areia assim?", diz Harvey e olha de relance para Jacquie, depois abaixa seu vidro e põe uma mão para fora para sentir o ar.

"Cigarro?", diz Jacquie.

LÁ NÃO EXISTE LÁ

Harvey pega um cigarro para si e emite um vago grunhido que Jacquie já ouvira outros homens Nativos usarem antes e sabe que significa "sim". "Eu costumava beber com uns gêmeos, caras Navajo. Um dos gêmeos não queria que o caminhão fedesse a fumaça de cigarro, o caminhão era da namorada dele, então nós paramos no acostamento na rodovia. A gente tinha trazido uma garrafa de tequila. Bebemos muito daquilo, falamos bobagem por umas horas, depois decidimos que precisávamos nos distanciar do veículo. Fomos tropeçando deserto adentro, acabamos indo tão longe que já não enxergávamos o caminhão", diz Harvey. Jacquie não está mais ouvindo. Ela sempre acha engraçado – não engraçado, mas irritante, na verdade – como as pessoas em recuperação gostam de contar velhas histórias de bebedeira. Jacquie não tinha nenhuma história de bebedeira que gostaria de compartilhar com ninguém. Beber nunca fora divertido. Era uma espécie de dever solene. Eliminava a tensão, e permitia-lhe dizer e fazer o que quisesse sem se sentir mal por isso. Algo que ela sempre repara é a confiança e falta de insegurança que as pessoas têm. Harvey aqui, por exemplo. Contando sua história terrível como se fosse cativante. São tantas as pessoas com quem ela esbarra que parecem ter nascido com confiança e autoestima. Jacquie não consegue se lembrar de um único dia em que, em algum momento, não tenha desejado incinerar a própria vida. Na verdade, hoje ela ainda não tinha tido este pensamento. Aquilo já era alguma coisa. Aquilo não era qualquer coisa.

"E muito embora eu não me lembre de ter desmaiado ali no chão do deserto", diz Harvey, "eu acordei e os gêmeos tinham sumido. A lua não tinha se deslocado tanto, então não havia se passado muito tempo, mas eles tinham sumido, então caminhei até onde achava que tínhamos estacionado. De repente tinha ficado muito frio, como eu nunca havia sentido antes. Como o frio que faz quando você está perto do oceano, como faz frio em San Francisco, aquele frio úmido que penetra até os ossos".

"Não estava frio antes de você desmaiar?", diz Jacquie.

"É aqui que a coisa fica estranha. Eu devia estar andando há vinte minutos, mais ou menos, no rumo errado, claro, mais para dentro do deserto, foi aí que eu os vi."

"Os gêmeos?", Jacquie diz, e abaixa a janela. Harvey faz o mesmo.

"Não, não os gêmeos", ele diz. "Sei que isso vai parecer maluquice, mas eram dois caras muito altos, muito brancos, com cabelos brancos, mas não eram velhos, e não eram altos a ponto de serem anormais, só talvez uns quarenta centímetros mais altos."

"Essa é a parte em que você me diz que acordou e viu os gêmeos deitados em cima de você ou algo assim", diz Jacquie.

"Pensei que talvez os gêmeos tivessem me apagado. Sabia que eram sujeitos da Igreja Nativa-Americana, mas eu já tinha tomado peiote antes e esse não era o caso. Fiquei a uns três metros deles. Os olhos deles eram grandes. Não daquele jeito alienígena, só notavelmente grandes", diz Harvey.

"Balela", diz Jacquie. "A história é assim: Harvey encheu a cara no deserto e teve um sonho bizarro, fim."

"Não estou de brincadeira. Esses dois caras brancos e altos com cabelo branco e olhos grandes, ombros curvados, só olhando fixamente, nem sequer na minha direção. Saí dali batido. E se aquilo foi um sonho, então isso aqui também é, porque eu nunca acordei dele."

"Você age como se sua memória fosse o quê quando bebe, confiável?"

"Tudo bem, mas escuta só, quando a internet chegou, ou quando eu comecei a usar, melhor dizendo, eu pesquisei caras brancos altos no deserto do Arizona, e existe. São chamados de *Tall Whites*. Alienígenas. Sem brincadeira. Pode pesquisar", diz Harvey.

O telefone de Jacquie vibra em seu bolso. Ela o pega sabendo que Harvey vai pensar que é para pesquisar esses Brancos Altos. É uma mensagem de texto atipicamente longa de Opal.

Eu já supus que você teria me contado se tivesse encontrado patas de aranha dentro da sua perna, ou quando éramos mais jovens, ou quando eu te contei sobre as de Orvil, mas essa suposição não faz sentido porque encontrei patas de aranha na minha perna pouco antes de tudo acontecer com o Ronald. E nunca te contei que tinha encontrado essas patas, digo, até agora há pouco. Preciso saber se isso já aconteceu com você. Sinto que tem algo a ver com a mãe.

"Li um website que dizia que os Brancos Altos estão controlando os Estados Unidos agora, você viu isso?", Harvey diz. E Jacquie sente-se triste por Harvey. E por Opal. E por essas patas de aranha. Se ela um dia encontrasse patas de aranha na própria perna, provavelmente teria dado cabo de tudo no ato. De repente ela se sente tão assoberbada por tudo isso que se sente cansada. Isso acontece às vezes a Jacquie, e ela se sente grata quando acontece, porque na maior parte do tempo seus pensamentos a mantém ligada.

"Vou dormir um pouco", diz Jacquie.

"Ah. OK", diz Harvey.

Jacquie encosta a cabeça na janela. Ela observa a linha branca da rodovia fluir e tremer. Observa as linhas dos fios telefônicos subirem e caírem em ondas. Seus pensamentos vagueiam, afrouxam-se, estendem-se sem rumo. Ela pensa em seus dentes de trás, seus molares, como doem toda vez que ela morde algo muito frio ou muito quente. Pensa em há quanto tempo não vai ao dentista. Pensa sobre os dentes da mãe. Pensa sobre genética e sangue e veias e por que um coração fica batendo. Olha para a própria cabeça recostada no reflexo escuro de sua cabeça na janela. Pisca um errático padrão de piscadelas que acabam com seus olhos fechados. Pega no sono ao som do zumbido baixo da estrada e o rumor constante da caminhonete.

PARTE III

Retornar

~~~

"As pessoas estão presas na história, e a história está presa dentro delas."

— JAMES BALDWIN

Opal Viola Victoria Bear Shield

∽

Sempre que entra em seu caminhão dos Correios, Opal faz a mesma coisa. Olha no espelho retrovisor e descobre seu próprio olhar o encarando de volta através dos anos. Ela não gosta de pensar na quantidade de anos em que esteve trabalhando como carteira para a USPS. Não que não goste do trabalho. É que é difícil ver os anos em seu rosto, as linhas e rugas que cercam seus olhos, ramificarem-se como rachaduras no concreto. Porém, mesmo que odeie ver o próprio rosto, ela nunca foi capaz de deixar o hábito de olhá-lo quando se acha bem diante de um espelho, onde captura uma das únicas versões de seu rosto que poderá ver – na superfície de um vidro.

Enquanto dirige, Opal pensa na primeira vez em que recebeu os meninos Red Feather para passar um fim de semana, no início do processo de adoção. Eles estavam num Mervyn's em Alameda, escolhendo roupas novas. Opal olhou para Orvil no espelho, para uma roupa que tinha escolhido para ele.

"Você gosta?", ela disse.

"E eles?", disse Orvil, apontando para o próprio reflexo e para o de Opal no espelho. "Como é que a gente sabe que não são eles que estão fazendo as coisas, e nós apenas copiando?"

"Porque, veja, eu estou decidindo acenar com a mão na frente dele agora", disse Opal, e acenou. Era um espelho tripartido do lado de fora do provador. Loother e Lony estavam escondidos dentro de uma arara de roupas ali por perto.

"*Ela* poderia ter acenado primeiro, e depois você não poderia deixar de copiar. Mas olha isso", ele disse, e depois irrompeu numa dança selvagem. Sacudindo os braços, ele pulou e girou. Para Opal, pareceu que ele estava fazendo uma dança de *pow-wow*. Mas não podia ser isso. Ele estava apenas tentando fazer maluquice na frente do espelho para provar que ninguém estava no controle, afora ele, o Orvil deste lado do espelho.

Opal está fazendo sua rota. A mesma, a mesma velha rota. Mas está prestando atenção em onde pisa. Opal não pisa em rachaduras ao caminhar. Ela caminha com cuidado porque sempre teve a impressão de que há buracos por toda parte, rachaduras nas quais se pode cair – o mundo, afinal de contas, é poroso. Ela vive segundo uma superstição que jamais admitiria. É um segredo que ela conserva tão próximo ao peito que jamais repara nele. Vive a partir dele, assim como respira. Opal coloca cartas em escaninhos e caixas, tentando se lembrar de com qual colher comeu mais cedo. Ela tem colheres que dão sorte e colheres que dão azar. Para que as que dão sorte funcionem, é preciso manter as que dão azar em meio a elas, e não se pode olhar para ver qual você está ganhando ao puxar uma da gaveta. Sua colher mais sortuda é uma com um padrão floral que vai do cabo até o pescoço.

Ela bate na madeira para cancelar alguma coisa que disse querer ou não querer que acontecesse, ou mesmo se apenas pense, ela encontrará madeira e baterá nela duas vezes. Opal gosta de números. Números são consistentes. Pode-se contar com eles. Mas para Opal certos números são bons e outros são maus. Números pares são melhores que os ímpares, e números que têm algum tipo de relação matemática são bons também. Ela reduz endereços a um único número ao somá-los, depois julga os vizinhos com base em seu número reduzido. Números não mentem. Quatro e oito são seus favoritos. Três e seis não prestam. Ela entrega a correspondência primeiro pelo lado ímpar, pois sempre acreditou ser melhor tirar o ruim do caminho primeiro, antes de chegar ao bom.

Azar, ou qualquer merda que aconteça na sua vida, pode te tornar supersticioso em segredo, pode fazer você querer retomar algum controle, algum senso de controle. Opal compra raspadinhas e bilhetes de loteria quando o prêmio aumenta o bastante. Sua superstição é de um tipo que ela jamais chamaria de superstição, por medo de que ela perca seu poder.

Opal termina o lado ímpar da rua. Quando a atravessa, um carro freia para ela – a mulher lá dentro acena impacientemente para que Opal atravesse, como se estivesse fazendo um favor a toda a humanidade. Opal quer erguer o braço, erguer um só dedo enquanto atravessa, mas, em vez disso, ela atravessa dando uma corridinha lenta, em resposta à impaciência e à generosidade fingida da mulher. Opal se odeia pela corridinha. Pelo sorriso que lhe veio ao rosto antes que pudesse detê-lo, virá-lo de ponta-cabeça, endireitá-lo enquanto ainda dava tempo.

Opal é cheia de arrependimentos, mas não por coisas que tenha feito. Aquela maldita ilha, sua mãe, Ronald e os quartos sufocantes, os rostos embaralhados dos guardiões temporários de lares comunitários que vieram depois. Ela se arrepende por estas coisas terem acontecido. Não importa que ela não as tenha provocado. Ela conclui que devia merecê-lo, de algum modo. Mas não conseguia entender. Então aguentou aqueles anos, o peso deles, e os anos abriram um buraco no meio dela, onde ela tentava seguir acreditando que havia alguma razão para manter seu amor intacto. Opal é sólida como uma rocha, mas vive com águas agitadas dentro de si, algo que às vezes ameaça inundar, afogá-la, subir-lhe aos olhos. Às vezes ela não consegue se mover. Às vezes parece impossível fazer alguma coisa. Mas não há problema, porque ela ficou muito boa em se perder no fazer das coisas. Mais de uma coisa de cada vez, de preferência. Como entregar a correspondência e ouvir um audiolivro ou música. O truque é manter-se ocupada, distrair-se e depois distrair a distração. Afastar-se duas vezes. Trata-se de camadas. Trata-se de desaparecer no remoinho do barulho e do fazer.

    Opal retira os fones de ouvido ao escutar um som em algum lugar lá em cima. Um zumbido desagradável retalhando o ar. Ela ergue os olhos e vê um drone, depois olha em volta para ver quem poderia estar controlando. Quando não vê ninguém, recoloca os fones de ouvido. Ela está ouvindo "Sittin' on the dock of the bay", do Otis Redding. É sua canção menos favorita do Otis Redding porque é tocada demais. Põe suas músicas no *shuffle* e vai parar em "Tears of a clown", do Smokey Robinson. Essa canção lhe dá aquela estranha mescla de tristeza e felicidade. Ainda por cima é animada. É isso o que ela adora na Motown, a maneira como eles lhe pedem para suportar a tristeza e a decepção, mas dançando ao mesmo tempo.

    Opal estava em sua rota ontem quando seu neto adotivo, Orvil, lhe enviou uma mensagem dizendo que havia puxado três patas de aranha de um calombo na perna. Ele coçou até abrir e surgiram aquelas patas de aranha, como farpas. Opal cobriu a boca enquanto ouvia a mensagem, mas não ficou surpresa, não tanto quanto ficaria se isto não lhe tivesse acontecido quando tinha mais ou menos a mesma idade que Orvil tem agora.

A mãe de Jacquie e Opal nunca as deixavam matar aranhas. Se encontrassem uma dentro de casa, ou, diga-se de passagem, em qualquer canto. Sua mãe dizia que aranhas carregam milhas de teia dentro de seus corpos, milhas de histórias, milhas de lar em potencial e de armadilha. Ela disse que era isso que nós somos. Lar e armadilha.

Quando as patas de aranha não vieram à tona durante o jantar na noite passada, Opal concluiu que Orvil estava com medo de mencioná-las por conta do pow-wow – embora as duas coisas não tivessem nada a ver uma com a outra.

Há algumas semanas ela encontrou um vídeo de Orvil fazendo danças de pow-wow em seu quarto. Opal verifica seus telefones regularmente enquanto eles dormem. Vê que retratos e vídeos eles fazem, suas mensagens de texto e seus históricos de navegação. Nenhum deles deu ainda sinais de alguma depravação especialmente preocupante. Mas é só uma questão de tempo. Opal acredita existir dentro de nós uma curiosidade sombria. Acredita que todos nós fazemos precisamente aquilo que julgamos poder fazer e nos safar. Do modo como ela pensa, privacidade é para adultos. Você se mantém atenta aos seus filhos, você os mantém na linha.

No vídeo, Orvil fazia dança de pow-wow como se soubesse exatamente o que estava fazendo, o que ela não compreendia. E ele estava dançando nos trajes cerimoniais que ela guardava no armário. Os trajes cerimoniais foram um presente de um velho amigo.

Havia todo tipo de programa e eventos para jovens Nativos crescendo em Oakland. Opal conheceu Lucas num lar comunitário, e depois o reencontrou num evento para jovens adotados. Por um tempo, Opal e Lucas foram jovens modelos de adoção, sempre os primeiros a serem escolhidos para entrevistas e fotografias para panfletos. Ambos haviam aprendido com uma mulher mais velha o que é necessário para a feitura dos trajes, e depois a haviam ajudado a criá-los. Opal ajudou Lucas a se preparar para seu primeiro pow-wow como dançarino. Lucas e Opal tinham estado apaixonados um pelo outro. O amor deles era jovem e desesperado. Mas era amor. Então, um dia, Lucas subiu num ônibus, mudou-se para Los Angeles. Ele nunca sequer havia falado a esse respeito. Ele simplesmente foi embora. Voltou quase duas décadas mais tarde, do nada, querendo uma entrevista para um documentário sobre Índios Urbanos que ele estava fazendo, e para dar-lhe o traje cerimonial. E morreu poucas semanas depois. Telefonou para Opal da casa de sua irmã para dizer-lhe que seus dias estavam contados. Foi assim que ele fraseou a coisa. Ele nem mesmo lhe disse de quê, apenas pediu desculpas e disse desejar-lhe o melhor.

Mas na noite passada o jantar foi silencioso. O jantar nunca era silencioso. Os meninos deixaram a mesa de jantar no mesmo silêncio suspeito. Opal chamou Lony de volta, perguntaria para ele como tinha sido o dia deles – Lony não conseguia mentir. Ela perguntaria se ele tinha gostado da bicicleta nova. Além disso, era a vez dele de lavar a louça. Mas Orvil e Loother fizeram algo que nunca tinham feito. Ajudaram o irmão caçula a secar e a guardar a louça. Opal não queria forçar o assunto. Ela realmente não sabia o que dizer a respeito. Era como se algo estivesse preso no fundo de sua garganta. Não subia, nem descia de volta. Na verdade, era como o calombo em sua perna do qual tinham saído as patas de aranha. O calombo nunca sumira. Haveria mais patas lá dentro? Aquilo era o corpo da aranha? Opal parara há tempos de fazer perguntas. O calombo permaneceu.

Quando ela foi mandar os meninos para a cama, ouviu um deles fazer "shh" para os outros dois.

"O que foi?", ela disse.

"Nada, vó", disse Loother.

"Não me venha com 'nada, vó'", disse ela.

"Não é nada", disse Orvil.

"Vão dormir", ela disse. Os meninos têm medo de Opal, bem como ela sempre tivera medo da mãe. Algo em como ela era tão breve e direta. Talvez hipercrítica também, assim como sua mãe era hipercrítica. É para prepará-los para um mundo que não era feito para as pessoas Nativas viverem, e sim morrerem, encolherem, sumirem. Ela precisa forçá-los cada vez mais porque ser bem-sucedido lhes custará mais que a qualquer um que não seja Nativo. É porque nunca conseguiu fazer mais do que desaparecer ela própria. Ela é intransigente com eles porque acredita que a vida vai fazer de tudo para acabar com você. Vir por trás, sorrateiramente, e estilhaçá-lo em pedaços diminutos e irreconhecíveis. Você precisa estar pronto para catar tudo pragmaticamente, conservar a cabeça baixa e fazer funcionar. Só a morte foge ao trabalho duro e à cabeça dura. Isso e a memória. Mas não há tempo – nem bons motivos, na maior parte do tempo – para olhar para trás. Deixe-as em paz e as lembranças se borram numa síntese. Opal preferia mantê-las lá exatamente assim. É por isso que essas malditas patas de aranha fizeram-na empacar no problema. Estão fazendo ela olhar para trás.

Opal puxou três patas de aranha de sua perna na tarde de domingo, antes de ela e Jacquie deixarem o lar, a casa, o homem com quem tinham sido abandonadas depois de sua mãe deixar este mundo. Recentemente, houve o sangue de sua primeira lua. Tanto o sangue menstrual quanto as patas de aranha fizeram-na sentir o mesmo tipo de vergonha. Algo que saiu estava dentro dela, que parecia tão criaturesco, tão grotesco e no entanto mágico, que a única emoção imediatamente disponível que ela tinha para ambas as ocasiões era vergonha, a qual, em ambos os casos, conduzia ao segredo. Segredos mentem por omissão, assim como a vergonha mente através do segredo. Ela podia ter contado a Jacquie tanto das patas como do sangramento. Mas Jacquie estava grávida, já não sangrava, cresciam-lhe membros por dentro que ambas concordaram em manter, uma criança que ela entregaria para adoção quando o momento chegasse. Mas as patas e o sangue terminaram significando muito mais.

O homem com quem sua mãe as deixou, esse Ronald, andou levando-as a cerimônias, dizendo-lhes que essa era a única maneira pela qual se curariam da perda de sua mãe. Tudo isto enquanto Jacquie se tornava, em segredo, uma mãe. E Opal estava se tornando, em segredo, uma mulher.

Mas Ronald começou a passar pelo quarto delas de noite. Depois, inventou de ficar parado no limiar da porta — uma sombra emoldurada pela porta e pela luz atrás dele. Voltando de carro de uma cerimônia, se lembrou de Ronald falando com elas algo sobre uma cerimônia de sangue. Opal não gostou daquilo. Ela inventou de manter um bastão que encontrara no armário do quarto delas quando se mudaram, perto dela, na cama, e inventara de segurar a coisa como antes segurava Dois Sapatos, para se confortar. Mas enquanto Dois Sapatos era só falatório e nenhuma ação, o bastão, que tinha em um dos seus extremos o nome STOREY escrito, era todo ação.

Jacquie sempre teve um sono pesado como a noite fica até chegar a manhã. Certa noite, Ronald foi até o extremo de sua cama – um colchão sobre o chão. Opal ocupava o colchão do outro lado do dela. Quando ela viu Ronald puxar os tornozelos de Jacquie, nem sequer precisou pensar. Nunca brandira o bastão antes, mas conhecia seu peso e como brandi-lo. Ronald estava de joelhos, prestes a puxar Jacquie para si. Opal levantou-se o mais silenciosamente que pôde, inspirou lentamente, depois levantou o bastão bem alto detrás de si. Golpeou com toda a força que pôde o topo da cabeça de Ronald. Houve uma rachadura funda, abafada, e Ronald foi parar em cima de Jacquie – que acordou e viu sua irmã de pé sobre eles com o bastão. Elas arrumaram as mochilas o mais rápido que podiam, depois desceram as escadas. Enquanto atravessavam a sala de estar, lá estava, na TV, o Índio da imagem-padrão que já haviam visto mil vezes antes. Mas era como se Opal o estivesse vendo pela primeira vez. Opal imaginou o índio voltando-se para ela. Ele estava dizendo: *Vai*. E então o som dele dizendo *vai* prolongou-se por tempo demais e transformou-se no som de teste da TV. Jacquie agarrou a mão de Opal e a levou para fora de casa. Ela ainda empunhava o bastão.

Depois que saíram da casa de Ronald, foram para um abrigo para o qual a mãe delas sempre as levava quando precisavam de ajuda ou estavam entre casas. Trataram com um assistente social que lhes perguntou onde elas haviam estado, mas não forçou quando elas não contaram.

Opal carregou consigo por toda parte o peso da possível morte de Ronald por um ano. Ela tinha medo de voltar e checar. Tinha medo de não a incomodar o fato de ele estar morto. De ela o ter matado. Ela não queria ir e descobrir se ainda estava vivo. Mas tampouco queria realmente tê-lo matado. Era mais fácil deixá-lo permanecer talvez morto. Possivelmente morto.

Um ano depois, Jacquie fora embora da vida de Opal. Opal não sabia para onde. Da última vez que a vira, Jacquie estava sendo presa por algum motivo que Opal não saberia dizer. Perder Jacquie para o sistema era só mais uma merda dentre as muitas de Opal. Mas ela conhecera um rapaz Índio da idade dela, e ele fazia sentido para Opal, não era nem esquisito nem sombrio, ou era, mas da mesma maneira que Opal. Além disso, ele nunca falava sobre o lugar de onde viera, nem sobre o que lhe tinha acontecido. Partilhavam dessa omissão como soldados que voltam da guerra, até uma tarde em que Opal e Lucas estavam dando um tempo no Centro Indígena, esperando gente aparecer para uma refeição comunitária. Lucas estava falando sobre como ele odiava o McDonald's.

"Mas o gosto é TÃO bom", disse Opal.

"Não é comida de verdade", disse Lucas, equilibrando-se no meio-fio do lado de fora, caminhando de um lado para outro.

"É de verdade se eu consigo mastigar e ver sair do outro lado", disse Opal.

"Que nojo", disse Lucas.

"Não teria sido nojento se fosse você dizendo. Meninas não podem falar de peido ou cocô ou xingar ou..."

"Eu poderia engolir moedas e cagá-las, que isso não faria delas comida", disse Lucas.

"Quem te disse que não é de verdade?", disse Opal.

"Eu comi metade de um cheeseburger que esqueci que tinha guardado na minha mochila por tipo um mês. Quando o achei, ele tinha o mesmo aspecto e o mesmo cheiro que tinha quando o esqueci lá. Comida de verdade estraga", disse Lucas.

"Carne-seca não estraga", disse Opal.

"Tá bom, Ronald", disse Lucas.

"O que você disse?", disse Opal, e sentiu uma tristeza quente subir até os seus olhos, vinda do pescoço.

"Chamei você de Ronald", disse Lucas, e parou de caminhar para trás e para a frente no meio-fio. "Tipo Ronald McDonald." Ele colocou a mão sobre o ombro de Opal e abaixou a cabeça um pouco para tentar olhar nos seus olhos. Opal afastou o ombro com um tranco. Seu rosto empalideceu.

"O que foi? Puxa, desculpa. Estou só brincando. Se você quiser saber a parte engraçada, eu comi aquele cheeseburguer, OK?", Lucas disse. Opal voltou para o centro e sentou-se numa cadeira dobrável. Lucas a seguiu e puxou uma cadeira ao lado dela. Depois de alguma bajulação, Opal contou tudo a Lucas. Ele era a primeira pessoa a quem ela jamais contara, não só a respeito de Ronald, mas também da mãe, da ilha, como suas vidas eram antes disso. Lucas a convenceu de que, se ela não se certificasse quanto a Ronald, isso eventualmente a comeria viva.

"Ele é como aquele cheeseburguer na minha mochila antes de eu comê-lo", Lucas disse. Opal riu como há tempos não ria. Uma semana depois, estavam num ônibus a caminho da casa de Ronald.

Eles esperaram duas horas na rua, do outro lado da casa de Ronald, escondendo-se atrás de uma caixa de correio. Aquela caixa de correspondência tornou-se a única coisa entre descobrir e não descobrir, entre vê-lo e não vê-lo, entre ela e o resto de sua vida. Ela não queria viver, queria que o tempo parasse ali, queria manter Lucas ali com ela também.

Opal gelou quando viu Ronald voltar para casa em sua caminhonete. Há sentimentos que temos que são uma mistura tão estranha de sentimentos conflitantes que é difícil chamar-lhes de alguma coisa. Nomeá-los. Vendo Ronald subir as escadas até aquela casa, Opal não sabia se queria chorar de alívio, fugir imediatamente ou cair em cima dele com as próprias mãos, lutar com ele até deitá-lo no chão e acabar com ele de uma vez por todas. De tudo que lhe poderia ter ocorrido, o que surgiu em sua mente foi uma palavra que ouvira sua mãe usar. Uma palavra Cheyenne. *Veho*. Significa aranha e trapaceiro e homem branco. Opal sempre se perguntou se Ronald era branco. Ele fazia todo tipo de coisa indígena, mas parecia tão branco quanto qualquer homem branco que já vira.

Quando ela viu a porta da frente da casa se fechar atrás dele, uma porta fechou-se sobre tudo o que havia acontecido antes, e Opal estava pronta para ir embora.

"Vamos embora", ela disse.

"Você não quer..."

"Não há mais nada", ela disse. "Vambora." Ela e Lucas caminharam as poucas milhas de volta sem dizer uma palavra um ao outro. Opal manteve-se alguns passos à frente por todo o trajeto.

Opal é grande. Se preferir grande no sentido de estrutura óssea, tudo bem, mas ela é grande de um jeito maior que apenas de corpo ou estrutura óssea. Teria que ser taxada como estando acima do peso diante de profissionais da saúde. Mas ela ficou grande para evitar de encolher. Ela escolhera a expansão, em vez da contração. Opal é uma pedra. Ela é grande e forte, mas agora velha e cheia de dores.

Aqui está ela, descendo de seu caminhão com um pacote. Deixa a caixa no alpendre e caminha de volta, atravessando o portal do quintal. Lá, do outro lado da rua, está um pitbull tigrado, preto e marrom, arreganhando os dentes e rosnando um rosnado tão grave que ela o consegue sentir no peito. O cão está sem coleira e o tempo parece estar do mesmo jeito aqui, tempo fora da coleira, pronto para pular tão rápido que ela estará dura e morta antes de se dar conta. Um cão como esse sempre foi uma possibilidade, assim como a morte pode aparecer em qualquer lugar, assim como Oakland pode de repente arreganhar os dentes e fazer você se borrar de medo. Mas já não se trata mais apenas da pobre, velha Opal; é o que seria feito dos meninos caso ela desaparecesse.

Opal ouve a voz de um homem mais além na rua troar algum nome que ela não compreende. O cachorro se encolhe ao ouvir seu nome sair da boca deste homem. Ele baixa a cabeça e se volta, depois sai correndo em direção à voz. O pobre cachorro provavelmente só estava tentando espalhar o peso do próprio abuso sofrido. Não havia como se enganar com aquela encolhida.

Opal entra em seu caminhão dos Correios e se encaminha de volta ao escritório principal.

Octavio Gomez

~

Quando voltei para a casa da minha vó Josefina, eu mal me aguentava em pé. Ela precisou me arrastar escada acima. Minha vó é velha e pequena, e eu era bem grande mesmo naquela época, mas Fina é forte. Ela tem aquela força doida que a gente não enxerga. Parecia que tinha me carregado por toda a escada até o quarto extra e me colocado na cama. Está frio e calor pra caralho, com essa dor absurda como se a porra dos meus ossos estivessem sendo espremidos ou drenados ou pisados.

"Pode ser só uma gripe", disse minha vó, como se tivesse lhe perguntado o que ela achava que havia de errado comigo.

"Ou o quê?", eu disse.

"Não sei se seu pai já te contou alguma coisa sobre praguejar." Ela foi até a minha cama e sentiu a minha testa com as costas da mão.

"Ele que me deu a minha boca suja."

"Palavras feias não contam. Elas podem fazer o que podem, mas uma praga de verdade é mais como uma bala disparada de longe." Ela ficou a meu lado, dobrou uma toalha úmida e a colocou sobre a minha testa. "Tem alguém mirando uma bala direcionada a você, mas com aquela distância, na maioria das vezes, ela não acerta o alvo, e mesmo quando acerta, geralmente não te mata. Tudo depende da mira do atirador. Você disse que seu tio nunca te deu nada, você nunca tomou nada dele, certo?"

"Não", eu disse.

"Por ora, não saberemos", ela disse.

Ela subiu de volta com uma tigela e uma caixa de leite. Entornou o leite na tigela, depois deslizou a tigela para baixo da cama, levantou-se e caminhou até uma vela votiva do outro lado do quarto. Enquanto acendia a vela, ela voltou-se e olhou para mim como se eu não devesse estar olhando, como se devesse estar de olhos fechados. Os olhos de Fina podiam morder. Eram verdes como os meus, mas mais escuros – verde-jacaré. Olhei para o teto. Ela voltou com um copo d'água.

"Beba isso", ela disse.

"Meu próprio pai me amaldiçoou quando eu tinha dezoito anos", disse Fina. "Uma velha maldição Indígena que minha mãe disse que não era real. Foi assim que ela disse. Como se fosse entendida o suficiente para saber que era Indígena, e o suficiente para saber que não era real, mas não o suficiente para fazer alguma coisa fora me dizer que era uma velha maldição Indígena que não era real." Fina riu um pouco.

Devolvi-lhe o copo, mas ela o empurrou de volta na minha direção, tipo *termina isso*.

"Eu achei que estava apaixonada", disse Fina. "Eu estava grávida. Estávamos noivos. Mas ele foi embora. A princípio, eu não disse nada aos meus pais. Mas uma noite meu pai veio até mim para perguntar se daria ao neto dele – ele estava certo de que seria um neto –, se daria ao menino o nome dele. Eu lhe disse então que não iria me casar, que o cara tinha ido embora, e que tampouco iria ter o bebê. Meu pai veio atrás de mim com essa colher imensa com que às vezes me batia – ele tinha afiado o cabo para poder me ameaçar com ele quanto me surrava –, mas dessa vez ele veio atrás de mim apontando a extremidade afiada. Minha mãe o deteve. Ele passaria por cima de qualquer um, de qualquer limite, mas não por cima dela. Na manhã seguinte, encontrei uma trança do cabelo dele sob minha cama. Era lá que ficavam meus sapatos, então, quando fui pegá-los na manhã seguinte, encontrei a trança. Quando desci até o piso inferior, minha mãe me disse que eu precisava ir embora." Fina caminhou até a janela e a abriu. "É melhor deixarmos entrar um pouco de ar aqui. Esse quarto precisa ser arejado. Posso te arranjar mais cobertores, se você ficar com frio."

"Estou bem", eu disse. O que não era verdade. Uma brisa entrou e parecia que meus braços e minhas costas estavam sendo raspados por ela. Puxei os cobertores até o queixo. "Isso foi no Novo México?"

"Las Cruces", ela disse. "Minha mãe me colocou num ônibus para cá, para Oakland, onde meu tio tinha um restaurante. Quando cheguei aqui, fiz o aborto. E depois fiquei muito doente. Melhorando e piorando por cerca de um ano. Pior do que você está agora, mas o mesmo tipo de coisa. O tipo de doença que te derruba e não deixa você se reerguer. Escrevi para minha mãe pedindo ajuda. Ela me mandou um chumaço de pele, me disse para enterrá-lo na base oeste de um cacto."

"Um chumaço de pele?"

"Desse tamanho, mais ou menos." Ela fez um punho e o segurou alto para que eu pudesse ver.

"Isso funcionou?"

"Não de imediato. Eventualmente, parei de ficar doente."

"Então a maldição foi só você ter adoecido?"

"Foi o que eu pensei, mas agora, com tudo que aconteceu..." Ela voltou-se e olhou para a porta. O telefone estava tocando lá embaixo. "Eu preciso atender", ela disse, e levantou-se para ir embora. "Durma um pouco."
Eu me estiquei, e um calafrio intenso percorreu meu corpo. Puxei os cobertores até cobrirem minha cabeça. Essa era aquela parte da febre em que você fica com tanto frio que precisa transpirar para dissipar a coisa. Com calor e com frio, com calafrios de suor correndo por mim e por cima de mim, pensei sobre a noite que irrompeu pelas janelas e paredes de nossa casa e me trouxe até a cama onde estava fazendo meu melhor para melhorar.

Eu e meu pai tínhamos ido, os dois, do sofá para a mesa da cozinha para jantar quando as balas vieram voando através da casa. Foi repentino, mas não inesperado. Meu irmão mais velho, Junior, e meu tio Sixto tinham roubado algumas plantas do porão de alguém. Eles tinham chegado com duas sacas de lixo pretas cheias. Bem estúpido. Aquele peso todo, como se alguma merda não estivesse amarrada àquilo. Às vezes, eu rastejava pela sala de estar para chegar até a cozinha, ou via TV de bruços no chão.
Naquela noite, quem quer que tenha tido suas paradas roubadas pelo imbecil do meu irmão e do meu tio, se chegou até nossa casa e esvaziou suas armas lá dentro, dentro da vida que conhecíamos, a vida que nossa mãe e nosso pai passaram anos construindo do zero. Meu pai foi o único a ser atingido. Minha mãe estava no banheiro, e Junior estava em seu quarto, nos fundos da casa. Meu pai colocou-se na minha frente, bloqueou as balas com o próprio corpo.

* * *

Deitado na cama, desejando o sono, não queria, mas não pude deixar de pensar em Six. Era assim que costumávamos chamá-lo. Meu tio Sixto. Ele me chamava de Oito. Eu não tinha sido exatamente próximo dele enquanto crescia, mas depois que meu pai morreu, ele começou a aparecer alguns dias a cada semana. Não que disséssemos muita coisa um para o outro. Ele vinha, ligava a TV, fumava um baseado, bebia. E me deixava beber com ele. Passava o baseado pra mim. Eu nunca gostei de ficar doidão. Aquela merda só fazia eu me sentir nervoso pra caralho, me fazia pensar demais sobre a velocidade das batidas do meu coração – era lento demais, iria parar, ou estava rápido demais, será que eu ia ter uma porra de um ataque? Eu gostava de beber, no entanto.

Depois do tiroteio, Junior começou a passar ainda mais tempo fora de casa do que de costume, alegava que ia foder com aqueles caras, que aquilo significava guerra, mas Junior era só conversa.

Às vezes eu e Six estávamos assistindo à TV de tarde, e o som entrava por um dos buracos de bala, um dos buracos na parede, e eu podia ver a porra da poeira da sala flutuar num raio de luz em formato de bala. Minha mãe tinha substituído as janelas e as portas, mas não tinha se incomodado em preencher os buracos nas paredes. Não tinha se incomodado ou não quis.

Depois de alguns meses, Sixto parou de visitar, e Fina me disse para passar mais tempo com meus primos Manny e Daniel. A mãe deles telefonara para Fina pedindo ajuda. Isso fez com que eu me perguntasse se minha mãe não tinha ligado para Fina pedindo ajuda depois de o meu pai morrer, e teria sido por isso que Six nos visitava. Fina tinha a mão em tudo. Ela era a única tentando manter todos juntos, tentando impedir que todos nós caíssemos pelos buracos que a vida abria do nada, como aquelas balas que rasgaram a casa aquela noite.

O pai de Manny tinha perdido o emprego, e estava bebendo mais do que de costume. A princípio, fui visitar por senso de dever. A gente fazia o que Fina mandava. Mas acabei ficando próximo de Manny e de Daniel. Não que a gente conversasse. Na maior parte do tempo, jogávamos videogame juntos no porão. Mas passávamos quase todo o nosso tempo livre juntos – quando não estávamos no colégio – e acaba que as *pessoas* com quem você passa esse tempo têm mais importância que *o que* você faz com aquele tempo.

Um dia, estávamos no porão quando ouvimos um barulho lá em cima. Manny e Daniel entreolharam-se como se soubessem do que se tratava e como se não quisessem que fosse aquilo. Manny pulou do sofá. Eu corri atrás dele. Quando chegamos ao andar de cima, a primeira coisa que vimos foi o pai de Manny jogando a mãe dele contra a parede, depois esbofeteando-a uma vez com cada mão. Ela o empurrou e ele riu. Nunca vou esquecer daquela risada. E depois, de como o Manny arrancou aquela porra daquela risada dele. Ele chegou por detrás do pai e agarrou-lhe o pescoço como se estivesse tentando arrancar todo o fôlego dele. Manny era maior que o pai. E ele lutou com força. Os dois foram tropeçando para trás, até a sala de estar.

Ouvi Daniel subir as escadas. Abri a porta e levantei a mão, tipo *Fica aí embaixo*. Depois, ouvi barulho de vidro quebrando. Manny e o pai tinham atravessado a mesa de vidro na sala de estar. Em meio à luta, Manny tinha conseguido fazer com que os dois se voltassem, daí caiu sobre o pai em cima da mesa de vidro. Manny cortou-se um pouco em ambos os braços, mas seu pai estava todo retalhado. Estava desacordado também. Eu achei que ele estivesse morto. "Me ajude a levá-lo até o carro", Manny me disse. E eu ajudei. Peguei seu pai de sob os braços dele. Quando estávamos a caminho da porta, quando eu estava quase saindo pela porta, com Manny do outro lado, segurando as pernas do pai, vi Daniel e Tia Sylvia vendo a gente carregá-lo para fora de casa. Havia alguma coisa neles vendo a gente. Chorando porque queriam que ele sumisse. Chorando porque o queriam de volta do jeito que ele era antes. Aquilo me matou. Deixamos o pai deles na frente do hospital Highland, por onde entram as ambulâncias. Nós o deixamos no chão. Buzinamos uma vez, por muito tempo, depois fomos embora.

Depois disso, passei mais tempo lá. Nem sequer sabíamos se o tínhamos matado ou não até uma semana mais tarde. A campainha tocou, e foi como se Manny soubesse, como se ele sentisse. Ele bateu no meu joelho duas vezes e levantou-se de um salto. Na porta, ficamos ali parados e não tínhamos nada a dizer. Ficamos ali parados, tipo *O quê? Que merda você quer? Some.* O rosto dele estava todo cheio de curativos. Parecia uma porra de uma múmia. Me senti mal por ele. Sylvia surgiu por trás de nós com um saco de lixo cheio de roupas dele, gritando: *Sai!* Então saímos do caminho, e ela jogou o saco nele. Manny fechou a porta e a coisa ficou por isso mesmo.

Foi mais ou menos por essa época que eu e Manny roubamos nosso primeiro carro. Fomos de BART até o centro de Oakland. Nos subúrbios residenciais, existiam certos bolsões onde as pessoas tinham belos carros e gente como eu e Manny podia ser vista sem que alguém chamasse a polícia imediatamente. Manny queria um Lexus. Bonito o suficiente, mas não bonito demais. Tampouco chamativo. Encontramos um preto com as letras em dourado e janelas tingidas. Não sei por quanto tempo Manny andava roubando carros, mas ele rapidamente entrou com um cabide, depois meteu uma chave de fenda na ignição. O interior cheirava a cigarro e couro.

Dirigimos pela East 14, que antes havia sido a International, mas a barra ficou tão pesada para cima e para baixo da International que eles mudaram o nome para algo sem o histórico. Vasculhei o porta-luvas e encontrei uns Newports. Ambos achamos esquisito que uma pessoa que achávamos ser branca estivesse fumando Newports. Nenhum de nós fumava cigarros, mas fumamos aqueles, colocamos o rádio no talo e não dissemos sequer uma palavra um ao outro durante todo o passeio. Havia alguma coisa naquele passeio. Era como se pudéssemos colocar roupas de outras pessoas, viver na casa de outra pessoa, dirigir seu carro, fumar seus cigarros – mesmo que apenas por uma hora ou duas. Uma vez que estivéssemos bem afastados no sentido leste, sabíamos que ficaríamos bem. Estacionamos o carro na estação Coliseum do BART e fomos caminhando de volta para a casa do Manny, eufóricos por nos termos safado com tudo tão facilmente. O sistema te metia medo para você achar que precisava seguir suas regras, mas nós estávamos aprendendo que essa parada era inconsistente. Você podia fazer tudo com que pudesse se safar. Esse era o lance.

Eu estava na casa do Manny quando Sylvia nos chamou no porão para me dizer que Fina estava no telefone. Ela nunca me ligava ali. Daniel tomou o joystick da minha mão antes de eu subir.

"Ele os matou", disse Fina.

Eu nem sequer conseguia entender o que ela queria dizer.

"Seu tio Sixto", ela disse. "Ele bateu com o carro com os dois lá dentro. Estão mortos."

Saí correndo porta fora, subi na bicicleta e me apressei na direção da porra da casa. Meu coração era uma mistura doida de: porra-não-foda-se-isso e como se isso tivesse saído de mim a

contragosto. Antes de chegar na Fina, pensei: *Bom, então é melhor que a porra do Six também esteja morto.*
    Fina estava de pé no batente da porta de sua casa. Pulei da bicicleta num só movimento e corri para dentro de casa como se eu fosse encontrar mais alguém ali. Minha mãe e meu irmão. Sixto. Eu precisava acreditar que era uma piada ou qualquer outra merda que não fosse aquilo que a cara da Fina estava me dizendo que era naquele batente.
    "Onde ele está?"
    "Levaram ele para a cadeia. No centro."
    "Mas que merda." Meus joelhos fraquejaram. Eu estava no chão, não chorando, mas como se não conseguisse me mover, e fiquei muito triste de verdade por um minuto, mas então aquela merda fez uma volta de 180 graus e gritei umas paradas que não lembro. Fina não fez nem disse nada quando subi de volta na minha bicicleta e me mandei. Não me lembro do que fiz ou onde fui naquela noite. Às vezes, você só vai. E você some.

Depois do funeral, eu me mudei para a casa da Fina. Ela me disse que Sixto estava solto. Multaram-no por dirigir alcoolizado. Ele perdeu a carteira. Mas o soltaram.
    Fina me disse para não ir vê-lo. Nunca ir vê-lo, deixar morrer. Eu não sabia o que faria se fosse até lá, mas não havia merda nenhuma que ela pudesse fazer para me impedir.

A caminho da casa dele, parei no estacionamento de uma loja de bebidas que eu sabia que não iria verificar minha identidade. Entrei e comprei uma garrafa de E&J. Era o que Six bebia. Eu não sabia, que intenções eu tinha indo para lá. Na minha cabeça, pensava que ia dar um porre nele e o encher de porrada. Talvez matá-lo. Mas eu sabia que não seria assim. Six tinha lá suas maneiras. Não que eu não estivesse furioso o bastante para fazê-lo. Só não sabia como seria. Saindo da loja, ouvi uma rola-carpideira em algum lugar por perto. O som me deu calafrios – não do tipo frio, nem tampouco do tipo bom.

Havia rolas-carpideiras no nosso quintal desde que consigo me lembrar – embaixo da varanda dos fundos. Meu pai me disse uma vez, quando estávamos no quintal, tentando consertar minha bicicleta: "O som delas é tão triste que quase dá vontade de matá-las por isso." Depois que o meu pai morreu, senti como se eu as escutasse mais, ou era só o fato de que elas me lembravam ele, e da atitude dele diante da maioria das tristezas. Eu também não queria me sentir triste, então. E era como se aqueles pássaros de merda estivessem me fazendo sentir aquilo. Então, fui até o quintal com a espingarda de chumbinho que ganhei de Natal quando tinha dez anos. Uma delas estava encarando a parede, como se tivesse estado realmente cantando na minha direção, lá dentro. Atirei nela, na parte traseira da cabeça, e depois mais duas vezes nas costas. O pássaro alçou voo imediatamente, suas penas subindo e depois caindo lentamente enquanto se debatia num lampejo de espirais descendentes tortas. Foi parar no quintal do vizinho de porta. Esperei para ouvir se ela iria se mexer. Imaginei como ela teria se sentido. A pontada na cabeça e nas costas, depois de ter voado por cima de mim. Não me senti nem um pouco culpado pelo pássaro por conta de como ele me fizera sentir triste desde que meu pai tinha sido morto a tiros, quando tive que olhar para baixo e ver os olhos do meu pai piscando por descrença, meu pai me devolvendo o olhar como se fosse *ele* a pessoa que estava se sentindo culpada, culpada por eu ter tido de vê-lo partir assim, sem nenhum controle sobre as possibilidades selvagens que a realidade joga em nossas vidas.

Na casa de Sixto, bati na porta dele. "Ei, Six, ei!", eu disse. Afastei-me da casa, olhei para a janela do andar de cima. Ouvi passos. Altos e lentos. Quando Six abriu a porta, nem sequer olhou para mim ou me esperou dizer ou fazer alguma coisa, ele só caminhou de volta para dentro da casa.

Segui-o até seu quarto, encontrei lugar para me sentar numa velha cadeira de escritório que ele mantinha num canto e que fiquei surpreso por encontrar vazia, levando em consideração o estado do resto do quarto – roupas, garrafas, lixo e uma leve camada de tabaco, maconha e cinzas por cima de tudo. Ele parecia triste pra caralho, mesmo. E odiei o fato de que queria dizer-lhe algo que o fizesse se sentir melhor. Foi a primeira vez que vi diferente. Tipo, tive compaixão dele, e de como ele deve ter se sentido com relação ao que fez.

"Peguei uma garrafa pra gente", eu disse. "Vamos lá para trás." Ouvi-o levantar-se e me seguir enquanto caminhava para fora do quarto.

Six tinha umas poucas cadeiras ali naquele quintal descurado de cercas tortas, entre uma laranjeira e um limoeiro sem frutos dos quais eu me lembrava como estando sempre cheios. Bebemos por um tempo, em silêncio. Vi ele queimar um baseado. Fiquei esperando que desse início à conversa. Dissesse algo sobre o que tinha acontecido com minha mãe e meu irmão, mas ele não fez isso. Six acendeu um cigarro.

"Quando éramos crianças", Sixto disse, "seu pai e eu, a gente costumava entrar escondido no armário da sua vó. Ela tinha um altar montado ali. Todo tipo de maluquice naquele altar. Tipo, ela tinha uma caveira. Era uma caveira daquilo que eles chamam de *pequeninos*. Ela nos disse que os pequeninos roubavam bebês e crianças. Ela tinha jarros cheios de pós e diferentes tipos de ervas e pedras. Uma vez ela pegou seu pai e eu ali dentro. Ela mandou seu pai ir para casa. Ele saiu correndo feito louco. Ela consegue ficar bem louca através dos olhos. Eles ficam totalmente escuros, como se ela guardasse um par de olhos mais escuros atrás dos verdes que a gente vê. Eu estava com aquela caveirinha na mão. Ela me disse para colocá-la no chão. E me disse que eu tinha agora uma coisa em mim que dessa vez não ia ser capaz de tirar. Ela me disse que eu poderia tratar da coisa feito homem. Morrer com ela. Mas que poderia também partilhá-la com minha família. Poderia passá-la adiante com o tempo. Mesmo a estranhos. Era algum resto sombrio que tinha permanecido com nossa família. Algumas pessoas recebem doenças passadas pelos genes. Algumas pessoas ficam com o cabelo ruivo, olhos verdes. Nós temos essa coisa velha que dói pra caralho, te deixa mau. É isso que você tem. É isso que seu avô tinha nele. Seja homem, ela me disse. Guarde isso consigo". Sixto pegou a garrafa, deu um gole profundo. Olhei para Six, olhei para seus olhos para ver se ele esperava que eu fosse dizer algo. Depois, ele deixou cair a garrafa na grama e levantou-se. Eu não podia acreditar que ele não tinha mencionado minha mãe e meu irmão. Ou era aí que ele estava tentando chegar? Seria isso alguma longa explicação para toda a merda que acontecera à nossa família da maneira que aconteceu?

"Vamos", disse ele, como se estivéssemos há pouco falando em ir para algum lugar. Ele me levou até seu porão. Puxou uma caixa de madeira que parecia uma caixa de ferramentas. Disse que era sua caixa de remédios.

"Você vai ter que me ajudar aqui", disse ele, arrastando um pouco as palavras. Puxou uma planta atada com corda vermelha. Ele a acendeu. O cheiro e a fumaça eram densos. Cheirava a musgo e a terra e a Fina. Eu não sabia nada da cerimônia – o que quer que seja que ele estava fazendo –, mas sabia que não devíamos estar bêbados nela.

"Isso vem muito lá de trás", disse Six, e pôs um pouco de pó na mão. Depois fez um gesto para que eu aproximasse minha cabeça, como que para ver melhor. Depois, ele tomou bastante fôlego e o assoprou todo na minha cara. Era grosso feito areia e um pouco foi parar na minha boca, pelo nariz. Engasguei e continuei a bufar como um cachorro.

"Temos sangue ruim em nós", disse Sixto. "Algumas destas feridas são passadas adiante. O mesmo com o que nós temos. Deveríamos ser marrons. Esse branco todo que você vê que tem na pele. Precisamos pagar pelo que fizemos ao nosso próprio povo." Os olhos de Sixto estavam fechados, sua cabeça inclinada um pouco para baixo.

"Foda-se essa merda, Six", disse através de uma tossida, depois levantei-me.

"Sente-se", disse Six, com um tom que ele nunca tinha usado comigo antes. "Não é de todo ruim. É poder também."

Eu me sentei, mas logo em seguida me levantei de novo. "Eu estou indo, porra."

"Eu disse sente-se!", Six assoprou na planta novamente. A fumaça ergueu-se, densa. Senti-me doente de imediato. Fraco. Consegui sair pela porta da casa, subi na minha bicicleta e pedalei até a Fina.

Quando acordei no dia seguinte, Fina veio e balançou as chaves de seu carro na minha frente. "Levante-se, vamos", ela disse. Eu ainda estava bem cansado, mas a febre já tinha cedido. Pensei que estivéssemos indo, talvez, fazer compras. Quando passamos pelo Castro Valley, soube que não eram compras ou qualquer tipo de afazer. Apenas seguimos dirigindo, através das colinas com aqueles moinhos todos. Peguei no sono olhando para um que parecia uma moeda do *Mario Bros.*

Quando acordei, estávamos num campo ladeado por pomares. Fina estava em cima do capô do carro, tinha os olhos voltados para baixo, na direção de alguma coisa. Abri minha porta e quando o fiz vi a mão de Fina acenar para que eu não o fizesse, então me sentei sem fechar a porta do carro. Através do para-brisa, vi minha avó ficar de joelhos e arrancar alguma coisa com um fio ou linha de pesca, algo que eu não conseguia enxergar, até a criatura vir subindo pelo para-brisas.
"Agarre o pelo dele, agarre um pouco do pelo dele!", Fina gritou para mim. Mas eu não conseguia me mover. Apenas olhei praquilo. Que merda era aquela? Um guaxinim? Não. E depois Fina estava em cima da coisa. Era cinza, com duas faixas negras começando na cabeça e descendo pelas costas. A coisa estava tentando mordê-la e arranhá-la, mas ela tinha a mão sobre as costas dela, e ela não podia firmar-se no capô de metal. Quando parecia ter se acalmado, ela a ergueu pelo pescoço com a linha de pesca. "Venha pegar um pouco do pelo dele", ela disse.
"Como...", disse eu.
"Arranque a porra do pelo dele com suas mãos!", disse Fina.
Isso foi o bastante para me pôr em ação. Saí do carro e tentei ficar atrás da coisa, mas ela tinha me sacado. Avancei duas vezes, mas não queria ser mordido. Depois, na terceira tentativa, puxei um chumaço grande de seu flanco.

"Agora volte para dentro do carro", disse Fina, e ficou de pé. Ela deixou a coisa cair no chão. Caminhou com ele mais para dentro do campo e depois entrou no pomar, na extremidade do campo.

Quando ela voltou para dentro do carro, eu estava sentado ali com minha mão fazendo um punho, segurando o chumaço de pelo. Fina puxou uma sacola de couro franjada e trabalhada com miçangas, abriu-a e fez um gesto para que eu pusesse lá dentro o chumaço de pelo.

"O que era aquilo?", disse eu quando já estávamos na estrada.

"Texugo."

"Por quê?"

"Vamos construir uma caixa para você."

"Quê?"

"Vamos fazer uma caixa de remédios para você."

"Ah", eu disse, como se não precisasse de mais explicações.

Dirigimos por um tempo em silêncio, depois Fina olhou para mim. "Muito tempo atrás não havia nome para o sol." Ela apontou para o sol, que estava na nossa frente. "Eles não conseguiam decidir se era homem ou mulher ou o quê. Todos os animais se reuniram para discutir a questão, e um texugo saiu de um buraco no chão e disse o nome, mas tão logo o fez, saiu correndo. Os outros animais foram atrás dele. Aquele texugo foi para dentro da terra e lá ficou. Tinha medo de que o punissem por nomeá-lo." Fina ligou a seta e trocou de pista para ultrapassar um caminhão lento na pista da direita. "Alguns de nós têm esse sentimento preso dentro de si o tempo todo, como se tivéssemos feito algo errado. Como se nós, nós mesmos, fôssemos algo errado. Como nós somos dentro de nós, aquilo que queremos nomear, mas não conseguimos, é como se tivéssemos medo de sermos punidos por isso. Então nos escondemos. Bebemos álcool porque isso nos ajuda a sentir que podemos ser nós mesmos e a não ter medo. Mas nós nos punimos com ele. A coisa que menos queremos tem um jeito de ir parar bem em cima da gente. O remédio daquele texugo é a única coisa que tem alguma chance de ajudar. Você precisa aprender a ficar lá embaixo. Bem dentro de si, sem medo."

Voltei a cabeça. Olhei para a faixa cinza de estrada. A coisa me atingiu em algum lugar do peito. Tudo que ela tinha dito era verdade. Atingiu no meio, onde tudo se une como um nó.

"Six tem uma caixa?", eu disse, embora já soubesse.

"Você sabe que ele tem."

"Você o ajudou a fazê-la?"

"Aquele menino nunca me deixou ajudá-lo a fazer nada", ela disse, a voz falhando. E enxugou os olhos. "Ele acha que consegue inventar tudo sozinho, mas veja só onde isso o levou."

"Eu venho tentando te dizer uma coisa. Fui lá vê-lo."

"Como ele parecia?", Fina perguntou bem rápido, como se estivesse esperando que eu trouxesse isso à tona.

"Ele estava bem. Mas nós bebemos. E depois ele me levou até o porão, começou a falar sobre me dar umas paradas, a queimar uma planta numa concha e depois assoprou um lance em pó na minha cara."

"Como você se sentiu?"

"Como se quisesse matá-lo, caralho. De verdade."

"Por quê?"

"O que você quer dizer com por quê?"

"Ele não fez nada do que fez de propósito", Fina disse. "Ele está perdido."

"Ele fodeu com tudo."

"Seu irmão também."

"Six também teve parte nisso."

"E daí?"

"Todos nós fodemos com tudo. O que importa é como nós voltamos."

"Eu não sei que merda que devo fazer agora. Não posso tê-lo de volta, não posso tê-los de volta. Não sei o porquê de merda nenhuma disso."

"Não é para você saber", ela disse e abaixou a janela.

Estava ficando quente. Abaixei a minha também.

"Esse é o jeito que a coisa toda está arranjada", ela disse. "Não é para você saber, nunca. Não para sempre. É o que faz a coisa toda funcionar como funciona. Não podemos saber. É o que nos faz seguir em frente."

Eu quis dizer alguma coisa, mas não consegui. Não sabia o que dizer. Tanto parecia certo como a parada mais errada possível. Fiquei quieto – o resto do trajeto de carro e depois por semanas depois disso. E ela deixou.

Daniel Gonzales

~

Os caras surtaram quando eu mostrei a arma para eles. Riram e se empurraram como não faziam há séculos. Tudo ficou tão sério depois que Manny morreu. O que devia ter acontecido mesmo. Não estou dizendo que não deveria ter ficado. Mas ele teria amado vê-los assim. Teria amado aquela arma também. Era uma arma de verdade. Tão verdadeira quanto qualquer outra. Mas era branca, e de plástico, e eu a tinha impresso numa impressora 3D no meu quarto, que é o porão, que costumava ser o quarto do Manny. Ainda não consigo pensar nele como morto. Ainda o sinto aqui. Então, a coisa parece em *pause* para mim agora. Por ora, Manny não está nem lá nem cá. Está no meio do meio, onde você só consegue estar quando não pode estar em lugar nenhum.

A arma levou só três horas para imprimir. Minha mãe fez tacos para os caras enquanto eles assistiam ao jogo dos Raiders. Eu fiquei lá embaixo e vi a arma saindo em rolos e camadas. Quando desceram, assistimos ao final da impressão em silêncio. Eu sabia que eles não iam saber o que pensar. É por isso que eu já tinha um vídeo do YouTube engatilhado para mostrar para eles. Um *timelapse* de trinta segundos de um cara imprimindo uma arma em 3D, depois atirando com ela. Uma vez que viram aquilo, foi aí que eles piraram. Gritaram e se empurraram como se fossem moleques de novo. Como costumava acontecer com paradas mais simples, tipo videogames, como quando a gente costumava fazer torneios de *Madden* a noite inteira e alguém ganhava às quatro da madrugada e a gente subia a voz e meu pai descia com aquele bastãozinho de metal que ele guardava na cabeceira da cama – era o bastão com o qual ele nos tinha ensinado a bater, um bastão de alumínio – e nos batia com aquela parada também, aquele mesmo bastão que a gente ganhou de graça naquele jogo do A's em que estavam sendo distribuídos como brindes e nós chegamos mais cedo para ter certeza de que ganharíamos um.

Manny não ia gostar que Octavio aparecesse tanto depois de ele morrer. Quer dizer, muito daquilo era culpa do Octavio. Mas ele é nosso primo. E ele e Manny tinham se tornado tipo irmãos. Nós três tínhamos. É verdade, Octavio não devia ter falado tanto naquela festa. Por um tempo, eu o odiei por isso. Culpei-o também. Mas ele ficava voltando. Para garantir que estávamos bem. Eu e minha mãe. Depois, conforme pensava mais na coisa, via que nem tudo era culpa dele. Manny foi quem fodeu com aquele moleque. A culpa era de todos nós, na verdade. Nós fizemos vista grossa. Olhamos para o lado quando Manny acabou com aquele moleque no nosso jardim da frente. O marrom manchado de sangue sobre a grama amarela, ali até que eu pegasse o cortador de grama e a cortasse. E depois, quando ficou tudo bem, quando entrou uma grana, antes do Manny morrer, nós não perguntamos de onde ela estava vindo.

Pegamos a TV e o dinheiro aleatório que ele deixava na mesa da cozinha em envelopes. Deixamos a merda entrar e só pensamos em expulsá-la quando ela o tirou de nós.

Sabia que eles acreditavam na arma branca de verdade quando eu a peguei e apontei para eles. Eles se esquivaram, colocaram as mãos para cima. Mas não Octavio. Ele me disse para abaixá-la. Não havia balas na arma, mas há muito tempo não me sentia tão no controle. Sei que armas são estúpidas. Mas isto não significa que elas não te fazem se sentir no controle quando você está segurando uma. Octavio puxou a arma da minha mão. Ele olhou para dentro do cano, apontou-a para nós. Então foi minha vez de ficar com medo. O fato de Octavio segurá-la a fazia parecer mais real. Tornava o branco dela assustador – como uma mensagem plástica do futuro sobre as coisas indo parar nas mãos erradas.

Depois que o pessoal foi embora naquela noite, decidi escrever um e-mail para o meu irmão. Eu que o ajudei a configurar. Uma conta no Gmail. Manny mal a usava, mas às vezes me escrevia. E quando o fazia, ele dizia uns lances que jamais diria na vida real. Isso que era maneiro na coisa.

Abri meu Gmail e respondi ao último e-mail que meu irmão mandou: *Não importa o que acontecer, você sabe que eu sempre vou estar do seu lado.* Ele estava falando sobre brigas em que andava se metendo com nossa mãe. Ela ficava ameaçando enxotá-lo depois de ele ter surrado aquele moleque. Tinha dado polícia. Tarde demais, mas eles vieram, fizeram perguntas. Ela podia sentir que a parada estava ficando mais séria. Uma tensão estava se armando nele. Eu conseguia sentir também, mas não sabia o que dizer. Era como se ele estivesse se deslocando em direção àquela bala, ao jardim da frente, muito antes de chegar lá.

Rolei a página para responder:

Oi, mano. Porra. Sei que você não está aí. Mas te escrever no seu e-mail, com aquela última mensagem aqui em cima, parece que você ainda está aqui. Estar com os caras também faz parecer isso. Você deve estar se perguntando o que tenho feito. Talvez você veja. Talvez você saiba. Se souber, deve estar numa de que merda é essa? Arma impressa em 3D? Merda. Eu me senti do mesmo jeito quando a vi pela primeira vez, só rindo feito doido quando ela saiu. E eu sei que você não aprovaria. Lamento, mas precisamos do dinheiro. A mãe perdeu o emprego. Depois que você morreu, ela só ficou na cama. Eu não conseguia fazer ela sair. Não sei de onde vai vir o dinheiro do aluguel mês que vêm. Teremos um mês extra, caso sejamos despejados, mas que merda, moramos nessa casa nossa vida toda. Suas fotos ainda estão por aí. Ainda tenho que te ver por todo canto aqui dentro. Então a gente não vai simplesmente ir embora. Moramos aqui nossa vida toda. Não temos mais para onde ir.

Sabe o que é engraçado? Eu sou meio que das quebradas na vida real. Mas online eu não falo desse jeito, como estou falando agora, então parece esquisito. Online eu tento soar mais inteligente do que sou. Quer dizer, escolho o que vou digitar com cuidado, porque é tudo o que as pessoas sabem a meu respeito. O que eu digito, o que eu posto. É bem esquisito lá. Aqui. O jeito como não sabemos quem as pessoas são. Só se recebe o nome do avatar. Alguma foto de perfil. Mas se você posta paradas maneiras, diz coisas maneiras, as pessoas gostam de você. Te contei da comunidade que eu entrei? O nome do lugar, da comunidade online é: Vunderkode. É norueguesa, aquela porra. Você provavelmente não sabe o que é código. Eu me aprofundei muito nisso depois que você morreu. Eu não tinha vontade de sair ou de ir à escola nem nada.

    Quando você passa tempo suficiente online, se estiver procurando, você consegue encontrar umas coisas bem maneiras. Não encaro isso como sendo muito diferente do que você fazia. Inventar uma maneira de burlar uma porra de um imenso sistema covarde, que só dá meios para se dar bem aos que já têm dinheiro e poder. Eu aprendi a fazer códigos no YouTube. Paradas tipo Javascript, Python, SQL, Ruby, C++, HTML, Java, PHP. Parece uma outra língua, não é? E é. E você melhora investindo tempo e encarando de peito aberto o que todos os filhos da puta têm a dizer sobre suas habilidades nos fóruns. Você precisa saber como distinguir. Que crítica se deve aceitar e que crítica se deve ignorar. Mas, para resumir, eu me envolvi nessa comunidade, e percebi que poderia ter o que quisesse. Não drogas e paradas assim. Quer dizer, poderia, mas não é o que quero. A impressora 3D que consegui foi ela própria impressa por uma impressora 3D. Sem brincadeira, uma impressora 3D impressa por uma impressora 3D. Octavio me adiantou a grana.

    Uma coisa que me mata nisso de você ter desaparecido é que eu nunca realmente disse nada para você. Mesmo quando você me escrevia e-mails. Eu nem sequer sabia de fato o quanto eu queria dizer para você até o dia em que você se foi. Até sentir aquela sensação de te perder lá fora, ali, no jardim, bem no mesmo lugar onde o sangue daquele menino tinha manchado a grama. Mas você demostrava. Eu sabia o quanto você me amava. Você fazia umas paradas, tipo, tipo quando você me deu aquela Schwinn cara pra caralho. Provavelmente era a bicicleta de algum hipster, você provavelmente a roubou, mas ainda assim você a roubou para mim, e de certa forma isto é ainda melhor do que se você a tivesse comprado pra mim. Especialmente se foi de um daqueles meninos brancos tentando assumir Oakland vindos da parte oeste. Fique sabendo que eles ainda não conseguiram tomar o Leste profundo. Provavelmente não vão conseguir nunca. A parada é tensa aqui. Tudo mesmo, da High Street até West Oakland. Essa parada parece amaldiçoada para mim. De qualquer forma, eu vejo Oakland mais online agora. É onde todos nós vamos estar na maior parte do tempo, eventualmente. Online. É o que eu penso. Nós já estamos meio que nos mudando para lá, se você parar pra pensar. Já parecemos todos uns androides de merda, pensando e vendo com nossos telefones o tempo todo.

 Talvez você queira saber mais sobre outras paradas, tipo, como a mãe tem andado. Ela sai da cama mais agora. Mas só se desloca até a TV. Ela olha pela janela bastante também, espreita pelas cortinas como se ainda estivesse te esperando voltar para casa. Sei que eu deveria ficar mais com ela por mais tempo, mas ela me faz sentir triste pra caramba. Outro dia ela deixou cair uma vela votiva no chão da cozinha. Aquela merda se estilhaçou, e deixou tudo lá, aos pedaços. Tipo, estão lá quebradas, mas não dá para simplesmente deixá-las quebradas, tudo ali fora na sala de estar, tipo a sua foto em cima da lareira, parece que me corta sempre que eu a vejo, como você se formou no ensino médio e todos nós pensamos que as paradas iam ficar bem dali em diante porque você tinha se formado.

    Depois que você morreu, tive esse sonho. Ele começou, eu tava numa ilha. Eu mal podia ver que tinha uma outra ilha do outro lado. Tinha uma névoa bizarra no caminho, mas sabia que tinha que chegar até lá, então nadei. A água era morna e muito azul, não cinza ou verde como na baía. Quando eu cheguei do outro lado, te encontrei numa caverna. Você estava com todos esses filhotes de pitbull num carrinho de supermercado. Você os estava duplicando no carrinho. Os pitbulls. Você estava me entregando os filhotes enquanto eles se duplicavam no seu carrinho de supermercado. Você estava fazendo todos aqueles pitbulls pra mim.

    Daí, quando ouvi falar pela primeira vez dessa impressora 3D que podia imprimir uma versão de si mesmo, pensei em você e nos pitbulls. A ideia da arma veio depois. Aprendi a ficar tranquilo com o Octavio. Ele começou a falar comigo como se eu não fosse apenas o seu irmão caçula. Ele me perguntou se eu estava precisando de trabalho. Contei-lhe sobre a mãe passar o tempo todo na cama e ele chorou. Ele nem estava bêbado. Eu precisava encontrar um modo de sustentar a mim e a mãe. Eu sei que você queria que eu me educasse. Fosse para a faculdade. Arranjasse um bom emprego. Mas quero poder ajudar agora. Não daqui a quatro anos.

LÁ NÃO EXISTE LÁ

Não dever dinheiro pra caralho só para trabalhar em um escritório em algum lugar. Então, daí comecei a pensar sobre como eu poderia ajudar. Já tinha lido a respeito dessas armas que podiam ser impressas. Não sabia então para que poderiam ser usadas. Peguei o arquivo. cad, o código G. Depois de conseguir a impressora, imprimi a arma – primeira coisa que imprimi. Depois me certifiquei de que ela ia funcionar. Pedalei minha bicicleta até perto do aeroporto de Oakland. Aquele trecho onde você me levou uma vez em que você pode ver a aterrisagem dos aviões bem de perto. Pensei que poderia disparar uma vez ali e ninguém ouviria. Um 747 Southwest grande pra caralho aterrissou e eu disparei uma bala na direção da água. Machucou minha mão, e a arma ficou um pouco quente, mas funcionou.

Agora tenho seis dessas peças. Octavio disse que me daria 5 mil dólares por todas. Ele tem algum plano. Todas as minhas paradas são não rastreáveis. Então, não estou preocupado de o governo vir atrás de mim. Estou preocupado com o que essas armas vão fazer. Onde irão parar. Quem poderão matar ou ferir. Mas somos família. Sei que Octavio pode ser um filho da puta bem perverso. Você também podia ser. Mas é assim. Manny, ele disse que eles vão roubar uma porra de um pow-wow. Louco, né? A parada me soou bem estúpida a princípio. Depois, fiquei fodido por causa do pai. Você se lembra de que ele sempre costumava dizer que nós éramos Índios. Mas nós não acreditávamos nele. Era como se estivéssemos esperando ele provar isso. Não importa. Por causa do que ele fez com a mãe. Conosco. Aquele merda. Mereceu o que lhe aconteceu. Foi bem-feito. Ele teria matado a mãe. Provavelmente você também, se você não o tivesse surrado. Só queria ter tido uma arma branca para lhe dar então. Então, que assaltem o pow-wow. Tanto faz. O pai nunca nos ensinou nada sobre ser Índio. O que isso tem a ver com a gente? Octavio disse que podiam sair com cinquenta mil. Disse que me dava mais cinco mil, se conseguirem.

Quanto a mim, passo a maior parte do tempo online. Vou me formar no ensino médio. Minhas notas estão boas. Não gosto realmente de ninguém no colégio. Meus únicos amigos são os seus antigos amigos, mas eles não se importam de verdade comigo, afora que agora eu consigo fazer armas para eles. Exceto Octavio. Sei como isso tudo ferrou com a cabeça dele. Você precisa saber disso. Você não pode achar que isso não fodeu com ele, certo?

De qualquer modo, vou continuar a te escrever por aqui. Vou te manter informado. Ninguém pode saber o que vai acontecer. Pela primeira vez em muito tempo, eu tenho alguma esperança no peito. Não que vá melhorar. Só que vai mudar. Às vezes, isso é tudo que temos.

Porque isso significa que há algo acontecendo, em algum lugar dentro de tudo, todas essas voltas que o mundo está sempre dando, que significa que nunca foi para ficar do mesmo jeito. Saudades.

Daniel

Octavio me trouxe os primeiros cinco mil um dia, depois de eu lhe ter mostrado as armas. Deixei três dos cinco sobre a mesa da cozinha num envelope branco como Manny costumava fazer. Com os outros dois mil eu comprei um drone e um óculos de realidade virtual.

Eu estava a fim de um drone desde que fiquei sabendo do pow-wow. Eu sabia que Octavio não me deixaria ir, mas eu queria ver. Me certificar de que tudo ia correr bem, caso contrário a culpa era minha. E se a parada desse errado, estava tudo acabado. O plano de Octavio era tudo que eu tinha, com minha mãe do jeito que estava. Drones decentes estão em conta agora. E eu tinha lido que pilotar um com uma câmera e um *livefeed*, com óculos de realidade virtual, era parecido com voar.

O drone que eu consegui tinha um alcance de três milhas e podia ficar no ar por vinte e cinco minutos. A câmera dele filmava numa resolução de 4K. O coliseu ficava apenas a uma milha de distância da nossa casa, na 72. Fiz ele alçar voo do meu quintal. Não queria desperdiçar tempo nenhum, então subi direto, cerca de quinze metros no ar, depois diretamente à estação do BART. A coisa se mexia de verdade. Eu estava nela. Meus olhos. Os óculos de realidade virtual.

Nos fundos do campo principal, subi diretamente e vi um cara apontando para mim da arquibancada. Voei para mais próximo dele. Era um funcionário da manutenção – empunhando um apanhador e um saco de lixo. O velho sacou seus binóculos. Me aproximei ainda mais. O que ele poderia fazer? Nada. Voei quase até a cara do sujeito, e ele tentou alcançar o drone. Ele ficou puto. Percebi que estava zoando com ele. Não devia ter feito isso. Me afastei e desci de volta até o campo. Me dirigi até o muro direito do campo, depois pela linha de falta até o diamante. Na primeira base, notei que o drone tinha dez minutos de bateria. Eu não ia perder mil dólares ali, mas queria terminar no *home plate*. Quando cheguei lá, quando estava prestes a guinar o drone para outro lado, vi o velho da arquibancada vindo na minha direção. Ele estava no campo e puto da vida, como se fosse agarrar o drone e esmagá-lo no chão – pisar nele. Fui para trás, mas esqueci de subir. Felizmente, já fazia tanto tempo que eu jogava videogame que meu cérebro panicado estava programado para desempenhar bem sob pressão. Mas por um segundo estive perto o suficiente para contar as rugas na cara do velho. Ele conseguiu encostar um dedo no drone, o que quase o fez cair, mas eu subi, subi diretamente, rápido, tipo seis ou doze metros em segundos. Ultrapassei os muros e voltei para o quintal da minha casa.

Em casa, assisti ao vídeo várias vezes. Especialmente a parte no final em que o cara quase me alcançou. Parada empolgante. Real. Como se eu tivesse estado ali. Estava prestes a ligar para o Octavio para lhe contar quando ouvi um grito lá em cima. Minha mãe.

Desde que Manny fora baleado, eu tinha me sentido num constante estado de preocupação, meio esperando que algum lance ruim fosse acontecer o tempo todo. Corri lá para cima e, quando cheguei ao topo, abri a porta e vi minha mãe abrindo um envelope, folheando as cédulas com o dedo. Ela achou que o Manny as tinha deixado lá? Como se ele tivesse, de alguma forma, conseguido voltar, ou como se estivesse ali ainda. Será que ela achou que isso era um sinal?

Eu estava prestes a dizer que tinha sido eu e Octavio, quando ela veio e me abraçou. Puxou minha cabeça para junto do peito dela. Ficou pedindo desculpas. Lamento muito. Pensei que ela estivesse falando sobre como tinha estado na cama. Como tinha desistido. Mas então, conforme ia pedindo desculpas, passei a interpretar que aquilo se referia a como tudo tinha acontecido conosco. O quanto tínhamos perdido, como havíamos estado juntos como uma família, como havia sido bom antigamente. Tentei dizer para ela que estava tudo bem. Fiquei repetindo: *Está tudo bem, mãe* – um para cada pedido de desculpas seu. Mas então, rapidamente, me vi pedindo desculpas também. E nós dois ficamos trocando desculpas, até que começamos a chorar e a tremer.

Blue

~

Eu e Paul nos casamos ao modo tipi. Alguns a chamam de Igreja Nativo-Americana. Ou ao modo *peiote*. Chamamos peiote de remédio porque é isso o que ele é. Ainda acredito nisso, sobretudo da mesma maneira como acredito que quase tudo pode ser remédio. O pai do Paul nos casou numa cerimônia de tenda tipi há dois anos. Na frente daquela lareira. Foi quando ele me deu o meu nome. Fui adotada por pessoas brancas. Precisava de um nome Índio. Em Cheyenne é: Otá'tavo'ome, mas eu não sei como pronunciar direito. Significa: Vapor Azul da Vida. O pai de Paul começou a me chamar de Blue, para encurtar, e emplacou. Até então eu havia sido Crystal.

Quase tudo que sei sobre minha mãe de nascimento é que seu nome é Jacquie Red Feather. Minha mãe adotiva me contou, no meu aniversário de dezoito anos, qual era o nome da minha mãe, e que ela era Cheyenne. Eu sabia que não era branca. Mas não inteiramente. Porque, embora meu cabelo seja escuro e minha pele parda, quando me olho no espelho me vejo de dentro para fora. E dentro sinto-me tão branca quanto aquele longo e branco travesseiro em formato de pílula que minha mãe sempre me fez manter na cama por mais que eu nunca o usasse. Cresci em Moraga, que é um subúrbio do outro lado das colinas de Oakland – o que faz de mim ainda mais colinas de Oakland do que os moleques das colinas de Oakland. Daí que crescemos com dinheiro, uma piscina no quintal, uma mãe controladora, um pai ausente, e eu, eu trazia do colégio para casa insultos racistas ultrapassados como se estivéssemos na década de 1950. Todos xingamentos contra mexicanos, naturalmente, já que as pessoas de onde eu cresci não sabem que os Índios existem ainda. Eis o quanto aquelas colinas de Oakland nos separam de Oakland. Aquelas colinas dobram o tempo.

Não fiz nada de imediato a respeito do que minha mãe me contou no meu décimo oitavo aniversário. Fiquei sentada sobre a informação por anos. Continuei me sentindo branca enquanto era tratada como qualquer outra pessoa parda onde quer que eu fosse.

Consegui um emprego em Oakland, no Centro Indígena, e isso me ajudou a me sentir mais como se pertencesse a algum lugar. Então, um dia eu estava navegando no Craiglist de Oklahoma e vi que a minha tribo estava contratando um coordenador de serviços para a juventude. Era isso que eu estava fazendo em Oakland, então me candidatei ao emprego sem realmente pensar que o conseguiria. Mas consegui e me mudei para Oklahoma alguns meses depois. Paul era meu chefe então. Começamos a viver juntos apenas um mês depois da minha chegada. Muito pouco saudável desde o início. Mas parte do motivo pelo qual tudo se deu tão rápido foram as cerimônias. Por causa daquele remédio.

Ficávamos sentados todo final de semana, às vezes éramos só eu, Paul e o pai dele, se ninguém mais dava as caras. Paul tomava conta do fogo e eu trazia água para o pai do Paul. Não se conhece o remédio, a não ser que se conheça o remédio. Nós rezávamos para que o mundo inteiro melhorasse e sentíamos que isto era possível a cada manhã, quando saíamos da tenda. O mundo, naturalmente, não faz outra coisa senão girar. Mas tudo fazia todo sentido por um tempo. Ali dentro. Eu podia evaporar e ir subindo e saindo pelas balizas cruzadas da tenda com a fumaça e as orações. Eu podia estar em outra parte e inteiramente ali ao mesmo tempo. Mas, depois que o pai do Paul morreu, tudo pelo que eu estivera rezando o tempo todo virou de ponta cabeça e se esvaziou em cima de mim na forma dos punhos de Paul.

Depois da primeira vez, e da segunda, depois de ter parado de contar, fiquei e continuei ficando. Dormi na mesma cama com ele, me levantei para trabalhar toda manhã como se não fosse nada. Eu estivera perdida desde aquela primeira vez em que ele pôs as mãos em mim.

Me candidatei para um emprego onde costumava trabalhar, em Oakland. Era um posto de coordenadora de eventos para o pow-wow. Eu não tinha nenhuma experiência em coordenar eventos fora das colônias de férias anuais para a juventude. Mas eles me conheciam lá, então consegui o emprego.

Vejo minha sombra se alongar e depois se achatar sobre a autoestrada enquanto um carro passa voando a meu lado sem diminuir a velocidade, nem parecer me notar. Não que eu queira que algo diminua de velocidade e me note. Chuto uma pedra e a ouço chocar-se com um tinido contra uma lata ou alguma coisa oca na grama. Acelero o passo e à medida que o faço uma rajada de ar quente e um cheiro de gasolina passam soprando por mim com a passagem de um caminhão imenso.

Blue

Esta manhã, quando Paul disse que ia precisar do carro o dia inteiro, decidi encarar como um sinal. Disse que voltaria para casa de carona com Geraldine. Ela é conselheira para abuso de substâncias onde eu trabalho. Quando saí porta afora, entendi que tudo que estivesse deixando naquela casa estaria deixando para sempre. A maioria era fácil de abandonar. Mas minha caixa de remédios, que o pai dele fez para mim, meu leque, minha cabaça, minha sacola de cedro, meu xale. Vou ter que aprender a viver sem eles com o tempo.

Não vi Geraldine o dia inteiro, nem depois do trabalho. Mas eu já tinha tomado minha decisão. Fui para a autoestrada sem nada além do meu telefone e um estilete que vira sobre o balcão de recepção antes de ir embora.

O plano é chegar até a rodoviária de Oklahoma City. Até o guichê da Greyhound. O emprego só começa daqui a um mês. Eu só preciso voltar para Oakland.

Um carro desacelera, depois para na minha frente. Vejo luzes de freio vermelhas penetrando, como sangue, minha visão da noite. Volto-me em pânico, depois ouço Geraldine, então me volto e vejo seu velho Cadillac bege, que sua avó lhe dera por se formar no ensino médio.

Quando entro no carro, Geraldine me dá uma olhada, tipo: *Que merda é essa?* Seu irmão, Hector, está estirado no banco traseiro, desmaiado.

"Ele está bem?", digo.

"Blue", ela diz, me recriminando com meu nome. O sobrenome de Geraldine é Brown. Nomes que são cores são o que temos em comum.

"O quê? Para onde estamos indo?", digo para ela.

"Ele bebeu demais", ela diz. "E está tomando analgésicos. Não quero que ele vomite e morra dormindo no chão da nossa sala de estar, então ele vai passear conosco."

"Conosco?"

"Por que você simplesmente não pediu uma carona? Você disse ao Paul..."

"Ele te ligou?", digo.

"Sim. Eu já estava em casa. Precisei sair mais cedo por conta desse merda", diz Geraldine, apontando para o banco traseiro com o polegar. "Disse a Paul que você precisou ficar até mais tarde com um jovem esperando uma tia aparecer, mas que já estávamos de saída."

"Obrigada", digo.

"Então você está de partida?", ela diz.

"Sim", respondo.

"De volta para Oakland?"

"Sim."

"Rodoviária de Oklahoma, viação Greyhound?"

"Isso."

"Cacete", diz Geraldine.

"Eu sei", digo. E depois, ao dizermos isso, resulta em um silêncio no qual seguimos dirigindo por um tempo.

Vejo o que penso ser um esqueleto humano encostado numa cerca de arame farpado e estacas de madeira.

"Viu aquilo?", digo.

"O quê?"

"Eu não sei."

"As pessoas pensam ver coisas aqui o tempo inteiro", diz Geraldine. "Sabe aquela parte da autoestrada que você estava falando?", diz ela. "Um pouco para o norte, logo depois de Weatherford, tem uma cidade ali chamada Dead Women Crossing, Cruzamento das Mortas."

"Por que tem esse nome?"

"Uma branca maluca matou e decapitou uma outra moça branca e às vezes adolescentes vão até o lugar onde a coisa aconteceu. A mulher que foi morta tinha consigo seu bebê de quatorze meses quando morreu. O bebê conseguiu sobreviver. Dizem que é possível ouvir aquela mulher chamando pelo bebê de noite."

"Aham, certo", digo.

"Não é com fantasma que você tem que se preocupar aqui", diz Geraldine.

"Trouxe um estilete do trabalho", digo para Geraldine, e o puxo do bolso da minha jaqueta e arrasto o fecho de plástico para cima para mostrar a lâmina – como se ela não soubesse o que é um estilete.

"É aqui que eles pegam a gente", diz Geraldine.

"Mais seguro aqui que lá em casa", digo.

"Dá para ficar pior que o Paul."

"Devo voltar, então?"

"Você sabe quantas mulheres Indígenas desaparecem a cada ano?", diz Geraldine.

"Você sabe?", digo.

"Não, mas ouvi um número alto uma vez, e o número verdadeiro é provavelmente mais alto ainda."

"Eu vi algo também, alguém postou a respeito de mulheres no Canadá."

"Não é só no Canadá, é em toda parte. Há uma guerra secreta contra as mulheres acontecendo no mundo. Secreta até mesmo para nós. Secreta, embora a gente saiba dela", Geraldine diz. Ela abaixa sua janela e acende um cigarro. Eu também acendo um.

"Cada lugar em que ficamos presas na estrada", ela diz. "Eles nos pegam, depois nos deixam aqui, nos deixam escurecer até o osso, depois somos inteiramente esquecidas." Ela joga o cigarro pela janela. Só gosta do cigarro pelas primeiras tragadas.

"Sempre penso nos homens que fazem esse tipo de coisa, tipo, eu sei que eles estão ali em algum lugar..."

"E Paul", ela diz.

"Você sabe pelo que ele está passando. Não é dele que estamos falando."

"Você não está errada. Mas a diferença entre os homens que fazem isso e o seu bêbado violento comum não é tão grande quanto você pensa. Depois, há os porcos doentes nos postos altos que pagam por nossos corpos no mercado negro com bitcoin, alguém muito lá em cima que goza ouvindo gravações de gritos de mulheres como nós sendo rasgadas ao meio, atiradas contra chãos de cimento em quartos escondidos..."

"Meu Deus", digo.

"O quê? Você não acha que é real? As pessoas que comandam essa merda são monstros de verdade. As pessoas que você nunca vê. O que eles querem é mais e mais, e quando isso já não basta, eles querem o que não pode ser obtido facilmente, os gritos gravados de mulheres Indígenas morrendo, talvez até mesmo um torso empalhado, uma coleção de cabeças de mulheres Indígenas, provavelmente há algumas flutuando em tanques com luzes azuis detrás deles em algum escritório secreto no último andar de um edifício comercial no Upper West Side de Manhattan."

"Você pensou um bocado nisso", digo.

"Eu me reúno com muitas mulheres", ela diz. "Aprisionadas pela violência. Elas têm filhos nos quais precisam pensar. Não podem simplesmente ir embora com as crianças, nenhum dinheiro, nenhum parente. Preciso conversar com estas mulheres a respeito de opções. Preciso conversar com elas sobre ir para abrigos. Preciso ouvir sobre como os homens acidentalmente vão longe demais. Então, não, não estou dizendo que você deva voltar. Estou te levando até a rodoviária. Mas estou dizendo que você não devia estar aqui no acostamento da autoestrada de noite. Estou dizendo que você devia ter me mandado uma mensagem de texto, me pedido uma carona."

"Desculpe", digo. "Pensei que ia te ver depois do trabalho."

Sinto-me cansada e um pouco irritada. Sempre fico desse jeito depois de um cigarro. Não sei por que os fumo. Dou um grande bocejo, depois recosto a cabeça contra a janela.

Acordo com o borrão tremido de uma luta. Hector está com os braços em torno de Geraldine – está tentando alcançar o volante. Estamos ziguezagueando, não mais na estrada. Estamos na avenida Reno, pouco depois da ponte sobre o rio Oklahoma, não muito longe da rodoviária. Bato na cabeça de Hector seguidamente com ambas as mãos para tentar detê-lo. Ele grunhe como se não soubesse onde está ou o que está fazendo. Ou como se tivesse acabado de acordar de um pesadelo. Ou como se ainda estivesse tendo um. Guinamos bruscamente para a esquerda, e depois de maneira ainda mais brusca para a direita e passamos pelo meio-fio, por cima de um pouco de grama, e entramos no estacionamento do Motel 6, diretamente na frente de um caminhão estacionado ali. O porta-luvas entra e esmaga meus joelhos. Minhas mãos voam em direção ao para-brisas. O cinto de segurança aperta, depois me corta. Paramos, e minha visão se turva. O mundo roda um pouco. Olho e vejo que o rosto de Geraldine está estropiado e cheio de sangue. Seu airbag saiu e parece que pode ter quebrado seu nariz. Ouço a porta traseira se abrir e vejo Hector cair para fora do carro, levantar-se e afastar-se, tropeçando. Ligo o telefone para chamar uma ambulância, e tão logo o faço vejo que Paul está ligando de novo. Vejo o nome dele. A foto dele. Ele está na frente do seu computador, usando aquela expressão de sou um Indígena durão pra caralho, com o queixo erguido. Atendo porque estou muito perto da rodoviária. Ele já não pode fazer nada comigo.

"O quê? Que merda que você quer? Acabamos de nos meter num acidente", digo.

"Onde você está?", diz ele.

"Não posso falar. Estou chamando uma ambulância", digo.

"O que você está fazendo na rodoviária?", diz ele, e meu estômago encolhe. Geraldine olha para mim e faz com a boca: DESLIGUE.

"Não sei como você sabe disso, mas vou desligar agora", digo.

"Já estou quase aí", diz Paul. Desligo. "Porra, você contou para ele onde estamos?"

"Não, porra, eu não contei para ele onde estamos", diz Geraldine, e limpa o nariz com a camiseta.

"Então, como diabos ele sabe que estamos aqui?", digo, mais para mim mesma do que para ela.

"Merda."

"O quê?"

"Hector deve ter mandado uma mensagem de texto para ele. Hector está todo fodido agora. Preciso ir atrás dele."

"E seu carro? Você está bem?"

"Vou ficar bem. Vá para a rodoviária. Esconda-se no banheiro até o ônibus estar pronto para partir."

"O que você vai fazer?"

"Encontrar meu irmão no bar mais próximo. Convencê-lo a não continuar fazendo o que quer que seja que ele acha que está fazendo."

"Ele voltou há quanto tempo?"

"Só um mês", diz ela. "E vai ser convocado de novo mês que vêm."

"Eu nem achava que a gente ainda estava lá." Dou-lhe um abraço de lado.

"Vai", diz ela. Eu não a deixo.

"Vai", ela diz, e me empurra. Meus joelhos estão duros e doloridos, mas corro.

A placa da Greyhound se estende para cima, como um farol. Mas as luzes estão apagadas. Será tarde demais? Que horas são? Olho para meu telefone. São apenas nove horas. Estou bem. Atravesso a rua correndo por detrás de um caminhão de mudança, até a rodoviária. Olho para a estrada e vejo o carro de Geraldine bem onde o deixamos. Nenhum policial ainda. Eu poderia ligar e esperar pela polícia, contar o que aconteceu, contar a respeito de Paul.

A rodoviária está vazia. Entro direto no banheiro. De pé, agachada, em cima da privada em um dos reservados, tento pedir meus bilhetes pelo telefone. Mas ele liga. Não posso fazer o pedido porque suas ligações ficam me interrompendo. Vejo uma mensagem de texto no topo da minha tela e tento ignorá-la, mas não consigo.

Você tá aqui?, diz a mensagem. Sei que ele se refere à rodoviária. Ele deve ter visto o carro de Geraldine, visto o quão próximo estava da rodoviária.

Estamos num bar, dobrando a esquina de onde batemos o carro, escrevo.

MENTIRA, ele escreve de volta. Depois liga. Aperto o botão de cima do meu telefone. Ele provavelmente está aqui. Caminhando pela rodoviária. Ele está procurando a luz do meu telefone. Procurando ouvir sua vibração. Ele não vai entrar no banheiro. Desligo a função *vibrar* do meu telefone. Ouço a porta do banheiro se abrir. Meu coração é grande e rápido demais para segurá-lo dentro do peito. Respiro fundo, tão lenta e silenciosamente quanto posso. Ainda sobre o vaso sanitário, abaixo a cabeça para ver quem entrou. Vejo sapatos de mulher. É uma velha. Largos sapatos com fechos de velcro, grandes e bege, adentram o reservado ao lado do meu. Paul liga novamente. Aperto novamente o botão de cima. Vejo chegar uma mensagem de texto.

Vamos lá, meu amor. Sai. Para onde você está indo?, diz a mensagem de texto. Minhas pernas estão cansadas. Meus joelhos latejam da batida. Desço do vaso. Faço xixi e tento pensar numa mensagem de texto que possa tirá-lo daqui.

Já disse que estamos na rua. Venha. Vamos beber alguma coisa. Vamos resolver isso na conversa, OK?, escrevo. A porta do banheiro se abre novamente. Abaixo a cabeça novamente. Merda. Os sapatos dele. Subo novamente no vaso.

"Blue?", a voz dele troveja no reservado.

"Este é o banheiro feminino, meu senhor", diz a mulher no reservado ao lado do meu. "Não tem ninguém aqui além de mim", diz ela. E eu sei que ela deve ter me ouvido no reservado ao lado quando fiz xixi.

"Desculpe", diz Paul. Ainda há tempo demais antes de o ônibus chegar. Ele vai esperar a moça sair e vai voltar. Ouço a porta se abrir, depois se fechar de novo.

"Por favor", murmuro para a mulher. "Ele está atrás de mim", digo. E não sei o que estou pedindo que ela faça.

"A que horas seu ônibus está partindo, querida?", a mulher pergunta.

"Daqui a trinta minutos", digo.

"Não se preocupe", ela diz. "Quando você chega na minha idade, consegue se safar com este tanto de tempo aqui. Vou ficar com você", ela diz, e começo a chorar. Não alto, não de soluçar, mas sei que ela consegue me ouvir. O catarro vem e fungo com força para que ele não fique vindo.

"Obrigada", digo.

"Esse tipo de homem. Estão piorando."

"Vou ter que sair correndo, acho. Correndo até o ônibus."

"Eu carrego spray de pimenta comigo. Já fui atacada, roubada mais de uma vez."

"Estou indo para Oakland", digo. E percebo naquele exato instante que não estamos mais sussurrando. Imagino se ele está na porta. Meu telefone não está chamando mais.

"Eu caminho com você", ela diz.

Compro minha passagem pelo telefone.

Saímos do banheiro juntas. A rodoviária está vazia. A mulher é parda, etnicamente ambígua, e mais velha do que pensei por conta dos sapatos. Ela tem no rosto aquelas rugas profundas que parecem entalhadas, de madeira. Ela faz um gesto com o braço para que caminhemos de braços dados.

Subo os degraus do ônibus, a velha atrás de mim. Mostro meu bilhete para o motorista no meu telefone, depois o desligo. Caminho até os fundos e me sento na minha poltrona, me esgueirando, respiro fundo, depois expiro e espero o ônibus começar a se mover.

Thomas Frank

❧

Antes de nascer, você era uma cabeça e uma cauda numa piscina leitosa – um nadador. Você era uma raça, um morrer lentamente, uma irrupção, uma chegada. Antes de nascer, você era um ovo dentro de sua mãe, que foi um ovo dentro da mãe dela. Antes de nascer, você era a Matrioska aninhada da avó, uma possibilidade nos ovários de sua mãe. Você era duas metades de mil tipos diferentes de possibilidades, um milhão de caras e coroas, alternância e brilho numa moeda girada. Antes de nascer, você era a ideia de chegar à Califórnia por ouro ou estouro. Você era branco, você era pardo, você era vermelho, você era poeira. Você se escondia, você procurava. Antes de nascer, você foi perseguido, surrado, quebrado, preso numa reserva em Oklahoma. Antes de nascer, você era uma ideia que sua mãe meteu na cabeça nos anos 1970, de atravessar o país de carona e se tornar dançarina em Nova York. Você estava a caminho quando ela não conseguiu atravessar o país, falhando, em vez disso, e espiralando e indo terminar em Taos, Novo México, numa comuna de peiote chamada Estrela da Manhã. Antes de nascer, você era a decisão de seu pai de mudar-se da reserva, até o norte do Novo México, para instruir-se na lareira de um sujeito do Pueblo. Você era a luz no úmido dos olhos de seus pais quando estes se cruzaram à altura da lareira na cerimônia. Antes de nascer, suas metades dentro deles mudaram-se para Oakland. Antes de nascer, antes de seu corpo ser muito mais que coração, espinha, ossos, pele, sangue e veias, quando você tinha apenas começado a criar músculos com o movimento, antes de fazer-se visível, avolumar-se na barriga dela, como a barriga dela, antes de o orgulho de seu pai poder inchar-se como uma barriga só de vê-lo, seus pais estavam num quarto ouvindo o som que seu coração fazia. Você tinha um batimento cardíaco arrítmico. O doutor disse que era normal. Seu coração arrítmico não era anormal.

"Talvez ele seja tamborzeiro", disse seu pai.

"Ele nem sequer sabe o que é um tambor", disse sua mãe.

"Coração", disse seu pai.

"O homem disse arrítmico. Isto quer dizer sem ritmo."

"Talvez isto só signifique que ele conhece o ritmo tão bem que nem sempre o acerta quando a gente espera."

"Ritmo de quê?", ela disse.

Mas quando você ficou grande o suficiente para que sua mãe o sentisse, ela não pôde negá-lo. Você nadava ao som da batida. Quando seu pai trouxe o tímpano, você a chutava no tempo dele, ou no das batidas do coração dela, ou no de uma daquelas coletâneas de canções antigas que ela tinha feito com velhos discos que amava e tocava à exaustão em sua minivan Aerostar.

Uma vez que você já se achava lá fora no mundo, correndo e pulando e galgando, você batia os pés e os dedos por toda parte, o tempo inteiro. Sobre tampos de mesas, de escrivaninhas. Você tamborilava cada superfície que encontrasse à sua frente, procurava ouvir o som que as coisas lhe devolviam quando você batia nelas.

O timbre do tamborilar, o rumor de campainhas, o entrechocar-se dos talheres nas cozinhas, batidas em portas, o estalar de dedos, coçadas em cabeças. Você estava descobrindo que tudo faz um som. Tudo pode ser percussão, quer se mantenha o ritmo, quer ele escape. Mesmo disparos de armas de fogo e canos de escapamento, o uivo de trens à noite, o vento contra suas janelas. O mundo é feito de som. Mas dentro de cada tipo de som uma tristeza espreitava. No silêncio entre seus pais, depois de uma briga que os dois conseguiram perder. Você e suas irmãs punham os ouvidos às janelas procurando escutar tons, procurando escutar os primeiros sinais de uma briga. Os sinais tardios de uma briga reacendida. O som de um culto, o rumor e os gemidos crescentes da adoração cristã evangélica, sua mãe falando em línguas na crista daquela onda semanal de domingo, tristeza porque você não conseguia sentir nada daquilo ali e queria sentir, sentia que precisava daquilo, que aquilo poderia protegê-lo dos sonhos que tinha quase toda noite sobre o fim do mundo e a possibilidade do inferno eterno – você vivendo ali, menino ainda, incapaz de morrer ou partir ou fazer qualquer coisa senão arder num lago de fogo. Vinha uma tristeza quando você tinha que acordar seu pai, que roncava na igreja, mesmo enquanto membros da congregação, membros de sua família, estavam sendo trucidados pelo Espírito Santo nas fileiras bem ao lado dele. Vinha uma tristeza quando os dias se encurtavam ao final do verão. Quando a rua ficava silenciosa, sem crianças em parte alguma. Na cor daquele céu fugidio, uma tristeza espreitava. A tristeza esperneava, deslizava entre tudo, qualquer coisa onde se pudesse enfiar, pelo som, por você.

Você não considerava nada do tamborilar e das batidas como percussão até começar a tocar tambor de fato, muitos anos depois. Teria sido bom saber que sempre fizera alguma coisa naturalmente. Mas havia coisa demais acontecendo com todos os outros na sua família para que alguém notasse que você provavelmente devia ter feito alguma outra coisa com seus dedos das mãos e dos pés, afora tamborilar, com sua mente e seu tempo, fora bater em todas as superfícies de sua vida como se estivesse procurando uma maneira de entrar.

Você está a caminho de um pow-wow. Você foi convidado a tocar tambor no Grande Pow-wow de Oakland, embora tivesse abandonado as aulas de percussão. Você não ia. Você não queria ver ninguém do trabalho desde que foi despedido. Especialmente alguém do comitê do pow-wow. Mas, para você, nunca houve nada parecido – a maneira como aquele imenso tambor preenche seu corpo até onde só existe o tambor, o som, a canção.

O nome do seu grupo percussivo é Lua do Sul. Você se juntou a eles um ano depois de começar a trabalhar no Centro Indígena como zelador. Hoje em dia se deve dizer *custodiante*, ou *funcionário da manutenção*, mas você sempre pensou em si mesmo como zelador. Quando tinha dezesseis anos, você viajou até Washington, D.C., para visitar o seu tio – irmão de sua mãe. Ele o levou até o Museu de Arte Americana, onde você descobriu James Hampton. Ele era um artista, um cristão, um místico, um zelador. James Hampton acabaria significando tudo para você. De todo modo, ser um zelador era apenas um emprego. Pagava o aluguel, e você podia ficar com os fones de ouvido o dia inteiro. Ninguém quer conversar com o sujeito da limpeza. Os fones de ouvido são um serviço adicional. As pessoas não precisam fingir que estão interessadas em você porque têm pena que você esteja tirando o lixo delas de sob suas mesas e dando-lhes uma sacola nova.

O grupo de percussão era às noites de terça. Todos eram bem-vindos. Mulheres não, no entanto. Elas tinham seu próprio grupo

LÁ NÃO EXISTE LÁ

de percussão nas noites de quinta. Elas eram a Lua do Norte. Você ouviu o grande tambor pela primeira vez por acidente, certa noite depois do trabalho. Você tinha voltado porque havia esquecido os fones de ouvido. Você estava prestes a subir no ônibus quando percebeu que eles não estavam em seus ouvidos quando mais os queria, para aquele longo trajeto para casa depois do trabalho. O grupo de percussão tocava no primeiro andar – no centro comunitário. Você adentrou o recinto e, no momento em que o fez, eles começaram a cantar. Gemidos agudos e harmonias uivadas que, aos gritos, atravessavam o trovejar daquele imenso tambor. Velhas canções que cantavam a velha tristeza que você sempre conservou por perto, como uma pele, sem tencioná-lo. A palavra *triunfo* surgiu-lhe à mente como um sinal sonoro. Que estava ela fazendo ali? Você nunca usava aquela palavra. Era esse o som de sobreviver àquelas centenas de anos Americanos, cantar através deles. Era esse o som da dor esquecendo-se a si própria na música.

    Você voltou cada quinta-feira depois disso ao longo do ano seguinte. Manter o ritmo não lhe era difícil. A parte difícil era cantar. Você nunca fora muito de falar. Decerto nunca cantara antes. Nem mesmo sozinho. Mas o Bobby fez com que você o fizesse. Bobby era grande, talvez 1,95 metro, 1,90. Ele dizia que era grande porque vinha de oito tribos diferentes. Teve que fazer com que aquilo tudo coubesse ali dentro, dizia, apontando para o próprio estômago. Ele tinha a melhor voz do grupo, sem dúvida. Ele podia soar agudo ou grave. E foi ele quem lhe fez o convite pela primeira vez. Se a decisão recaísse sobre Bobby, o tambor seria maior, incluiria a todos. Ele poria o mundo inteiro num tambor, se pudesse. *Bobby Big Medicine* – às vezes um nome encaixava bem. Sua voz era grave, como a de seu pai.

    "Nem dá para ouvir quando eu canto", você disse a Bobby depois da aula, um dia.

"E daí? Faz corpo. Harmonia de baixos é pouco apreciada", disse-lhe Bobby, depois lhe deu uma xícara de café.

"O tamborzão é tudo que você precisa para o baixo", você disse.

"Baixo vocal é diferente do baixo do tambor", disse Bobby.

"O baixo do tambor é fechado. O baixo vocal abre."

"Não sei", você disse.

"A voz pode demorar muito tempo para sair inteira, irmão", disse Bobby. "Seja paciente."

Você sai de sua quitinete para um dia quente de verão de Oakland, uma Oakland que você se lembra de como sendo cinzenta, sempre cinzenta. Dias de verão de Oakland de sua infância. Manhãs tão cinzentas que preenchiam o dia inteiro de tristeza e frio, mesmo quando irrompia o azul. Este calor está de lascar. Você transpira com facilidade. Sua ao caminhar. Sua ao pensar no seu suor. Sua através das roupas até dar nas vistas. Você tira o boné e cerra os olhos na direção do sol. Nesta altura, você provavelmente já deve aceitar a realidade do aquecimento global, da mudança climática. O escasseamento do ozônio outra vez, como disseram nos anos 1990, quando suas irmãs costumavam bombardear o cabelo com laquê Aqua Net e você engasgava e cuspia na pia muito alto para deixá-las a par de que odiava aquilo e para lembrar-lhes do ozônio, de como o spray de cabelo era a razão pela qual o mundo podia incendiar-se, como estava dito em Revelações, o fim seguinte, o segundo fim depois da inundação, uma inundação de fogo vindo do céu desta vez, talvez devido à falta da proteção do ozônio, talvez devido ao abuso de Aqua Net por parte delas – e por que elas precisavam de cabelo de três polegadas de altura, cacheado como uma onda arrebentando, por causa de quê? Você nunca soube. Exceto que todas as outras meninas o faziam também. E você não tinha também ouvido ou lido que o mundo se inclina em seu eixo muito levemente a cada ano, de modo que era o ângulo que fazia a Terra, como um pedaço de metal quando o sol incide direto sobre ele e se torna tão luminoso quanto o próprio sol? Você não tinha ouvido que estava ficando quente por causa dessa inclinação, dessa perene inclinação da Terra, que era inevitável, e não culpa da humanidade, de nossos carros ou emissões ou Aqua Net, mas pura e simplesmente entropia, ou era atrofia, ou era apatia?

Você está perto do centro da cidade, a caminho da estação do BART na rua 19. Caminha com o ombro direito levemente caído, enviesado. Bem como o de seu pai. Manca também, do lado direito. Sabia que esse coxear poderia ser confundido com algum tipo de afetação, uma tentativa frouxa no sentido de uma inclinação *gangsta*, mas em algum nível que talvez nem sequer reconhecesse, você sabia que caminhar do modo como você caminha é uma maneira de subverter a maneira cidadã, ereta, respeitável de mover braços e pés bem assim, com vistas a exprimir obediência, jurar fidelidade a um modo de vida e a uma nação e sua leis. Esquerda, direita, esquerda e por aí vai. Mas você de fato cultivou esta inclinação, este caminhar de ombro caído, este modo de menear ligeiramente para a direita, em oposição? Tem mesmo em mente algum tipo de coisa contracultural, específica aos Nativos? Algum movimento vagamente antiamericano? Ou você apenas caminha do modo como seu pai caminhava porque os genes e a dor e os estilos de caminhar e falar são passados adiante sem que ninguém realmente tente? O coxear é algo que você cultivou para que pudesse parecer menos um antigo ferimento de basquete do que uma declaração de estilo individual. Machucar-se e não se recuperar é um sinal de fraqueza. Seu coxear é ensaiado. Um manquejar articulado, que diz algo sobre o modo como você aprendeu a nadar com a maré, sobre todas as maneiras pelas quais te foderam, derrubaram, tudo de que você se recuperou ou não, tudo de que se afastou caminhando ou mancando, com ou sem estilo – isto é feito seu.

Você passa por uma cafeteria que detesta porque está sempre quente e moscas enxameiam constantemente a frente do estabelecimento, onde um grande retalho de sol referve de alguma porcaria invisível que as moscas amam e onde há sempre apenas um assento sobrando no calor com as moscas, que é o motivo pelo qual você a detesta, além do fato de que ela só abre depois das dez da manhã e fecha às seis da tarde para servir a todos os hipsters e artistas que pairam e zunem por Oakland como moscas, a juventude suburbana *baunilha* da América, em busca de alguma coisa invisível que Oakland talvez possa lhes dar, credibilidade de rua ou inspiração das zonas pobres da cidade.

Antes de chegar à estação do BART na rua 19, você passa por um grupo de adolescentes brancos que o olham de cima a baixo. Você quase tem medo deles. Não porque acha que vão fazer algo. É como eles estão deslocados, ao mesmo tempo que parecem ser donos do lugar. Você quer esmagá-los. Gritar algo para eles. Assustá-los de modo que voltem para o lugar de onde vieram. Assustá-los de modo que saiam de Oakland. Expulsar de dentro deles a Oakland que eles tomaram posse. E poderia fazê-lo, sem dúvida. Você é um daqueles índios grandes e pesadões. Quase 1,98 metro, tamanho peso no ombro que faz você se inclinar, faz todo mundo olhar para ele, seu peso, o que você carrega.

Seu pai é Índio mil por cento. Um perfeccionista. Um curandeiro ex-alcoólatra das reservas para quem o inglês é uma segunda língua. Ele ama jogar e fuma cigarros da marca American Spirit, usa dentadura e reza vinte minutos antes de toda refeição, pede auxílio ao Criador por todos, começando pelas crianças órfãs e terminando com os soldados, homens e mulheres, servindo no estrangeiro, seu pai mil por cento Índio que só chora em cerimônias e tem joelhos ruins que acabaram piorando quando ele foi colocar concreto no seu quintal para uma quadra de basquete quando você tinha dez anos.

Você sabe que seu pai jogava um bolão antigamente, conhecia o ritmo dos quiques, o falsear de cabeça e aquela parada dos olhos girarem num pivô que você aprendeu investindo tempo. Claro, ele dependia grandemente de umas doses, mas era assim que a coisa se dava. Seu pai lhe contou que tinha sido proibido de jogar bola na faculdade porque era Índio, em Oklahoma. Em 1963, era tudo o que bastava. Nada de Índios ou cães nas quadras ou bares ou fora da reserva. Seu pai quase nunca falava sobre nada disso, ser Índio ou crescer na reserva, ou mesmo sobre como se sentia agora que é um Índio Urbano de verdade. Exceto às vezes. Quando ele tem vontade. Do nada.

Você estaria a caminho da Blockbuster para alugar filmes no caminhão vermelho Ford dele. Estaria ouvindo as fitas de peiote do seu pai. O chocalhar de cabaça, com estática de fita, e o estrondo do tímpano. Ele gostava de ouvir aquilo alto. Você não podia suportar como aquele som era notável. Como seu pai era notavelmente Índio. Você lhe pedia para desligar. Você o fazia parar suas fitas. Você sintonizava na 106 KMEL – rap ou R&B. Mas então ele tentava dançar ao ritmo daquele som. Projetava seus grandes lábios Índios para constrangê-lo, punha para fora uma mão espalmada e ritmicamente apunhalava o ar, conforme a batida, só para zoar com você. Era nesta altura que você desligava o som de uma vez. E era então que você talvez pudesse ouvir uma história de seu pai sobre a infância dele. Sobre como ele costumava colher algodão com os avós dele por um centavo ao dia ou aquela vez que uma coruja atirou pedras nele e nos amigos dele de uma árvore ou aquela vez que sua bisavó dividiu um tornado em dois com uma oração.

O peso em seu ombro tem a ver com ser nascido e criado em Oakland. Um peso de concreto, uma laje, pesada de um lado, o lado mestiçado, o lado não branco. Quanto ao lado de sua mãe, quanto à sua branquitude, tanto há coisas demais como coisas insuficientes para se saber o que fazer dela. Você vem de um povo que espoliou e espoliou e espoliou e espoliou. E de um povo espoliado. Você foi ambos e nenhum. Quando tomava banho de banheira, encarava seus braços pardos contra suas pernas brancas na água e pensava o que faziam juntos no mesmo corpo, na mesma banheira.

O modo como você acabou sendo despedido teve a ver com sua beberagem, que tinha a ver com seus problemas de pele, que tinham a ver com seu pai, que tinham a ver com História. A única história que sempre teve certeza de ouvir de seu pai, a única coisa que sabia ao certo sobre o que significa ser Índio, é que seu povo, o povo Cheyenne, em 29 de novembro de 1864, foi massacrado em Sand Creek. Ele contou a você e a suas irmãs aquela história mais do que qualquer outra história com que poderia se sair.

Seu pai era o tipo de bêbado que some finais de semana inteiros, vai parar na prisão. Ele era o tipo de bêbado que precisava parar completamente. Que não podia tomar um gole. Então, você já devia tê-lo previsto, de certa maneira. Aquela necessidade que não dá trégua. Aquele poço com anos de profundidade que você estava fadado a cavar, rastejar para dentro, batalhar para poder sair. Seus pais talvez queimaram em você uma lacuna para Deus muito profunda, muito larga. O buraco era impreenchível.

Saindo da casa dos vinte, você começou a beber toda noite. Havia muitas razões para isso. Mas o fez sem pensar. A maioria dos vícios não é premeditada. Você dormia melhor. Beber dava uma sensação boa. Mas, sobretudo, se houve uma razão verdadeira que você pudesse apontar, era por causa de sua pele. Você sempre teve problemas de pele. Desde que se lembra. Seu pai costumava esfregar calda de peiote em suas erupções. Isto funcionou por um tempo. Até ele não estar mais por perto. Os médicos queriam chamar de eczema. Queriam viciá-lo em cremes com esteroides. A coceira era terrível, porque conduzia apenas a mais coceira, que conduzia a mais sangramentos. Você acordava com sangue sob as unhas – uma pontada aguda para onde quer que a ferida fosse, porque ela se movia por toda parte, por todo seu corpo, e o sangue ia parar nos seus lençóis e você acordava com a sensação de que havia sonhado algo tão importante e devastador quanto esquecido. Mas não havia sonhado. Havia apenas a ferida aberta, viva, e ela coçava, em algum lugar do seu corpo, o tempo todo. Manchas e círculos e espaços de vermelho e rosa, às vezes amarelos, acidentados, cheios de pus, vazando, nojentos – a sua superfície.

Se bebesse o suficiente, você não se coçava à noite. Podia, assim, amortizar seu corpo. Você se descobriu e se perdeu numa garrafa. Descobriu seus limites. Perdeu-os de vista. No percurso, descobriu que havia uma certa quantidade de álcool que podia ingerir que permitia – no dia seguinte – produzir um certo estado de espírito, a que você, ao longo do tempo, começou a se referir – em privado – como *O Estado*. O Estado era um lugar ao qual você podia chegar onde tudo parecia exata e precisamente no lugar, onde e quando havia pertença, a que você pertencia, completamente bem dentro dele – quase como seu pai costumava dizer: "Mas num é, tipo, não é mesmo? Não é verdade?"

Mas cada garrafa que você comprava era um remédio ou um veneno, dependendo de sua capacidade de mantê-las cheias o suficiente. O método era instável. Insustentável. Beber o bastante, mas não demais, para um bêbado, era como pedir aos evangélicos que não dissessem o nome de Jesus. Portanto, tocar tambor e cantar naquelas aulas tinham-lhe dado uma outra coisa. Uma maneira de chegar lá sem ter que beber e esperar para ver se no dia seguinte o Estado poderia emergir das cinzas.

O Estado tinha base em algo que você lera sobre James Hampton. Anos depois de sua viagem a Washington, James concedera a si próprio o título: Diretor de Projetos Especiais para o Estado da Eternidade. James era cristão. Você não é. Mas ele era louco o suficiente para fazer sentido para você. O que fazia sentido era isto: ele passou quatorze anos construindo uma imensa obra de arte com lixo que ele coletava dentro e em torno da garagem que alugava, que era a cerca de uma milha da Casa Branca. A obra chamava-se "O Trono do Terceiro Céu da Assembleia-Geral Milenar das Nações". James construiu o trono para o segundo advento de Jesus. O que você compreende acerca de James Hampton é sua devoção quase desesperada a Deus. À espera de que seu Deus venha. Ele fez um trono dourado com lixo. O trono que *você* estava construindo era feito de momentos, feito de experiências no Estado depois de beber excessivamente, feito das sobras inutilizadas da bebedeira, conservadas de um dia para outro, fumos sonhados, embebidos em luar que você soprava em formato de trono, de um lugar em que pudesse se abancar. No Estado, a intensidade de seu desequilíbrio era o bastante para você não se atrapalhar. O problema veio de ter que beber, e ponto.

Uma noite antes de você ser despedido, a aula de percussão havia sido cancelada. Era fim de dezembro. A aproximação do Ano-Novo. Este tipo de bebedeira não dizia respeito a alcançar o Estado. Este tipo de bebedeira era desleixado, sem razão – um dos riscos, das consequências de ser o tipo de bêbado que você é. Que sempre será, não importa o quão bem consiga administrá-lo. Ao cabo da noite, já tinha enxugado uma garrafa de Jim Beam. Uma garrafa é o bastante, quando não se vai aos poucos. Beber desse jeito – sozinho, em noites de quinta aleatórias – pode custar anos. Exige muito de você. Beber desse jeito. Seu fígado. Aquele que está vivendo o máximo por você, desintoxicando toda a merda que coloca dentro do corpo.

Quando você chegou no trabalho no dia seguinte, estava bem. Um pouco tonto, ainda bêbado, mas o dia parecia normal. Você entrou na sala de conferências. A reunião do comitê do pow-wow estava acontecendo. Você comeu aquilo que eles estavam chamando de enchiladas de café da manhã quando lhe ofereceram. Você conheceu um novo membro do comitê. Depois, seu supervisor, Jim, chamou-lhe para ir a seu escritório, chamou-lhe no walkie-talkie que você mantinha preso ao cinto.

Quando você chegou à sala dele, ele estava no telefone. Ele o cobriu com uma mão.

"Tem um morcego", ele disse, e apontou para o corredor. "Tire-o dali. Não podemos ter morcegos. Isto é uma instalação médica." Ele disse isso como se você mesmo tivesse levado o morcego lá para dentro.

No corredor, você olhou em torno e para cima. Viu a coisa lá em cima, no canto do teto, perto da sala de conferências ao final do corredor. Você foi e pegou um saco plástico e uma vassoura. Você se aproximou do morcego com cuidado, lentamente, mas quando chegou perto, ele voou para dentro da sala de conferências. Todos, todo o comitê do pow-wow, as cabeças girando, observou você entrar lá dentro e o enxotar.

Quando você já estava de volta no corredor, o morcego voejou em círculos ao seu redor. Estava atrás de você, e depois na sua nuca. Tinha os dentes ou as garras enterrados em você. Você surtou e estendeu os braços para trás e pegou o morcego por uma asa, e em vez de fazer o que devia ter feito – colocá-lo dentro do saco de lixo que carregava consigo –, você aproximou uma mão da outra e com toda a sua força, com tudo o que havia dentro de você, apertou. Você esmagou o morcego com suas mãos. Sangue e ossos magros e dentes numa pilha em suas mãos. Você o jogou no chão. Rapidamente o limparia com o esfregão. Limparia o dia inteiro. Começaria de novo. Mas não. Todo o comitê do pow-wow estava ali. Eles tinham vindo vê-lo pegar o morcego depois de tê-lo enxotado da reunião deles. Cada um deles olhou para você com nojo. Você também o sentiu. Estava em suas mãos. No chão. Aquela criatura.

De volta à sala de seu supervisor, depois de ter limpado a bagunça, Jim fez um gesto para que você se sentasse.

"Eu não sei o que foi aquilo", disse Jim. Ambas as mãos sobre o topo da cabeça. "Mas não é algo que possamos tolerar numa instalação médica."

"Porra, o treco... Desculpe-me, mas aquele treco me mordeu, porra. Eu estava reagindo..."

"E isto teria sido OK, Thomas. Só colegas viram. Mas me disseram que você cheira a álcool. E vir trabalhar bêbado, me desculpa, mas isto é uma infração passível de demissão. Você sabe que nós temos uma política de tolerância zero aqui." Ele não parecia mais zangado. Parecia decepcionado. Você quase lhe disse que era só da noite passada, mas isto talvez não tivesse feito diferença, porque ainda teria excedido o nível de álcool no sangue num teste do barômetro. O álcool ainda estava dentro de você, no seu sangue.

"Eu não bebi essa manhã", você disse. Quase jurou. Você jamais fizera isso, nem quando era criança. Era algo em Jim. Ele era como uma criança grande. Ele não queria ter que puni-lo. Jurar parecia uma maneira razoável de convencer Jim de que você estava falando a verdade.

"Eu lamento", disse Jim.

"Então é isso? Estou sendo despedido?"

"Não há nada que eu possa fazer por você", disse Jim. Ele se levantou e saiu do próprio escritório. "Vá para casa, Thomas", ele disse.

Você alcança a plataforma do trem e desfruta do vento frio ou brisa ou como quer que se chame a rajada de ar trazida pelo trem antes de chegar, antes que você consiga sequer enxergar suas luzes, quando você o escuta e sente aquela rajada de ar refrescante de que gosta especialmente pelo tanto que ela refresca sua cabeça suarenta.

Você encontra um assento na frente do trem. A voz robótica anuncia a próxima parada, dizendo, ou não exatamente dizendo, mas o que quer que seja que aconteça quando um robô fala: *Próxima parada, estação da rua 12*. Você se lembra do seu primeiro pow-wow. Seu pai levou você e suas irmãs – depois do divórcio – a um ginásio escolar em Berkeley onde seu velho amigo de família Paul dançou sobre as linhas de basquete com aquele passo leve e louco, aquela graça, embora Paul fosse um bocado grande, e você nunca tivesse pensado nele como sendo gracioso antes. Mas naquele dia você viu o que era um pow-wow e viu que Paul era perfeitamente capaz de graça, e até mesmo de ser maneiro, de uma forma especificamente Indígena, com passos não diferentes de um *break*, e aquela ausência de esforço que ser maneiro exige.

O trem se desloca, e você pensa no seu pai e em como ele o levou àquele pow-wow depois do divórcio, como ele nunca o havia levado a um quando você era mais jovem, e se pergunta se eram sua mãe e o cristianismo os motivos pelos quais você não ia a pow-wows ou fazia mais coisas de Índio.

O trem emerge, sai do tubo subterrâneo no distrito de Fruitvale, ali perto daquele Burger King e daquele terrível restaurante vietnamita, Pho, onde a International e a East Twelfth quase se fundem, onde aparecem as paredes grafitadas dos apartamentos e casas e armazéns e oficinas mecânicas abandonados, assomam à janela do trem, resistem teimosamente como peso morto a todo o recente desenvolvimento de Oakland. Logo antes da estação de Fruitvale, você vê aquela velha igreja de tijolos em que sempre repara por parecer tão abandonada e decadente.

Você sente uma rajada de tristeza por sua mãe e seu cristianismo fracassado, por sua família fracassada. Como todos vivem em estados diferentes agora. Como você nunca os vê. Como você passa tanto tempo só. Você quer chorar e sente que talvez o faça, mas sabe que não pode, que não deve. Chorar acaba com você. Você largou isso há tempos. Mas os pensamentos vêm vindo, sobre sua mãe e sua família numa certa altura, quando parecia que o sobre e o submundo mágico de sua apocalíptica espiritualidade cristã evangélica forjada em Oakland parecia estar vindo à tona para tomá-los, a todos vocês. Você se lembra com tanta clareza daquele tempo. Nunca se afastava de você, não importa o quanto o tempo o carregara para longe dela. Antes que qualquer um acordasse, sua mãe estava chorando sobre seu livro de orações. Você sabia disso porque lágrimas deixam manchas, e se lembra das manchas de lágrimas no livro de orações dela. Você olhou para aquele livro mais de uma vez porque queria saber que perguntas, que conversas particulares ela poderia ter tido com Deus, ela que falava aquela glossolalia louca e angelical na igreja, ela que caía de joelhos, ela que caiu de amores por seu pai em cerimônias Indígenas que ela acabou por chamar de demoníacas.

Seu trem deixa a estação Fruitvale, o que o faz pensar no distrito Diamond, o que o faz pensar na rua Vista. Foi onde tudo aconteceu, onde sua família viveu e morreu. Sua irmã mais velha, DeLonna, pegava pesado no PCP, pó de anjo. Foi quando descobriu que não precisa de religião para ser destroçado, para que os demônios saiam com suas línguas. Um dia, depois do colégio, sua irmã DeLonna fumou PCP demais. Ela voltou para casa e estava claro para você que ela estava louca. Dava para ver nos olhos dela – DeLonna sem DeLonna atrás deles. E depois havia a voz dela, aquele som baixo, profundo, gutural. Ela gritou com seu pai e ele gritou de volta, e ela o mandou calar a boca, e ele de fato calou a boca por conta daquela voz. Ela lhe disse que ele nem sequer sabia a qual Deus adorava, e logo depois disso DeLonna estava no chão do quarto de sua irmã Christine, espumando. Sua mãe convocou uma reunião de oração emergencial e eles rezaram por cima dela, e ela espumou e se contorceu e eventualmente ficou quieta ao dissipar-se aquela parte da onda, quando a droga diminuiu de intensidade, seus olhos se fecharam, a coisa já tinha acabado com ela. Quando ela acordou, deram-lhe um copo de leite para beber, e quando ela estava de volta com sua voz e olhos normais, não se recordava de nada.

Mais tarde, você se lembra de sua mãe dizendo que usar drogas era como entrar sorrateiramente no Reino dos Céus, sob os portões. Parecia-lhe mais o Reino do Inferno, mas talvez o reino seja maior e mais terrificante do que somos capazes de saber. Talvez todos nós estejamos falando o idioma quebrado dos anjos e demônios há tempo demais para saber que é isto que somos, quem somos, o que estamos falando. Talvez não morramos nunca, mas mudemos, sempre no Estado sem sequer saber que estamos nele.

* * *

Quando você salta na estação Coliseum, caminha sobre a ponte de pedestres com um frio no estômago. Você quer e não quer estar lá. Você quer bater tambor, mas também quer que lhe ouçam bater tambor. Não como você mesmo, mas apenas como o tambor. O grande som de tambor, feito para fazer com que os dançarinos dancem. Você não quer ser visto por ninguém do trabalho. A vergonha de beber e aparecer no trabalho ainda cheirando a bebida era demais. Ser atacado pelo morcego e esmagá-lo na frente deles era parte disso também.

Você passa pelo detector de metais na entrada e seu cinto faz com que precise passar novamente. Você ganha o bipe pela segunda vez por conta dos trocados em seu bolso. O guarda é um tipo negro mais velho que não parece se importar muito com nada, afora evitar o bipe do detector.

"Tira, tudo, tudo o que estiver nos seus bolsos, tira", ele disse.

"Isto é tudo que eu tenho", você diz. Mas quando passa, ele dispara novamente.

"Você já fez cirurgia?", o cara lhe pergunta.

"O quê?"

"Sei lá, talvez você tenha uma chapa de metal na cabeça, ou..."

"Não, cara, eu não tenho nada de metal em mim."

"Bom, vou ter que revistá-lo agora", diz o cara, como se a culpa fosse sua.

"Certo", você diz e ergue os braços.

Depois da revista, ele faz um gesto para que passe novamente pelo detector. Desta vez, quando soa o bipe, ele simplesmente faz um aceno para que você passe.

A cerca de três metros de distância, você está olhando para baixo enquanto caminha e compreende o que era. Suas botas. Biqueira de aço. Você começou a usá-las quando conseguiu o emprego. Larry o recomendara. Você quase volta para contar para o cara, mas já não tem importância.

    Você encontra Big Bobby Medicine sob um toldo. Ele acena com a cabeça, depois a inclina na direção de um assento vago em torno do tambor. Não há conversa fiada.

    "Canção da Grande Entrada", Bobby lhe diz, porque sabe que todos sabem. Você pega sua baqueta e espera pelos outros. Você escuta o som, mas não as palavras que o MC do pow-wow está anunciando, e espera a baqueta de Bobby subir. Quando ela sobe, parece que seu coração vai parar também. Você espera pelo primeiro golpe. Você reza uma oração na sua cabeça para ninguém em particular sobre nada em particular. Você abre caminho para uma oração ao pensar em nada. Sua oração será a pancada e a canção e a manutenção do andamento. Sua oração começará e terminará com a canção. Seu coração começa a doer de falta de fôlego quando você vê o tambor dele se erguer e sabe que eles estão chegando, os dançarinos, e é hora.

PARTE IV

Pow-wow

É preciso sonhar muito tempo para agir com grandeza, e o sonho se cultiva nas trevas.

— JEAN GENET

PART IX

Pow-wow

Orvil Red Feather

❦

No interior do coliseu, o campo já está lotado de gente, com dançarinos, mesas e toldos. Lotado até as arquibancadas. Cadeiras de camping e cadeiras de armar estão espalhadas pelo campo, com e sem pessoas sentadas – lugares guardados. Sobre o tampo das mesas, e pendurados por detrás ou pelos lados das paredes de toldo, veem-se bonés e camisetas de pow-wow com slogans, como *Orgulho Nativo,* escritos em caracteres maiúsculos, agarrados por presas de águia; há apanhadores de sonhos, flautas, machadinhas e arcos e flechas. Joias Indígenas de todo tipo estão abertas e penduradas por toda parte, quantidades loucas de turquesa e prata. Orvil e seus irmãos param um minuto na mesa com bonés dos A's e dos Raiders trabalhados com miçangas, mas o que querem de fato é dar uma olhada na fila das mesas de comida no campo externo.

Eles gastam seu dinheiro das fontes e vão ao segundo deque para comer. O pão frito é vasto e a carne e gordura são profundas.

"Cara. Muito bom", diz Orvil.

"Pfft", diz Loother, "para de tentar falar que nem Índio".

"Cala a boca. Como é que eu devo soar, feito um menino branco?", diz Orvil.

"Às vezes você soa como se quisesse ser mexicano", diz Lony.

"Tipo quando a gente está no colégio", diz Lony.

"Cala a boca", diz Orvil.

Loother acotovela Lony e ambos gargalham de Orvil. Orvil tira o boné e bate com ele na parte de trás da cabeça de ambos. Depois, Orvil pega o taco e salta a fila de cadeiras para sentar-se detrás deles. Depois de sentar-se em silêncio por um tempo, ele passa o taco para Lony.

"Quanto você disse que poderia ganhar, se ganhar?", Loother pergunta a Orvil.

"Não quero falar a respeito. Dá azar", diz Orvil.

"Sim, mas você disse que era tipo cinco m...", diz Loother.

"Eu disse que não quero falar a respeito", diz Orvil.

"Porque você acha que vai dar azar, né?"

"Loother, cala a porra da boca."

"Certo", diz Loother.

"Então tá", diz Orvil.

"Mas imagina quantas paradas maneiras a gente poderia comprar com esse tipo de grana", diz Loother.

"É", diz Lony, "a gente podia comprar um PS4, uma TV grande, uns J's...".

"A gente daria tudo para a avó", diz Orvil.

"Ah, cara, isso é caído", diz Loother.

"Qual é, você sabe que ela gosta de trabalhar", diz Lony, ainda mastigando um último pedaço de taco.

"Provavelmente tem outras coisas que ela preferiria fazer, se pudesse", diz Orvil.

"É, mas a gente podia ficar só com uma parte dele", diz Loother.

"Merda", diz Orvil, vendo as horas no seu telefone. "Eu preciso descer até o vestiário!"

"O que você quer que a gente faça?", diz Loother.

"Fiquem aqui em cima", diz Orvil. "Eu venho buscar vocês."

"O quê? Pô...", diz Lony.

"Eu venho buscar vocês, não vai demorar tanto", diz Orvil.

"Mas a gente não consegue ver quase nada daqui", diz Loother.

"É", diz Lony.

Orvil sai andando. Ele sabe que, quanto mais discute, mais rebeldes eles ficam.

O vestiário masculino está barulhento com as risadas. A princípio, Orvil acha que estão rindo dele, mas percebe em seguida que alguém havia acabado de contar uma piada pouco antes de ele entrar, porque chegam mais piadas quando ele se senta. São os caras mais velhos, sobretudo, mas há também uns mais jovens lá dentro. Ele coloca o traje cerimonial lenta e cuidadosamente, e coloca seus fones de ouvido, mas antes que possa colocar uma canção, vê um cara do outro lado fazendo um gesto para que tire os fones. É um tipo Indígena imenso. Ele se levanta, está todo em trajes cerimoniais, e anda dando um passo de cada vez, o que faz suas penas balançarem, o que meio que assusta Orvil. O cara limpa a garganta.

"Agora, vocês jovens aqui, escutem só. Não fiquem empolgados demais lá fora. Aquela dança é sua oração. Então não apressem a coisa, e não dancem do modo como ensaiam. Só existe uma maneira de um Índio se expressar. É aquela dança que vem lá de trás. Bem lá de trás. Você aprende aquela dança para conservá-la, para usá-la. O que quer que esteja acontecendo nas suas vidas, vocês não deixam tudo aqui, como aqueles jogadores fazem quando precisam ir lá fora para aquele campo, vocês levam isso com vocês, vocês dançam isso. Qualquer outro modo que tentem dizer o que querem de verdade só vai fazer vocês chorarem. Não ajam como se não chorassem. É o que nós fazemos. Homens Índios. Somos bebês chorões. Vocês sabem disso. Mas não aqui", ele diz, e aponta para a porta do vestiário.

Alguns dos caras mais velhos fazem um som grave, um *huh*, depois mais alguns caras dizem, em uníssono, *aho*. Orvil olha em torno da sala, e vê todos esses homens vestidos como ele. Todos tiveram que se fantasiar para parecerem Índios também. Há algo como o balançar de penas que ele sentiu em algum lugar entre seu coração e o estômago. Ele sabe que o que o cara disse é verdade. Chorar é desperdiçar o sentimento. Ele precisa dançar com ele. Chorar é para quando não há mais o que fazer. Este é um bom dia, este é um bom sentimento, algo que ele precisa, dançar do jeito que precisa dançar para ganhar o prêmio. Mas não. Não o dinheiro. Dançar pela primeira vez como aprendeu, na tela, mas também com a prática. Da dança veio a dança.

Há centenas de dançarinos na frente dele. Atrás dele. À direita e à esquerda dele. Está cercado pela variação de cores e padrões específica dos Índios, gradientes de uma cor até a outra, formas em lantejoulas em sequência geométrica sobre tecidos brilhosos e de couro, penachos, miçangas, fitas, plumas, penas de gralha, falcão, corvo, águia. Há coroas e cabaças e sinos e baquetas, cones de metal, penas de pica-pau em formato de flechas, tornozeleiras e bandoleiras de contas cilíndricas, barretes e pulseiras e cocares que descrevem círculos perfeitos. Ele observa pessoas apontarem para os trajes umas das outras. Ele é uma perua antiga numa feira de automóveis. Ele é uma fraude. Tenta desvencilhar-se da sensação de sentir-se uma fraude. Não pode se permitir sentir-se como uma fraude porque provavelmente vai agir como uma. Para alcançar aquele sentimento, para alcançar aquela oração, você precisa se enganar para não pensar em absoluto. Não atuar. Não nada. Dançar como se o tempo importasse apenas na medida em que você consiga manter um ritmo conforme ele, para dançar de tal maneira que o próprio tempo se interrompa, desapareça, acabe ou corra para dentro do sentimento do nada sob seus pés quando você pula, quando inclina os ombros como se estivesse tentando se esquivar do próprio ar em que esteve suspenso, suas penas um esvoaçar de ecos com séculos de idade, seu ser inteiro sendo uma espécie de voo. Para apresentar-se e ganhar, é preciso dançar verdadeiramente. Mas isto é só a Grande Entrada. Não há juízes. Orvil pula um pouco, e afunda os braços. Ele estica os braços e tenta manter os pés leves. Quando começa a sentir-se constrangido, fecha os olhos. Ele se ordena não pensar. Ele pensa: Não pense, repetidamente. Abre os olhos e vê todo mundo à volta dele. São todos penas e movimento. São todos uma dança.

Ao fim da Grande Entrada, os dançarinos se dispersam, encaminhando-se em todas as direções numa ondulação de palavrório e sinos, a caminho dos vendedores, ou para suas famílias, ou para caminhar por aí, dando e recebendo elogios, agindo normalmente, como se não tivessem o aspecto que têm. Índios fantasiados de Índios.

O estômago de Orvil ronca e estremece. Ele ergue os olhos para ver se consegue achar os irmãos.

Tony Loneman

~

Para chegar ao pow-wow, Tony Loneman pega um trem. Veste-se em casa e usa trajes cerimoniais por todo o trajeto até lá. Está acostumado a ser encarado, mas isto é diferente. Ele quer rir do fato de que o encaram. É a piada dele consigo mesmo sobre eles. Todos o têm encarado a vida inteira. Nunca por qualquer outra razão, afora a Drome. Nunca por qualquer outra razão afora o fato de seu rosto dizer-lhes que algo de ruim se passara com ele – um desastre de automóvel do qual se deveria desviar o olhar, mas não se consegue.

Ninguém no trem sabe o que são pow-wows. Tony é apenas um Índio fantasiado de Índio no trem por nenhum motivo aparente. Mas as pessoas amam uma história bonita.

Os trajes de Tony são azul, vermelho, laranja, amarelo e preto. As cores de uma fogueira à noite. Outra imagem na qual as pessoas amam pensar: Índios à volta de uma fogueira. Mas não se trata disso. Tony é o fogo e a dança e a noite.

Ele está postado diante do mapa do BART. Uma mulher branca mais velha sentada do outro lado aponta para o mapa e lhe pergunta onde precisa descer para chegar ao aeroporto. Ela sabe a resposta a esta pergunta. Já teria pesquisado em seu telefone diversas vezes, para ter certeza. Ela quer ver se o Índio fala. É a próxima pergunta a que pretende chegar. O rosto por detrás do rosto que ela faz diz tudo. Tony não responde sobre o aeroporto de imediato. Ele a encara e espera pelo que ela dirá em seguida.

"Então, você... é Nativo-Americano?"

"Nós saltamos na mesma saída", diz Tony. "Coliseu. Está tendo um pow-wow. Você deveria vir." Tony caminha até a porta para olhar pela janela.

"Eu iria, mas..."

Tony ouve que ela está respondendo, mas não escuta. As pessoas não querem mais que uma pequena história que elas possam trazer de volta para casa, para contar para os amigos e a família à volta da mesa do jantar, para falar sobre como viram um menino Nativo-Americano de verdade no trem, que eles ainda existem.

Tony baixa os olhos e vê os trilhos passando, como se voassem. Ele sente o trem puxá-lo para trás à medida que diminui de velocidade. Ele agarra o apoio de metal, transfere seu peso para o lado esquerdo, depois meneia de volta para a direita quando o trem para por completo. A mulher atrás dele está dizendo algo, mas já não é possível que haja importância. Ele salta do trem e quando ganha as escadas ele dispara, pulando de dois em dois degraus o caminho todo.

Blue

~

Blue está indo pegar Edwin de carro. Faz aquela cor matinal esquisita, aquele profundo azul-laranja-branco. O dia que ela esteve esperando por quase um ano está apenas começando.

Dá uma sensação boa estar de volta em Oakland. Inteiramente de volta. Faz um ano que ela voltou. Agora recebendo salários regulares, na sua própria quitinete, com seu próprio carro novamente pela primeira vez em cinco anos. Blue inclina o espelho retrovisor para baixo e olha para si própria. Ela vê uma versão de si que pensava estar há muito desaparecida, alguém que ela deixara para trás, trocada por sua verdadeira vida Indígena na reserva. Crystal. De Oakland. Ela não foi embora. Está em algum lugar atrás dos olhos de Blue, no espelho retrovisor.

O lugar favorito de Blue para fumar um cigarro é dentro do carro. Ela gosta de como a fumaça escapa quando todas as janelas estão abaixadas. Ela acende um. Tenta pelo menos dizer uma breve oração a cada vez que fuma. Faz com que ela se sinta menos culpada por fumar. Ela dá uma tragada profunda e segura. Agradece enquanto exala a fumaça.

Ela fora até Oklahoma para descobrir de onde vinha e tudo o que conseguira tinha sido uma cor para pôr no nome. Ninguém tinha ouvido falar de nenhuma família Red Feather. Ela perguntara um bocado por aí. Pergunta-se se talvez sua mãe o tenha inventado. Talvez sua mãe tampouco soubesse sua própria tribo. Talvez sua mãe tivesse sido adotada. Talvez Blue acabasse por ter que inventar o próprio nome e também a própria tribo, passá-lo adiante para suas próprias possíveis crianças.

Blue joga o cigarro pela janela ao passar pelo teatro Grande Lake. O teatro significou para ela muitas coisas ao longo dos anos. Agora, ela está pensando naquele constrangedor encontro, melhor dizendo, um não encontro, que teve recentemente com Edwin. Edwin é estagiário dela, seu assistente para a coordenação de eventos do pow-wow este ano. O filme estava lotado, então, em vez disto, caminharam em volta do lago. O silêncio constrangedor no passeio inteiro foi intenso. Ambos ficavam começando frases e parando-as a meio, depois dizendo *deixa pra lá*. Ela gostava de Edwin. Gosta dele. Há algo nele que lhe parece família. Talvez por ele ter um histórico parecido. No caso de Edwin, ele não conhecera o pai, que é Nativo, que calha de ser o mestre de cerimônias no pow-wow. Então eles tinham isto em comum, mais ou menos, mas nada muito além disso. Ela definitivamente não gosta de Edwin como algo mais que um colega e possível futuro amigo. Ela lhe tinha dito mil vezes com os olhos que não havia jeito – no que seus olhos não faziam, em como eles se desviavam quando os deles tentavam se fixar.

Quando Blue estaciona na casa dele, liga para ele do carro. Ele não atende. Ela vai até sua porta e bate. Devia ter enviado uma mensagem de texto dizendo que estava do lado de fora no minuto em que saiu de casa. O trajeto de carro até West Oakland levava em torno de quinze minutos sem trânsito. Por que ela não o fez tomar o BART? Certo, é cedo demais. Mas o ônibus? Não, ele tinha tido uma péssima experiência no ônibus, sobre a qual se recusa a falar. Ela o mima? Pobre Edwin. Ele realmente tenta. Ele realmente não sabe como as outras pessoas o veem. Ele é tão dolorosamente cônscio de suas dimensões físicas. E faz comentários demais sobre si mesmo, sobre seu peso. Isto deixa as pessoas tão desconfortáveis quanto parecem estar na maior parte do tempo.

Blue bate novamente, forte a ponto de parecer grosseira, exceto que Edwin a estava fazendo esperar do lado de fora, na porta dele, neste dia que os dias estiveram planejando e para o qual estiveram trabalhando duro por tantos meses.

Blue verifica o horário no celular, depois checa os e-mails e mensagens de texto. Quando nada de interessante surge, ela checa o Facebook. É um feed velho que ela já tinha lido na noite anterior, antes de ir se deitar. Nenhuma nova atividade. Velhos comentários e postagens que ela já vira. Ela aperta o botão "Home" e, por um segundo, por um pequeno momento apenas, pensa se não deveria abrir seu *outro* feed do Facebook. Naquele outro Facebook, ela encontrava as informações e produtos midiáticos pelos quais sempre estivera à procura. Naquele outro feed do Facebook, encontrava conexão de fato. Aquilo, ali, é onde sempre quisera estar. É o que sempre esperou que o Facebook se tornasse. Mas não há nada mais para verificar, não *existe* nenhum outro Facebook, então ela apaga a tela com um clique e recoloca o telefone no bolso. Quando está prestes a bater novamente, o grande rosto de Edwin surge diante dela. Ele está segurando duas canecas.

"Café?", ele diz.

Dene Oxendene

❧

Dene está numa cabine improvisada de narração de histórias que ele próprio construiu para gravá-las. Mira a câmera em seu próprio rosto e aperta Rec. Ele não sorri nem fala. Está gravando seu rosto como se a imagem, o padrão de luz e sombra ali disposto, pudesse significar alguma coisa do outro lado da lente. Está usando a câmera que seu tio lhe deu antes de morrer. A Bolex. Um dos diretores favoritos de Dene – Darren Aronofsky – usou uma Bolex em *Pi* e *Réquiem para um sonho* – o qual Dene dizia ser um de seus filmes favoritos –, embora seja difícil qualificar de *favorito* um filme tão perturbado. Mas isto, para Dene, é o que o filme tem de tão bom; ele é esteticamente rico, então você desfruta da experiência, mas não sai do filme exatamente feliz por ter assistido a ele, e ainda assim você não aceitaria que fosse de outra forma. Dene acredita que este tipo de realidade é algo que seu tio teria apreciado. Essa mirada inabalável para dentro do vazio, do vício, da depravação, esse é o tipo de coisa diante da qual apenas uma câmera pode manter os olhos bem abertos.

Dene desliga a câmera e a monta num tripé de modo que fique apontada para a banqueta que posicionou num canto para os contadores de histórias. Liga um interruptor em sua equipagem de iluminação barata para que a luz atrás da banqueta fique suave, depois o outro interruptor para acionar a luz mais dura que tem detrás de si. Ele vai perguntar a quem quer que entre em sua cabine por que vieram ao pow-wow, o que os pow-wows significam para eles. Onde moram? Que significa para eles ser Índio? Ele não precisa de mais histórias para seu projeto. Ele nem sequer precisa mostrar um produto ao fim do ano pela bolsa que recebeu. Isto diz respeito ao pow-wow, ao comitê. Trata-se de documentação. Para a posteridade. Pode ser que acabe no produto final, seja lá o que isso for – ele ainda não sabe. Ainda está deixando o conteúdo nortear a visão. O que *não é* apenas mais uma maneira de dizer que está inventando à medida que progride. Dene atravessa as cortinas negras e sai para o pow-wow.

Opal Viola Victoria Bear Shield

~

Opal está sentada sozinha no setor plaza do campo interno, segundo deque. Está observando lá de cima para não ser vista por seus netos. Por Orvil, especialmente. Vê-la ali o desconcentraria.

Já faz anos que ela não vai a um jogo dos A's. Por que eles pararam de ir a jogos? Apenas parece que o tempo pulou, ou correu velozmente sem você enquanto olhava para o lado. É isto que Opal tinha estado a fazer. Fechando olhos e ouvidos ao fechar de seus olhos e ouvidos.

Lony mal começara a caminhar sozinho quando estiveram aqui da última vez. Opal está ouvindo o tambor. Não tinha ouvido um tamborzão assim desde que era jovem. Ela perscruta o campo à procura dos meninos. É um borrão. Ela provavelmente devia mandar fazer uns óculos. Provavelmente já devia ter mandado fazer óculos há muito tempo. Jamais contaria isso a ninguém, mas gosta que a distância seja um borrão. Não sabe precisar o quão lotado está o lugar. Com certeza não é a mesma multidão de um dia de jogo de beisebol.

Ela ergue os olhos para o céu, depois vê o terceiro deque, vazio. Tinha sido dali que haviam visto os jogos com os meninos. Ela vê alguma coisa voar por cima da borda do muro do coliseu. Não é um pássaro. Seu movimento não é natural. Aperta os olhos para tentar vê-lo melhor, mas o perde de vista.

Edwin Black

~

Edwin entrega a Blue um café passado para ela minutos antes de vir e bater à porta dele. *Blend* orgânico, escuro, feito em prensa francesa. Tinha adivinhado uma dose moderada de açúcar e leite. Ele não sorri ou puxa conversa enquanto caminham juntos até o carro dela. O dia de hoje significa tudo para eles. As incontáveis horas que investiram. Todos os diferentes grupos percussivos e vendedores e dançarinos que tiveram que chamar e convencer a virem, que haveria premiações em dinheiro, dinheiro a ganhar. Edwin fez mais telefonemas esse ano do que fez em sua vida inteira. As pessoas não queriam realmente se inscrever num novo pow-wow. Especialmente um em Oakland. Se não correr bem, não haverá pow-wow no ano que vem. E ambos estarão sem emprego. Mas isto significa mais que um emprego para Edwin neste momento. Isto é uma vida nova. Além disso, seu pai estará lá hoje. É quase coisa demais para se pensar. Ou talvez Edwin tenha apenas bebido muito café essa manhã.

O trajeto de carro até o coliseu parece lento e tenso. A cada vez que ele pensa em dizer alguma coisa, toma um gole de café. Esta é apenas a segunda vez que eles estão passando tempo juntos fora do trabalho. Ela está com a NPR ligada tão baixo que é ininteligível.

"Comecei a escrever uma história outro dia", diz Edwin.

"Ah, é?", diz Blue.

"É sobre um cara Nativo, vou chamá-lo Victor..."

"Victor? Sério?", diz Blue, com as pálpebras comicamente semicerradas.

"Tá certo, o nome dele é Phil. Quer ouvir?"

"Claro."

"Certo, então. O Phil vive num belo apartamento no centro de Oakland que herdou do avô, é um lugar grande, com renda fixa. Phil trabalha no Whole Foods. Um dia, um cara branco para o qual trabalha, vou chamá-lo de John, pergunta a Phil se quer sair depois do trabalho. Eles saem, vão a um bar, se divertem, depois o John acaba passando a noite na casa do Phil. No dia seguinte, quando Phil chega em casa do trabalho, John ainda está lá, mas está recebendo alguns amigos. Eles trouxeram muitas de suas tralhas também. Phil pergunta a John o que está acontecendo e ele diz a Phil que concluiu que, já que há tanto espaço sobressalente que Phil não estava usando, não haveria problemas. Phil não gosta disso, mas não gosta de brigas, então deixa estar. Ao longo das próximas semanas, e depois meses, a casa se enche de *squatters*, hipsters, nerds de empresas de tecnologia e todo tipo imaginável de jovem branco. Ou estão vivendo no apartamento de Phil, ou só meio que curtindo ali, indefinidamente. Phil não compreende como deixou aquilo sair tanto do controle. Então, quando ele finalmente consegue juntar coragem para dizer alguma coisa, expulsar todo mundo, ele fica muito doente. Alguém tinha roubado o seu cobertor, e quando ele perguntou a John a respeito, John deu-lhe um cobertor novo. Phil acredita que o cobertor o adoentou. Ele fica de cama por uma semana. Quando ele sai, as coisas mudaram.

Progrediram, pode-se dizer. Alguns dos cômodos foram transformados em escritórios. John está operando alguma espécie de *startup* com sede no apartamento de Phil. Phil diz a John que ele precisa ir embora, todos precisam ir embora, e que Phil jamais concordara com nada disso. É então que John fornece alguns documentos legais. Phil havia aparentemente assinado alguma coisa. Talvez durante um sonho febril. Mas John não lhe mostra os documentos. Confie em mim, mano, diz John. Você não quer cutucar esse vespeiro. Ah, e por sinal, sabe aquele vão debaixo da escada, diz John. Vão?, diz Phil. Aquele quarto? Ele se refere ao armário sob a escada. Phil sabe o que está vindo agora. Deixe-me adivinhar: você está me transferindo para aquele vão debaixo da escada, é meu quarto novo, diz Phil. Você adivinhou, diz John. Este é o meu apartamento, meu avô viveu aqui, ele o passou para mim para que eu cuidasse dele, diz Phil. É para minha família, se alguém precisar de algum lugar para ficar, é por este motivo que ele deve existir. E neste momento John saca uma arma. Ela a aponta para o rosto de Phil, e depois faz Phil caminhar até o armário sob as escadas. Eu te disse, mano, diz John. Me disse o quê?, diz Phil. Você devia só ter se juntado à empresa. Poderíamos aproveitar alguém como você, diz John. Você nunca me pediu nada, você só chegou no meu apartamento e ficou aqui, depois assumiu tudo, diz Phil. Tanto faz, mano, meus encarregados de manter registros têm uma versão diferente, diz John, e faz um sinal de cabeça para dois rapazes num sofá na sala de estar do andar inferior digitando furiosamente em seus computadores Apple aquilo que Phil supõe ser uma versão diferente dos eventos que estão transcorrendo naquele exato momento. Sentindo-se repentinamente muito cansado, e com fome, Phil se retira para seu quarto-armário sob a escada. É isso, é a coisa toda."

"É engraçado", diz Blue. Como se não achasse engraçado, mas sentisse ser isso o que ele gostaria que ela dissesse.

"É idiota. Soou muito melhor na minha cabeça", diz Edwin.

"Tanta coisa é assim, não é?", diz Blue. "Sinto como se algo assim tivesse de fato acontecido a um amigo meu. Digo, não exatamente assim, mas um armazém em West Oakland que ela havia herdado do tio foi ocupado por *squatters*."

"Sério?"

"Esta é a cultura deles", diz Blue.

"O que é?"

"Ocupar."

"Não sei. Minha mãe é branca..."

"Você não precisa defender todos os brancos que acha que não são parte do problema só porque eu disse algo negativo sobre a cultura branca", diz Blue. E o batimento cardíaco de Edwin acelera. Ele já a ouvira zangada no telefone, com outras pessoas, nunca com ele.

"Desculpe", diz Edwin.

"Não peça desculpa", diz Blue.

"Desculpe."

Edwin e Blue dispõem mesas e toldos juntos na luz da manhã. Desembalam mesas e cadeiras desdobráveis. Quando tudo está pronto, Blue olha para Edwin.

"Será que devemos deixar o cofre no carro até mais tarde?", diz ela.

É um pequeno cofre que eles compraram no Walmart. Não foi fácil convencer os beneficiados a fazer-lhes um cheque que pudessem descontar. Dinheiro vivo era um problema no tocante a bolsas e à maneira como ONGs administravam seu dinheiro. Mas depois dos telefonemas e dos e-mails, todas as explicações e testemunhos sobre as pessoas que vêm a pow-wows para competir, pessoas que querem ganhar em dinheiro vivo porque preferem dinheiro vivo, frequentemente não têm conta em banco, e não querem perder os 3% tomados pelos serviços de desconto de cheque, finalmente concordaram em vales-presente Visa. Toda uma quantidade deles.

"Não há motivo para não pegá-lo agora", diz Edwin. "Tenho certeza de que isso aqui vai ficar caótico depois e não vamos querer ir até o estacionamento na hora de distribuir os prêmios."

"Verdade", diz Blue.

Eles puxam o cofre do porta-malas dela, depois caminham juntos com ele, não porque seja pesado, mas porque é muito largo.

"Eu nunca tive tanto dinheiro em mãos", diz Blue.

"Sei que não é pesado, mas dá uma puta sensação de peso, não é?", diz Edwin.

"Talvez a gente devesse ter arranjado ordens de pagamento", diz Blue.

"Mas nas propagandas nós anunciamos *em espécie*. É uma das maneiras de atrair gente. Você que disse."

"Acho que sim."

"Não, eu quero dizer: quem disse isso foi você. A ideia foi sua."

"Parece só um pouco chamativo", diz Blue ao se aproximarem da mesa.

"Pow-wows devem ser chamativos, não?"

Calvin Johnson

∽

Já quase acabaram o café da manhã antes que alguém diga alguma coisa. É a manhã do pow-wow e eles estão no Denny's, próximo ao coliseu. Calvin pediu ovos estrelados com salsichas e torrada. Charles e Carlos pediram ambos um Grand Slam completo. E Octavio pediu mingau de aveia, mas tem sobretudo bebido café. As coisas tinham ficado mais sérias à medida que o dia ia se aproximando, e, à medida que iam ficando mais sérias, todos ficaram quietos a respeito. Mas Calvin está mais preocupado em se certificar de que vão roubar o dinheiro mais cedo do que mais tarde. Ele está mais preocupado com *safar-se* do que com pegar o dinheiro. Ainda está puto com Charles por tê-lo envolvido nesse plano de merda. Por Charles ter fumado todo o seu bagulho. Por *este* ser o motivo pelo qual eles estão aqui. Ele não conseguia pensar em outra coisa. Mas tampouco conseguia escapar disso.

Calvin passa a torrada na gema, engole-a com o resto de seu suco de laranja. É azedo, doce, salgado, e também aquele sabor grosso, específico de gema, tudo ao mesmo tempo.

"Mas todos nós estamos de acordo de que isso precisa acontecer mais cedo do que mais tarde, certo?", diz Calvin, do nada.

"Como é que ela não vem perguntar se a gente quer refil depois de tanto tempo?", diz Charles, olhando em volta com sua xícara de café vazia na mão.

"Não vamos dar gorjeta, vai ser como se a gente tivesse tomado o café de graça", diz Carlos.

"Foda-se isso."

"A gorjeta é para significar alguma coisa, as pessoas precisam ser responsabilizadas pelo que fazem", diz Charles.

"Isso mesmo", diz Carlos.

"Ela já encheu sua xícara duas vezes, filho da puta", diz Octavio. "Agora cala essa merda dessa boca com esse negócio de gorjeta. Você disse que eles estão guardando num cofre?", diz Octavio.

"Certo", diz Calvin.

"O grandalhão a gente vai reconhecer porque ele é grande", diz Octavio. "E tipo uma mulher de trinta anos, com cabelo escuro comprido, meio jeitosa, só que não, com a pele ruim?"

"Certo", diz Calvin.

"Por mim, a gente só pega o cofre e entende mais tarde como abrir aquela merda", diz Charles.

"Não vamos apressar a coisa", diz Octavio.

"Provavelmente é melhor fazer mais cedo que mais tarde, certo?", diz Calvin.

"Vai ter muita gente ali com telefones que podem chamar a polícia enquanto a gente espera por um gordo cuspir a combinação. Charles tem razão", diz Carlos.

"A gente não vai apressar nada se não tivermos motivo", diz Octavio. "Se a gente conseguir a combinação, vamos consegui-la, e não sair do lugar carregando uma porra de um cofre."

"Cheguei a contar pra vocês que tudo está em vale-presentes? Tipo um monte de vales-presente Visa."

"É o mesmo que dinheiro", diz Octavio.

"Por que essa merda está toda em vale-presentes?", diz Charles.

"É, por que essa merda..."

"Você pode fazer o favor de fechar a porra da matraca, Charlos? Só fica de bico fechado e pensa antes de falar. É exatamente a mesma coisa que dinheiro vivo", diz Octavio.

"Eles precisavam de recibos, para a bolsa", diz Calvin, depois dá uma última mordida e olha para ver como Charles está levando o que Octavio acaba de dizer. Charles está olhando fixamente para o lado de fora, pela janela. Está puto.

Daniel Gonzales

❧

Daniel implora para ir. Para ver acontecer. Ele nunca implora. Octavio diz que não. Diz não novamente, a cada vez que pergunta. Até a noite anterior. Estão só os dois no porão.

"Você sabe que precisa me deixar ir", diz Daniel de seu computador. Octavio está no sofá, de olhos fitos na mesa.

"O que eu preciso fazer é me certificar de que essa parada vai correr bem. Pra que a gente possa ficar com a grana", ele diz e caminha até Daniel.

"Eu não estou nem falando de ir, vou ficar aqui. Posso pilotar o drone por cima do coliseu daqui. Ou me deixa ir, então..."

"De jeito nenhum que você vai", diz Octavio.

"Então me deixa só pilotar o drone por cima."

"Cara, não sei", diz Octavio.

"Qual é. Você me deve", diz Daniel.

"Não torne essa parada algo que tenha a ver com..."

"Não estou tornando parada nenhuma em parada nenhuma", diz Daniel, e se volta. "Era sobre isso. Você fodeu com essa família."

Octavio caminha de volta até o sofá. "Merda!", ele diz, e chuta a mesa. Daniel se vira e volta a jogar xadrez, desatento, em seu computador. Elimina um bispo para o cavalo do oponente, para bagunçar sua formação.

"Você precisa ficar aqui. Você precisa pilotar esta porra para fora daqui e não ser pego, eles conseguem rastrear essa parada se ela cair."

"Entendo. Vou ficar aqui. Estamos bem?", diz Daniel.

"Estamos bem?", diz Octavio. Daniel se levanta e vai caminhando até ele. Estende a mão.

"Você quer selar a coisa com uma porra de um aperto de mãos?", diz Octavio, rindo um pouco. Daniel conserva a mão estendida.

"Muito bem", diz Octavio, e aperta a mão de Daniel.

Jacquie Red Feather

∞

Jacquie e Harvey chegam a Oakland na noite anterior ao pow-wow. Harvey oferece seu quarto a Jackie, mencionando o fato de que há nele duas camas queen size.

"Não precisa de trato nenhum. A outra cama está livre, sem custo", ele diz.

"Não sou pobre", diz Jacquie.

"Como preferir", diz Harvey. Era este o problema de homens como Harvey. Por mais que pudesse ter aparentado mudar para melhor, não há maneira de tirar o porco de lá de dentro por completo. Jacquie não dava a mínima se ele pensou que ia ser de um jeito e agora é de outro. Problema dele. Ela havia carregado a criança dele, e desistido dela. O bebê deles. Ele pode ficar desconfortável. Deveria ficar.

Quando Jacquie acorda, tem a sensação de que é cedo demais, mas não consegue conciliar o sono. Quando abre a cortina, vê que o sol está prestes a se levantar. É aquele gradiente entre azul-escuro e azul-claro que se encontram no meio. Ela sempre amou aquele azul. Costumava assistir ao nascer do sol. Há quanto tempo já não fazia isso? Em vez disso, cerra as cortinas e liga a televisão.

Em algum momento, passadas algumas horas, chega uma mensagem de texto de Harvey sobre tomar o café da manhã.

"Tá nervoso?", diz Jacquie, ao apunhalar um pedaço de salsicha e mergulhá-lo numa poça de xarope.

"Há tempos não fico nervoso", Harvey diz, e dá uma bicada em seu café. "É onde eu penso melhor. Em voz alta. Eu só falo o que vejo, e isso me vem fácil por conta da quantidade de pow-wows que já fiz. É como todos os locutores esportivos que você escuta enchendo o jogo com as bobagens deles, é a mesma coisa, tirando o fato de que há momentos quando estou falando sobre o que está acontecendo lá fora, quando os dançarinos entram, às vezes sinto como se estivesse rezando. Mas você não pode ser muito sério. Esperam que um MC de pow-wow seja irreverente. É um grande evento para um bocado de gente tentando ganhar dinheiro. É uma competição. Então eu preciso tentar manter a coisa leve, como um locutor de esportes." Ele mistura o que há em seu prato – ovos, biscoitos, molho, salsichas. Dá uma garfada na mistura. Quando acaba, limpa o restante do prato com um pedaço de torrada. Jacquie bebe seu café e observa Harvey comer sua torrada molhada.

No pow-wow, Jacquie senta-se ao lado de Harvey, sob uma lona com o sistema de som e a mesa de mixagem, o fio do microfone serpenteando para fora dela.

"Você vai estar com todos os nomes e números dos dançarinos em algum lugar, tipo num pedaço de papel na sua frente, ou você memoriza?", diz Jacquie.

"Memorizar? Pff. Aqui, olha", diz Harvey, e lhe entrega uma prancheta com uma longa lista de nomes e números. Desatenta, ela baixa os olhos para a lista.

"Estamos bem, Harvey", diz Jacquie.

"Eu sei", diz Harvey.

"Bom, não devia", diz Jacquie.

"Foi há mais de trinta anos", diz Harvey.

"Trinta e dois", diz ela. "Ela tem trinta e dois anos. Nossa filha."

Jacquie está prestes a devolver a prancheta para Harvey quando vê o nome de Orvil na lista. Traz a prancheta para mais perto dos olhos, para se certificar. Ela lê e relê o nome. *Orvil Red Feather.* Está ali. Jacquie saca o telefone para enviar uma mensagem de texto à irmã.

Octavio Gomez

Embora as pistolas sejam de plástico, passar pelos detectores de metais ainda faz Octavio suar. No entanto, nada acontece. Do outro lado, ele olha em torno para ver se alguém está prestando atenção neles. O segurança está lendo um jornal próximo ao detector. Octavio caminha até os arbustos e vê as meias negras. Agacha-se para pegar o par.

No banheiro, ele revira o interior da meia e retira um punhado de balas, depois passa a meia por baixo do reservado para Charles, que faz o mesmo e depois a passa para Carlos, que a passa, por debaixo do último reservado, para Calvin. Enquanto Octavio coloca as balas na pistola, sente um terror vindo de seus dedos dos pés mover-se até o topo de sua cabeça. O terror continua se movendo, desloca-se para fora dele, como se já tivesse tido sua chance de ouvir o que ele lhe dizia e a tivesse perdido, porque, enquanto o sente, uma bala cai e sai rolando diante dele, para fora do reservado. Ouve o ranger de sapatos. Deve ser Tony para pegar as balas. Todos ficam quietos ao som daquela bala rolando.

Edwin Black

~

Blue e Edwin estão sentados a uma mesa com toldo que eles haviam montado mais cedo. Observam os dançarinos saindo para a Grande Entrada. Blue inclina a cabeça na direção dos dançarinos.
"Conhece alguém ali?", diz Blue.
"Nem. Mas escuta", diz Edwin, e aponta para cima, para o som da voz do MC do pow-wow anunciando.
"Seu pai", diz Blue, e eles ficam escutando por um instante.
"Estranho, não é?", diz Edwin.
"Totalmente estranho. Mas, espere, você descobriu antes ou depois de obter o estági... quer dizer, o emprego, ou..."
"Não, eu sabia. Quer dizer, parte de aceitar o emprego tinha a ver com descobrir quem ele era."
Observam os dançarinos saindo. Primeiro os veteranos, com suas bandeiras e cajados. Depois, uma longa fileira de dançarinos a saltar. Edwin havia evitado assistir a cenas de pow-wow para preservar este momento. Que seja novo, mesmo depois de Blue ter insistindo que ele visse filmagens de pow-wows no YouTube para que soubesse no que estava se metendo.

"Você conhece alguém ali?", diz Edwin.

"Muitos dos meninos que conheci quando trabalhava aqui já estão crescidos, mas não vi nenhum deles por aqui", diz Blue. Ela ergue os olhos para Edwin, que acaba de se levantar.

"Para onde você está indo?"

"Pegar um taco", diz Edwin. "Quer um?"

"Você vai passar caminhando por seu pai de novo, não vai?"

"Sim, mas desta vez vou pegar um taco mesmo."

"E você pegou um da última vez."

"Peguei?", disse Edwin.

"Vai lá falar com ele, só isso."

"Não é tão fácil", Edwin diz e sorri.

"Eu vou com você", diz Blue. "Mas você precisa falar com ele de fato."

"OK."

"OK", diz Blue, e levanta-se. "Vocês não planejaram de se conhecer aqui de uma forma ou de outra?"

"Sim, mas depois disso não falamos mais", diz Edwin.

"Então", diz Blue.

"Não é comigo. Imagina. Seu filho o encontra, seu filho que você nem sabia que existia, depois você só para de se comunicar? Você não diz simplesmente sim, ei, vamos nos encontrar, e depois não faz mais planos."

"Talvez ele tenha apenas concluído que devia esperar até que vocês pudessem se ver pessoalmente", diz Blue.

"Já estamos caminhando para lá, não estamos?", diz Edwin.

"Então vamos parar de falar no assunto. Vamos agir como se estivéssemos falando de outra coisa."

"A gente provavelmente não devia *agir* como se estivéssemos falando de outra coisa, e sim só falar de outra coisa", diz Blue. Mas isto só torna impossível a tarefa de encontrar alguma outra coisa sobre a qual conversar.

Caminham em silêncio, passam por mesas e tendas. Quando se acham próximos da tenda do pai de Edwin, Edwin se volta para Blue. "Então os dançarinos que ganham só levam a grana, sem impostos, nada de taxas escondidas?", diz ele, como se estivessem no meio de uma conversa.

"Certo, então você está agindo como se a gente estivesse conversando", diz Blue. "Bom, então não importa o que eu diga. Isto que estou dizendo aqui agora é provavelmente o suficiente, tá?" Ela nem sequer está olhando para Edwin.

"Sim, perfeito. Mas vamos parar. OK, você espera aqui", Edwin diz.

"OK", diz Blue numa voz roboticamente obediente.

Edwin aproxima-se de Harvey, que acaba de largar o microfone. Harvey volta-se para ele e imediatamente entende de quem se trata. Ele o demonstra tirando o chapéu. Edwin estende a mão para um aperto, mas Harvey agarra Edwin por detrás da cabeça e o aproxima para um abraço. Eles sustentam o abraço por mais tempo do que Edwin sente-se confortável, mas ele tampouco o rompe. Seu pai tem cheiro de couro e bacon.

"Quando você chegou aqui?", diz Harvey.

"Eu fui o primeiro, bom, um dos dois, das primeiras pessoas que chegaram", diz Edwin.

"Você leva pow-wows muito a sério, então?", diz Harvey.

"Eu ajudei a organizar isso aqui. Lembra?"

"Certo. Desculpe. Ah, essa aqui é Jacquie Red Feather", diz Harvey, apontando para a mulher sentada ao lado de onde Harvey estava sentado antes de levantar-se para dar um abraço em Edwin.

"Edwin", diz Edwin, e estende a mão para ela.

"Jacquie", ela diz.

"Blue", Edwin diz com a mão meio arqueada à volta da boca como se ela estivesse muito distante, e como se estivesse gritando. Blue caminha até eles. Ela parece estressada.

"Blue, conheça meu pai, Harvey, e esta é a sua, a sua amiga, Jacquie, como era mesmo?"

"Red Feather", diz Jacquie.

"Certo, e esta é Blue", diz Edwin.

O rosto de Blue empalidece. Ela estende a mão e tenta sorrir, mas parece mais como se ela estivesse tentando segurar o vômito.

"Tão bom conhecer os dois, mas, Edwin, a gente devia voltar..."

"Ah, vamos, acabamos de chegar", diz Edwin, e olha para o seu pai como se dissesse: *não é?*

"Eu sei, e nós vamos poder voltar, temos o dia inteiro, a gente vai estar logo ali", diz Blue, apontando para o lugar de onde tinham vindo.

"Certo", diz Edwin, e estende mais uma vez a mão na direção do pai. Em seguida, ambos acenam e saem caminhando.

"Certo, duas coisas", diz Blue, enquanto caminham de volta à sua mesa.

"Aquilo foi doido", diz Edwin. Ele está sorrindo um sorriso que não consegue conter.

"Eu acho que aquela mulher era minha mãe", diz Blue.

"O quê?"

"Jacquie."

"Quem?"

"A mulher com o seu pai agora há pouco?"

"Oh. Espera, o quê?"

"Eu sei. Eu não sei. Não sei que caralho está acontecendo neste momento, Ed."

Eles caminham de volta até a mesa. Edwin olha para Blue e tenta sorrir, mas Blue está branca como um fantasma.

Thomas Frank

∾

"Tudo bem contigo?", diz Bobby Big Medicine após o fim da canção. Thomas estivera olhando para a distância, ou melhor, não para a distância, mas para baixo, e como se pudesse ver através do chão e como se pudesse enxergar algo específico ali.

"Acho que sim. Chegando a algum lugar", diz Thomas.

"Bebendo ainda?", diz Bobby.

"Melhorando", diz Thomas

"Deixe sair toda essa porcaria nessa agora", diz Bobby, e gira sua baqueta num círculo.

"Me sinto bem", diz Thomas.

"Sentir-se bem não é o bastante. Você precisa bater bem o tambor para eles", ele diz, e aponta para o campo com a baqueta.

"Eu conheço todas as canções que vamos cantar hoje?"

"A maioria. Você nos alcança", diz ele.

"Obrigado, irmão", diz Thomas.

"Ponha seu obrigado aqui", diz Bobby, e aponta para o meio do tambor.

"Quero dizer, por ter me convidado para vir aqui", diz Thomas, mas Bobby não escuta. Está falando com um dos outros percussionistas. Bobby é assim. Inteiramente a seu lado, e depois desaparece. Ele não pensa nisso como um favor pessoal. Ele queria um percussionista. Gosta da maneira como Thomas bate tambor e canta. Thomas se levanta para se alongar. Ele realmente se sente bem. Cantar e bater tambor tinham feito aquela coisa, aquela coisa de estar completamente ali de que ele precisa para ter aquela sensação de completude, de saciedade, como se você estivesse justamente onde deveria estar naquele momento – na canção, partilhando de sua essência.

Thomas caminha até diversos vendedores e cabines de joias e mantas. Está atento à presença de qualquer um do Centro Indígena. Ele devia só encontrar Blue e pedir desculpas. Faria o bater tambor pelo resto do dia melhor. Tornaria seu desempenho ao tambor melhor, mais verdadeiro. Ele a vê. Mas alguém está gritando. Thomas não consegue distinguir de onde.

Loother e Lony

∼

O sol golpeava Loother e Lony no alto da arquibancada. Já tinham esgotado as coisas sobre as quais podiam reclamar um para o outro, e também a paciência diante do silêncio que crescia lentamente entre eles. Sem que seja preciso dizer, ambos se levantam e saem caminhando à procura de Orvil. Lony tinha dito que queria ficar mais próximo do tambor, ver como ele soava de perto.

"É só alto pra caralho", dissera Loother.

"Tá, mas eu quero ver."

"Você quer ouvir", disse Loother.

"Você entendeu o que eu quis dizer."

Eles vão em direção ao tambor – a cabeça de Loother movendo-se como se num pivô, à procura de Orvil. Ele disse a Lony que podiam ir lá ouvir se pudessem parar e tomar uma limonada primeiro. Lony não havia mostrado interesse em nenhuma das coisas de pow-wow com que Orvil se envolvera até esse momento. Alguma coisa no tambor, dissera ele. Não tinha se dado conta de que seria tão alto, e que os cantores soavam daquela forma na vida real.

"É a cantoria, está ouvindo?", dissera ele para Loother antes de descerem.

"Sim, estou ouvindo, e soa exatamente como nós já ouvimos cem vezes vindo dos fones do Orvil", disse Loother. Eles passam por dançarinos e olham para cima e quase se sobressaltam. As pessoas não reparam neles, o que faz com que precisem driblar os dançarinos que vêm de encontro a eles. Lony segue gravitando na direção do tambor. E Loother segue agarrando sua camisa para puxá-lo na direção da limonada. Eles estão quase na banca de limonada quando os dois se voltam na direção do que pensam ser o som de gente gritando.

Daniel Gonzales

~

Daniel está com seus óculos de realidade virtual. Pesam-lhe um pouco na cabeça. Mas é neste mesmo ângulo que o drone voa – inclinado pelo peso ao alto. Deste modo, sente-se como se estivesse voando à medida que voa até o coliseu.

Daniel está esperando antes de direcionar o drone até lá. Está esperando por conta da bateria. Ele não quer perder nada. Quer que vá direto. Quer que eles consigam, mas mais que isso, não quer que as armas sejam usadas. Ele vinha acordando no meio da noite na semana anterior ao pow-wow. Sonhos com gente correndo pelas ruas, e tiroteio por toda parte. Pensara que eram os costumeiros sonhos do tipo apocalipse zumbi que sempre tivera, até notar que as pessoas eram Indígenas. Não vestidas como Índios, mas ele simplesmente sabia, como a gente simplesmente sabe de coisas nos sonhos. Os sonhos sempre terminavam iguais. Corpos no chão. O silêncio da morte, a quietude quente de todas as balas alojadas nos corpos.

* * *

O dia está claro e, à medida que ele se aproxima do topo do coliseu, ouve sua mãe descendo as escadas. Isto não faz sentido, já que ela não desce essas escadas desde que o Manny morreu.

"Agora não, mãe", ele diz. Depois, sente-se culpado e acrescenta: "Espere um segundo." Daniel aterrissa o drone no deque superior, que está vazio, a não ser pelas gaivotas. Ele não quer que ela veja os óculos porque sabe que vai achar que eles parecem caros.

"Você está bem?", Daniel lhe diz do início da escada. Ela já está na metade.

"O que você está fazendo aí embaixo?"

"A mesma coisa que eu sempre estou fazendo, nada", diz Daniel.

"Venha aqui e coma comigo. Eu te preparo alguma coisa."

"Você pode esperar?", diz Daniel, e sabe que o diz com impaciência. Ele quer voltar ao drone, que está parado sozinho no terceiro deque do coliseu, gastando bateria.

"OK, Daniel", diz sua mãe. E é quase triste o bastante, o som na voz dela, para fazê-lo querer deixar o drone lá, deixá-lo quieto e simplesmente ir lá comer com ela.

"Vou subir daqui a pouco. OK?"

Ela não responde.

Blue

~

Blue não sabia por que ficara tão consciente em relação ao cofre. Ou melhor, sabia, mas não queria saber por que começou a pensar no cofre. O dinheiro. Durante toda a manhã, o assunto não tinha vindo à tona. E antes do pow-wow, tampouco tinha sido uma questão. Havia vale-presentes, e um cofre pesado, e quem roubaria um pow-wow? Havia outras coisas em que pensar. Ela tinha acabado de ver sua mãe. Talvez. Tem alguns caras de aparência suspeita parados por perto. Blue está incomodada por estar incomodada com a presença deles.

Edwin está ao lado dela, mastigando e engolindo sementes de girassol. Isto quase a incomoda mais que qualquer outra coisa, porque o ideal seria dar-se ao trabalho de quebrar as cascas e colher o benefício das sementes, e ele está apenas enfiando punhados na boca e mastigando-os até poder engoli-los, casca e tudo.

Esses caras continuam chegando cada vez mais perto da mesa. Meio que se esgueirando. Ela se pergunta mais uma vez: quem assaltaria um pow-wow? Quem sequer saberia como assaltar um pow-wow? Blue descarta toda a ideia, mas olha por debaixo da mesa para se certificar de que o cofre ainda está coberto com sua pequena manta vermelha, amarelo e turquesa da Pendleton. Edwin olha em sua direção e sorri um raro, orgulhoso sorriso aberto. Seus dentes estão cobertos de cascas de semente de girassol. Ela o odeia e o ama por isso.

Dene Oxendene

∽

Dene está em sua cabine quando ouve os primeiros tiros. Uma bala passa zunindo por ela. Ele vai até o canto e encosta-se na baliza que há ali. Sente algo atingir suas costas, depois as paredes de cortina negra da cabine caem ao redor dele.
Toda a cabine precariamente erguida está em cima dele. Ele não se mexe. Poderia? Não tenta. Sabe ou acha que sabe que não vai morrer do que quer que tenha lhe atingido. Ele estica os braços para trás e sente um pedaço de madeira, uma das quatro balizas mais grossas que sustentavam a coisa. Ao afastar de si o pedaço de madeira, sente algo quente alojado nela. Uma bala. Tinha atravessado a baliza por completo e quase saiu pelo outro lado, quase entrou nele. Mas parou. A baliza o salvou. A cabine que construiu é tudo o que havia entre ele e a bala. Os disparos continuam. Ele se arrasta para fora, através das cortinas negras. Por um segundo, a claridade do dia o cega. Ele esfrega os olhos e vê a uma certa distância algo que não faz nenhum sentido, por mais de uma razão. Calvin Johnson, do comitê do pow-wow, está disparando uma pistola branca num cara no chão, e dois outros

sujeitos estão atirando à direita e à esquerda dele, um deles em traje cerimonial. Dene se deita de barriga para baixo. Devia ter ficado sob sua cabine caída.

Orvil Red Feather

~

Orvil está caminhando de volta para o campo quando escuta os disparos. Ele pensa nos irmãos. Sua avó o mataria se ele sobrevivesse e os outros não. Orvil irrompe numa corrida quando escuta um estrondo, que preenche seu corpo com um som tão grave que o empurra para o chão. Ele sente o cheiro da grama a poucos centímetros do nariz e sabe. Não quer saber o que sabe, mas sabe. Sente a umidade quente do sangue com os dedos quando eles se esticam em direção ao estômago. Não consegue se mover. Ele tosse e não tem certeza se o que sai de sua boca é sangue ou cuspe. E quer ouvir o tambor mais uma vez. E também ficar de pé, ou sair voando com suas penas ensanguentadas. Ele quer retomar tudo o que já fez. Quer acreditar que sabe como dançar uma oração e orar por um mundo novo. Quer continuar respirando. Precisa continuar respirando. Necessita se lembrar de que precisa continuar respirando.

Calvin Johnson

❧

Calvin está de pé, a cabeça inclinada sobre o telefone, mas seus olhos olhando de cima. Seu boné está enterrado na cabeça, e está parado atrás do lugar onde Blue e Edwin estão sentados, para que eles não o vejam. Ele olha para Tony, que está se balançando um pouco – tem os pés leves, como se estivesse pronto para dançar. Quem deve fazer o assalto mesmo é Tony. O resto está ali, caso algo dê errado. Octavio nunca explicou por que queria Tony de traje cerimonial, e por que deveria ser ele a pegar o dinheiro. Calvin supõe que seja porque alguém em traje cerimonial seria mais difícil de identificar, e, no fim das contas, mais difícil de investigar.

Octavio, Charles e Carlos estão próximos à mesa, parecendo nervosos. Calvin recebe de Octavio uma mensagem de texto direcionada ao grupo que diz apenas: *Estamos bem, Tony?* A Calvin não parece restar alternativa senão começar a caminhar em direção à mesa, quando vê Tony fazendo o mesmo. Mas Tony para. Octavio, Charles e Carlos veem-no parar, veem-no ali parado, pulando um pouco ainda. O estômago de Calvin se revira. Tony afasta-se, encarando-os ainda, depois vira-se e sai caminhando na direção contrária.

Não demora muito para que Octavio dê o próximo passo. Calvin nunca teve uma pistola na mão antes disso. Há uma gravidade na coisa. Um peso que o impele para mais perto de Octavio, que está agora apontando sua pistola para Edwin e Blue. Ele está apontando para o cofre com a pistola. Está tranquilo com a situação. Calvin segura sua pistola por debaixo da camisa. Edwin agacha-se para abrir o cofre.

Octavio olha para a direita e depois para a esquerda, saco de vale-presentes na mão, quando o imbecil do Carlos mira em Octavio. Calvin o vê antes de Octavio. Charles aponta sua pistola para Octavio também. Charles está gritando para Octavio baixar sua pistola e dar-lhe o saco. Carlos está gritando o mesmo atrás. Merda de Charlos.

Octavio joga o saco de vale-presentes para Charles, e quando o faz, dispara alguns tiros nele. Charles vai para trás, tropeçando, e começa a atirar. Octavio é atingido e devolve mais alguns disparos em Charles. Calvin vê um menino em traje cerimonial cair a mais ou menos três metros de Charles. Está tudo fodido, mas Calvin não tem tempo de pensar nisso dessa maneira porque Carlos mete três ou quatro tiros nas costas de Octavio. Poderia ter atirado mais vezes, mas o drone de Daniel o golpeia na cabeça e Carlos tomba. Calvin tem a pistola apontada para ninguém, dedo no gatilho, pronto, quando sente a primeira bala atingi-lo no quadril, no osso. Caído sobre um joelho, Calvin recebe mais uma no estômago, e sente um peso doentio ali, como se tivesse engolido muita água de uma só vez. Como um buraco poderia fazê-lo sentir-se cheio? Ao cair, Calvin vê Carlos ser atingido com balas disparadas da direção de Tony.

Do chão, Calvin vê o irmão disparando contra Tony. Sente cada diminuta folha de grama imprensando-se contra seu rosto. É tudo que consegue sentir, aquelas folhas de grama. E depois ele não escuta mais tiros. Ele não escuta mais nada.

Thomas Frank

~

Ele não pensa nos tiros sendo disparados. Espera para que se revelem qualquer outra coisa. Mas depois ele vê gente correndo e tropeçando e caindo e gritando e de modo geral perdendo a cabeça, porque logo, logo em seguida, o que ele a princípio pensou que devia ser qualquer outra coisa, e não um tiroteio, tornou-se em sua mente e diante de seus olhos um tiroteio em definitivo. Thomas se abaixa incompreensivelmente. Fica de cócoras e assiste, sem reação. Não consegue localizar o atirador, ou atiradores. É tão estúpido que se põe de pé para ver melhor o que está acontecendo. Escuta um zunido agudo por perto e, tão logo percebe que é o som de balas quase o atingindo, uma o atinge na garganta. Ele devia ter se mantido tão agachado quanto possível, fingido de morto, mas não fez isso e agora está no chão de qualquer forma, segurando o pescoço no lugar onde a bala entrou. Não consegue entender de onde veio o disparo, e não importa, porque está sangrando muito sobre a mão que segura seu pescoço estourado.

Tudo o que sabe é que as balas ainda estão voando e as pessoas estão berrando e alguém está atrás dele, sua cabeça está sobre o colo dessa pessoa, mas ele não consegue abrir os olhos e há uma ardência infernal no local onde sabe ou sente que sabe que a bala saiu. A pessoa sobre cujo colo ele está deitado talvez esteja amarrando alguma coisa em volta de seu pescoço e apertando, talvez seja uma camiseta ou um xale, tenta-se estancar o sangramento. Ele não sabe se seus olhos estão fechados ou se tudo isso o cegou de uma hora para outra. Sabe que não consegue ver nada e que o sono parece-lhe a melhor ideia que já teve, tipo, não importa o que um sono desses pudesse significar, ainda que signifique *só* sono, um sono sem sonhos daqui para frente. Mas uma mão está estapeando seu rosto e seus olhos se abrem e ele nunca acreditou em Deus até esse momento, sente que Deus está presente no fato de sentir seu rosto estapeado. Alguém ou algo está tentando fazê-lo ficar. Thomas tenta levantar o corpo inteiro, mas não consegue. O sono flutua em algum lugar debaixo dele, entranha em sua pele, e ele está perdendo o ritmo em sua respiração, respirando cada vez menos, seu coração estivera batendo por ele esse tempo todo, sua vida inteira, sem sequer tentar, mas agora não consegue, ele simplesmente não consegue fazer nada, afora aguardar que venha o próximo fôlego – esperar que venha. Nunca se sentiu tão pesado quanto se sente agora em sua vida, e arde, sua nuca arde como nenhuma queimadura que já sentiu. O medo que Thomas tinha em criança de passar a eternidade no inferno volta-lhe e está bem ali na queimadura e no frio do buraco em sua nuca. Mas o medo se vai tão logo vem, e ele chega. Ao Estado. Não importa como ele chegou aqui. Ou por que está aqui. E não importa quanto tempo ficará. O Estado é perfeito e é tudo por que ele jamais poderia pedir, por um segundo ou um minuto ou um momento, pertencer assim é morrer e viver para sempre. Então, ele não está esticando os braços para cima, e não está afundando, e não está preocupado com o que virá. Ele está aqui, e está morrendo, e tudo está bem.

Bill Davis

~

Bill ouve tiros abafados sendo disparados atrás dos grossos muros de concreto que separam todo mundo dos funcionários do coliseu. Ele pensa em Edwin antes de conseguir sequer compreender o que possam significar aqueles estrondos abafados. O que lhe acontece de imediato, no entanto, é que ele levanta-se e encaminha-se em direção aos sons. Atravessa correndo a porta que conduz aos quiosques. Sente o cheiro de pólvora e grama e terra. Um misto de horror e coragem há muito adormecida diante do perigo desloca-se pela superfície de sua pele como um suor de nervoso. Bill começa a correr. Seus batimentos cardíacos estão em suas têmporas. Ele está pulando degraus para chegar lá embaixo até o campo. Ao aproximar-se da parede do campo interior, seu telefone vibra no bolso. Ele desacelera. Poderia ser Karen. Talvez Edwin tenha lhe telefonado. Talvez Edwin esteja lhe telefonando. Bill cai de joelhos, rasteja entre a segunda e a primeira fileira. Olha para o telefone. É Karen.

"Karen."

"Estou indo para aí agora, meu bem", diz Karen.

"Não, Karen. Pare. Volte", diz Bill.

"Por quê? O quê..."

"Há um tiroteio. Chame a polícia. Estacione. Ligue para eles", diz Bill.

Bill põe o telefone contra a barriga e ergue a cabeça para olhar. Rapidamente ele sente uma pontada ardida explodir no lado direito de sua cabeça. Ele leva a mão à orelha. Está lisa. Úmida. Quente. Sem pensar em colocá-lo no outro ouvido, Bill leva o telefone ao lugar onde sua orelha ficava.

"Kare", Bill começa, mas não consegue continuar. Outra bala. Esta acerta em cima do olho direito – cava um buraco até o outro lado. O mundo tomba de lado.

A cabeça de Bill colide contra o concreto. Seu telefone está no chão diante dele. Ele vê a contagem dos números – o tempo da ligação. A cabeça de Bill lateja, não de dor, apenas um grande latejar que se transforma num inchaço rematado. Sua cabeça é um balão em expansão. A palavra *perfuração* lhe ocorre. Tudo está zunindo. Há um grave som de *whoosh* vindo de algum lugar debaixo dele, ondas ou um rumor branco surgindo – um zunido que ele consegue sentir nos dentes. Ele vê o próprio sangue vazar de sob sua cabeça num meio-círculo. Ele não consegue se mover. Pergunta-se o que usarão para limpar aquilo. Peróxido de sódio em pó é o melhor para manchas no concreto. Bill pensa: *Por favor, isso não.* Karen ainda está lá: a contagem de segundos continua. Ele fecha os olhos. Ele vê verde, tudo o que consegue ver é um borrão verde, e pensa que está olhando novamente para o campo. Mas seus olhos estão fechados. Ele se lembra de outra vez que viu um borrão verde como esse. Uma granada havia caído por perto. Alguém gritara para que ele buscasse abrigo, mas ele congelou. Acabou no chão na ocasião, também. O mesmo zumbido na cabeça. O mesmo zunido nos dentes. Pergunta-se se conseguiu de fato escapar dali. Não importa. Ele está se apagando. Ele está partindo. Bill está indo embora.

Opal Viola Victoria Bear Shield

∽

Tiros trovejam pelo estádio. Gritos preenchem o ar. Opal já está descendo o mais rápido que pode os degraus até o primeiro nível. Empurram-na por detrás. Ela segue, confusa, em meio a todos. Opal não sabe como não pensou nisso antes, mas assim que pensa, saca seu telefone. Ela liga para Orvil primeiro, mas o telefone dele só toca e toca. Em seguida, liga para Loother. A ligação chega a ser completada, mas está falhando. Ela só consegue ouvir partes das palavras. Um som falhado. Ela o ouve dizer: *Vó*. Ela põe a mão sobre a boca e o nariz – soluça para dentro da mão. Mantém-se na escuta para ver se a ligação vai melhorar. Ela se pergunta, tem o pensamento *Alguém veio mesmo até aqui para nos pegar? Agora?*. Ela não sabe o que isto significa. O pensamento só está lá.

Assim que consegue alcançar a entrada dianteira, Opal vê os meninos. Mas são só Loother e Lony. Ela corre na direção deles. Loother ainda tem o telefone na mão. Está apontando para ele. Ela não consegue ouvi-lo, mas vê as palavras se formando em sua boca: *Estamos tentando ligar pra ele*.

Jacquie Red Feather

∽

A MÃO DE HARVEY está em cima do ombro de Jacquie, fazendo força para baixo. Ele está tentando fazer com que ela se agache com ele. As sobrancelhas dele estão intensamente franzidas, de modo a indicar como é sério este agachar-se. Jacquie caminha na direção do som e a mão dele escorrega de cima dela.

"Jacquie", ela o ouve gritar-sussurrar atrás dela. Ela pode ouvir as balas, o trovejar e o zunido. Estão perto. Ela se acorcunda um pouco, mas segue em frente. Tem um bocado de gente no chão. Parecem mortos. Ela está pensando em Orvil. Ela havia acabado de vê-lo passar com a Grande Entrada.

Por um segundo, Jacquie pensa que isto pode ser algum tipo de *performance artística*. Todas estas pessoas em trajes cerimoniais no chão, como se fosse um massacre. Ela se lembra do que sua mãe dissera a ela e a Opal a respeito de Alcatraz, como um pequeno grupo de Índios ocupou Alcatraz primeiro, só uns cinco ou seis, ocupou-a como uma obra de arte performática cinco anos antes da coisa de fato acontecer. Isto sempre a fascinara. Que tivesse começado daquele jeito.

Ela vê os atiradores, depois perscruta o campo de corpos para encontrar as cores do traje cerimonial de Orvil no chão. Suas cores se destacam porque há entre elas um laranja vivo, um laranja específico, quase rosa, que não se vê normalmente em trajes cerimoniais. Ela não gosta da cor, o que lhe facilita localizá-la.

Antes de admitir para si mesma que é ele, antes que ela possa sentir ou pensar ou decidir qualquer coisa, já indo em direção ao neto. Ela sabe o risco de caminhar ali a descoberto. Ela está caminhando rumo aos tiros. Não importa. Ela mantém um passo calmo. Conserva os olhos fitos em Orvil.

Os olhos dele estão fechados quando ela o alcança. Ela põe dois dedos sobre seu pescoço. Há um pulso. Ela grita por ajuda. O som que emite não é uma palavra. O som que emite vem por debaixo de seus pés, do chão, e com este som Jacquie ergue o corpo de Orvil. Ela consegue ouvir os disparos atrás dela enquanto carrega o corpo do neto através da multidão, a caminho da saída. "Com licença", ela diz, enquanto se desloca pela multidão. "Por favor", diz ela.

"Alguém", ouve a si própria gritar ao sair pela entrada. Depois, vê-los ali. Do lado de fora da entrada. Loother e Lony.

"Onde está Opal", ela diz a eles. Lony está chorando. Ele aponta para o estacionamento. Jacquie baixa os olhos até Orvil. Os braços dela estão trêmulos. Loother vem e coloca um braço à volta de Jacquie, olha para o irmão.

"Ele está branco", diz Loother.

Quando Opal chega de carro, Jacquie vê Harvey correr na direção deles. Ela não sabe por que ele deveria vir, ou por que ela chama por seu nome, acena para que ele venha. Todos adentram a traseira do Ford Bronco de Opal, que mete o pé no acelerador.

Blue

~

BLUE E EDWIN CONSEGUEM chegar ao carro de Blue, lá fora, sem terem que parar. Edwin está sem fôlego e começa a parecer bastante pálido. Blue coloca o cinto de segurança em Edwin, liga o carro e arranca para o hospital. Toma a iniciativa de ir porque não chegou sequer a ouvir sirenes. Ela está indo porque Edwin está oficialmente caído em seu assento, as pálpebras semicerradas. Ela está indo porque sabe o caminho e pode chegar lá mais rápido que alguém que nem está lá ainda.

Depois do fim do tiroteio, Blue mal podia compreender o que Edwin estava lhe gritando do chão.

"Temos que ir", disse Edwin. Ele estava falando do hospital. E queria que ela o levasse. Ele tinha razão. Não conseguiriam enviar ambulâncias o bastante para lá a tempo. Quem sabe quantas pessoas haviam sido baleadas. Para Edwin, era apenas um tiro — no estômago.

"OK", disse Blue. Ela tentou ajudá-lo a se erguer, pôs os braços dele à volta de seus ombros e o puxou. Ele recuou um pouco, mas parecia, na maior parte do tempo, bastante tranquilo.

"Faça pressão para que não sangre muito", disse Blue. Ele estava segurando três ou quatro camisetas do Grande Pow-wow de Oakland contra o estômago. Esticou os braços para as costas e toda a cor se esvaiu de seu rosto.

"Atravessou", disse Edwin. "Saiu pelas costas."

"Caralho", disse Blue. "Ou que bom? Merda. Eu não sei." Blue pôs um braço em volta dele e deixou o braço dele agarrar-se a ela. Saíram do coliseu assim, tropeçando, por todo o trajeto, até o carro de Blue.

Quando Blue estaciona na Highland, Edwin está desacordado. Ela estivera lhe dizendo, gritando, berrando para que ficasse acordado. Provavelmente havia um hospital mais próximo, mas ela conhecia o Highland. Conserva a mão sobre a buzina, para tentar acordar Edwin e fazer com que alguém venha ajudar. Ela estica o braço e estapeia a bochecha de Edwin algumas vezes. Edwin balança a cabeça um pouco.

"Você precisa acordar, Ed", diz Blue. "Estamos aqui."

Ele não responde.

Blue corre para dentro para fazer com que alguém com uma maca venha ajudar.

Quando atravessa as portas duplas automáticas do prontosocorro, ela vê um Ford Bronco estacionar. Todas as portas se abrem ao mesmo tempo. Ela vê Harvey. E Jacquie. Jacquie está segurando um menino, um adolescente em traje cerimonial. Quando Jacquie passa por Blue, duas enfermeiras saem com uma maca para Edwin. Blue sabe de imediato que haverá confusão. Deveria permitir que Jacquie e o menino fossem atendidos no lugar de Edwin? Não faz diferença o que Blue decidiu ou deixou de decidir. Ela vê as enfermeiras colocarem o menino na maca e levarem-no embora. Harvey caminha até Blue e olha para Edwin no carro. Ele balança a cabeça para o lado, na direção de Edwin, tipo: *Vamos pegá-lo.*

Blue

Harvey estapeia Edwin algumas vezes na bochecha e ele chega a ciciar um pouco, mas não consegue manter a cabeça erguida. Harvey grita qualquer coisa incompreensível sobre fazer com que alguém venha ajudar, depois consegue puxar Edwin do carro pela metade e coloca o braço de Edwin à volta dele. Blue espreme-se entre o carro e Edwin e pega seu outro braço e o coloca ao redor de seus ombros.

Dois funcionários do hospital acomodam Edwin na maca. Blue e Harvey estão ao lado, correndo, enquanto o empurram pelos corredores, em seguida ele passa pelas portas basculantes.

Blue senta-se ao lado de Jacquie, que está olhando pelo mesmo ângulo, para o chão, os cotovelos encostados nos joelhos naquela posição que você assume quando está esperando que a morte deixe o edifício, que seu ente querido saia numa cadeira de rodas com um sorriso partido, que um médico de passo certeiro saia a lhe procurar para dar uma boa notícia. Blue quer dizer alguma coisa a Jacquie. Mas o quê? Blue olha para Harvey. Ele realmente é parecido com Edwin. E se Harvey e Jacquie estão juntos, então será que isto significa...? Não. Blue não permite que esse pensamento se conclua. Ela olha para o outro lado. Há dois rapazes mais novos, e uma mulher que parece um pouco com Jacquie, mas maior. A mulher olha para Blue e Blue desvia o olhar. Ela quer perguntar à mulher por que está ali. Ela sabe que tem algo a ver com o pow-wow, o tiroteio. Mas não há nada a dizer. Não há nada a fazer além de esperar.

Opal Viola Victoria Bear Shield

~

Opal sabe que Orvil vai conseguir. Ela está repetindo isso para si mesma, em sua cabeça. Ela gritaria o pensamento, se fosse possível gritar pensamentos. Talvez seja. Talvez seja isto o que ela está fazendo para se fazer acreditar que há razão para se ter esperança, apesar de talvez não existir razão nenhuma para se ter esperança. Opal quer que Jacquie e os meninos a vejam em sua cara também, esta crença a despeito de tudo, o que talvez seja o que a fé é. Jacquie não tem bom aspecto. Sua aparência diz que, se Orvil não conseguir sobreviver, ela tampouco conseguirá. Opal acha que ela tem razão. Nenhum deles conseguirá se recuperar disso se ele não conseguir sobreviver. Nada ficará direito.

Opal olha em volta e vê que todos na sala de espera, a cabeça de todos está baixa. Loother e Lony nem mexem em seus telefones. Isto entristece Opal. Ela quase quer que eles estejam mexendo neles.

Mas Opal sabe que esta é a hora, se é que existe hora, de crer, de orar, de pedir auxílio, embora ela tivesse abandonado toda esperança de auxílio exterior numa ilha-presídio há muito tempo, quando tinha 11 anos. Ela tenta ao máximo manter-se quieta e fechar os olhos. Ouve algo vindo de um lugar que julgava que tinha trancado para sempre há muito tempo. O lugar de onde costumava lhe falar seu velho ursinho de pelúcia, Dois Sapatos. O lugar a partir do qual costumava pensar e imaginar quando era jovem demais para achar que não devia fazer isso. A voz era dela e não era dela. Mas, no fim das contas, dela. Não pode vir de nenhum outro lugar. Há apenas uma Opal, que precisa perguntar. Antes que consiga nem sequer pensar em orar, precisa acreditar que consegue acreditar. Ela está fazendo isto vir, mas também deixando isto vir. A voz batalha para sair e ela pensa: *Por favor. Levanta*, ela diz, desta vez em voz alta. E está falando com Orvil. E também tentando fazer com que seus pensamentos, sua voz, entrem naquele quarto com ele. *Fica*, diz Opal. *Por favor*. Ela diz isto tudo em voz alta. *Fica*. Reconhece que existe um poder em dizer a oração em voz alta. Chora com os olhos muito fechados. *Não vá embora*, ela diz. *Você não pode.*

Um médico sai. Um médico só. Opal acha que isto pode ser bom, provavelmente eles notificam os óbitos aos pares, por questão de apoio moral. Mas ela não quer erguer a vista até o rosto do médico. Quer e não quer saber. E quer parar o tempo, ter mais tempo para rezar, para preparar-se. Mas isso é tudo o que o tempo sempre fez, seguir em frente. Não importando o quê. Antes que consiga pensar em fazê-lo, Opal está contando as voltas da porta basculante. Cada vez que as portas se dobram para dentro, conta-se um. O médico está dizendo alguma coisa. Mas não consegue ainda erguer os olhos, ou ouvir. Ela precisa esperar e ver o que dirá o número de voltas. As portas estacam no número oito, e Opal inspira longamente, depois deixa sair um suspiro, e ergue os olhos para ver o que o médico tem a dizer.

Tony Loneman

❧

Tony volta-se ao ouvir tiros, pensando que talvez estejam atirando nele. Vê um menino em traje cerimonial ser baleado atrás de Charles, vê ele cair. Tony ergue a pistola e se encaminha na direção deles – incerto quanto à pessoa em quem fará mira. Tony vê Carlos atirar em Octavio pelas costas, e depois um drone acertar a cabeça de Carlos. A arma de Tony funciona por tempo suficiente para que ele atinja Carlos duas ou três vezes, vezes o bastante para que ele pare de se mover. Tony sabe que Charles está disparando na direção dele, mas não sentiu nada ainda. O gatilho está emperrado. A pistola está quente demais para continuar a segurar, então Tony a deixa cair. Ao fazê-lo, é atingido pela primeira bala. A sensação provocada pela bala é quente e rápida em sua perna, embora ele saiba que a bala já não pode estar mais se movendo. Charles segue atirando nele e errando. Tony sabe que isto significa que ele pode estar atingindo pessoas atrás de si, e seu rosto fica quente. Uma espécie de endurecimento está acontecendo por todo seu corpo. Tony conhece o sentimento. Ele vê tudo preto em sua periferia. Alguma parte de si está tentando abandoná-lo, para dentro da

Tony Loneman

nuvem negra de que só emergiu mais tarde. Mas Tony pretende ficar, e fica. Sua visão clareia. Ele sai correndo. Charles está a cerca de nove metros. Tony consegue sentir todas as suas franjas e tiras se agitando por trás de si. Sabe no que está se metendo, sem arma, mas sente-se mais duro que tudo que possa vir a atingi-lo, velocidade, calor, metal, distância, até mesmo o tempo.

Quando a segunda bala o atinge, na perna, ele tropeça, mas não perde a velocidade. Está a seis metros de distância, depois três. Outra atinge-o no braço. Mais duas o atingem no estômago. Ele as sente e não as sente. Tony se lança à carga, abaixa a cabeça. O peso quente e a velocidade das balas fazem o que podem para diminuir-lhe a velocidade, para empurrá-lo para baixo, mas ele não pode ser detido, não agora.

Quando está a poucos metros de Charles, Tony nota alguma coisa tão quieta e parada dentro de si que parece estar emanando para o mundo, aquietando tudo até o nada – silêncio derretido. Tony deseja afundar-se através de qualquer coisa que se coloque em seu caminho. Ele está fazendo um som. Começa em seu estômago, depois sai por seu nariz e boca. Um rugido e um ribombar de sangue. Tony agacha-se um pouco logo antes de alcançar Charles, depois mergulha nele.

Tony pousa duro em cima de Charles com suas últimas forças. Charles estica os braços para agarrar a garganta de Tony. Ele a agarra. Tony vê a escuridão se esgueirando ao redor de sua visão novamente. Ele está se impulsionando contra o rosto de Charles. Consegue meter um polegar contra o olho e empurra. Ele vê a pistola de Charles no chão, perto de sua cabeça. Com tudo o que lhe resta, Tony transfere o peso de seu corpo e cai de lado, depois agarra a pistola. Antes que Charles possa olhar, ou esticar os braços para agarrar o pescoço de Tony, Tony dispara um tiro dentro de sua cabeça, vê a cabeça de Charles cair, seu corpo ficar sem vida.

Tony rola até ficar deitado de costas e logo, logo começa a afundar. Lento feito areia movediça. O céu escurece, ou é sua visão que escurece, ou talvez esteja afundando cada vez mais, em direção ao centro da Terra, onde ele possa se unir ao magma ou água ou metal ou o que quer que seja que esteja lá para detê-lo, segurá-lo, conservá-lo lá embaixo para sempre.

Mas o afundamento para. Não consegue enxergar. Ele escuta algo que soa como ondas, em seguida ouve a voz de Maxine em algum lugar na distância. Sua voz soa como um eco, como ela costumava soar quando estava na cozinha e ele estava por perto, debaixo da mesa ou jogando ímãs na porta da geladeira. Tony pergunta-se se estará morto. Se a cozinha de Maxine é onde ele iria parar depois. Mas Maxine nem sequer está morta. Definitivamente, é a voz dela. Ela está cantando um velho hino Cheyenne que costumava cantar quando lavava a louça.

Tony percebe que pode abrir os olhos novamente, mas os conserva fechados. Sabe que está cheio de buracos. Consegue sentir cada uma dessas balas tentando puxá-lo para baixo. Ele se vê subir, para fora de si mesmo, depois vê a si mesmo de cima, olha para seu corpo e se lembra de que aquele nunca fora ele, na verdade. Ele nunca foi Tony, assim como nunca foi a Drome. Ambos eram máscaras.

Tony ouve Maxine cantando na cozinha novamente e depois está lá. Ele está lá e tem quatro anos, no verão, antes de ir para o jardim de infância. Está na cozinha com Maxine. Ele não é o Tony de vinte e um anos pensando sobre seu eu aos quatro anos – lembrando-se. Ele simplesmente está lá novamente, fez o percurso inteiro até ser o Tony de quatro anos de idade. Ele está numa cadeira, ajudando-a a lavar a louça. Está afundando sua mão na pia e soprando bolhas na direção dela. Ela não acha isto engraçado, mas não o detém. Fica limpando as bolhas do topo da

Tony Loneman

cabeça dele. Ele fica perguntando para ela: *O que somos? Vó, o que nós somos?* Ela não responde.

Tony mergulha sua mão novamente na pia cheia de bolhas e pratos e as assopra em cima dela de novo. Ela tem algumas no lado do rosto e não as enxuga, só mantém a expressão séria e segue lavando. Tony acha que esta é a coisa mais engraçada que já viu. E ele não sabe se ela sabe que isto está acontecendo, ou se eles não estão de fato lá. Ele não sabe que não está lá, porque está bem ali, naquele momento que não lembra de ter acontecido porque está acontecendo com ele agora. Ele está lá com ela na cozinha, soprando bolhas da pia.

Finalmente, depois de retomar o fôlego e segurar o riso, Tony diz: "Vó, você sabe, você sabe que eles estão lá."

"O que foi?", diz Maxine.

"Vó, vocês estão brincando", diz Tony.

"Brincando de quê?", diz Maxine.

"Eles estão bem aqui, vó, eu os vejo com meus próprios olhos."

"Vá brincar agora, e me deixe terminar isso aqui em paz", diz Maxine, e dá um sorriso que lhe diz que ela sabe a respeito das bolhas.

Tony brinca com seus bonecos Transformers no chão de seu quarto. Faz com que lutem em câmera lenta. Perde-se pela história que inventa para eles. É sempre a mesma. Há uma batalha, depois uma traição, depois um sacrifício. Os mocinhos terminam ganhando, mas um deles morre, como Optimus Prime teve que morrer no filme dos *Transformers* que Maxine o deixou assistir naquele velho videocassete, apesar de dizer que achava que ele era muito novo. Quando assistiram ao filme juntos, no momento em que perceberam que Optimus Prime havia morrido, eles se entreolharam e viram que ambos estavam chorando, o que fez com que rissem, por apenas uns poucos segundos, por aquele momento singular apenas, ambos juntos no escuro do quarto de Maxine, rindo e chorando no mesmo exato momento. Quando Tony faz com que abandonem a batalha, eles conversam sobre como desejariam que não tivesse que ser dessa maneira. Desejavam que todos pudessem ter sobrevivido. Tony faz Optimus Prime dizer: "Somos feitos de metal, feitos duros, capazes de aguentar. Fomos feitos para nos transformarmos. Então, se você tem a oportunidade de morrer, de salvar outra pessoa, aproveita. Sempre. Foi para isso que colocaram aqui os Autobots."

Tony está de volta no campo. Cada buraco é uma queimadura e um empuxo. Agora ele sente que talvez não flutue, mas, em vez disso, despenque no interior de algo sob ele. Há uma âncora, algo no qual ele esteve enraizado este tempo todo, como se em cada buraco houvesse um anzol vinculado a uma linha, puxando-o para baixo. Um vento vindo da baía varre o estádio, desloca-se por ele. Tony escuta um pássaro. Não do lado de fora. De onde ele está ancorado, ao fundo do fundo, o meio do meio dele. O centro do centro. Há um pássaro para cada buraco nele. Cantando. Mantendo-o de pé. Impedindo-o de ir embora. Tony se lembra de algo que sua avó lhe disse quando estava lhe ensinando a dançar. "Você precisa dançar como os pássaros cantam de manhã", dissera ela, e lhe mostrara como tinha leveza nos pés. Ela saltou e os dedos de seus pés apontaram para dentro exatamente como deviam. Pés de dançarina. Gravidade de dançarina. Tony precisa ser leve agora. Deixar o vento cantar pelos buracos nele, ouvir os pássaros cantando. Tony não está indo a lugar algum. E em algum lugar lá dentro, dentro dele, onde ele está, onde sempre estará, mesmo agora, é manhã, e os pássaros, os pássaros estão cantando.

Agradecimentos

Para minha esposa, Kateri, minha primeira (e melhor) leitora/ouvinte, que acreditou em mim e no livro desde o princípio, e para meu filho, Felix, por todas as maneiras pelas quais ele me inspira a ser uma pessoa e um escritor melhor; a ambos, por quem eu daria meu próprio sangue, meu coração. Eu não teria conseguido sem eles.

Foram muitas as pessoas e organizações que ajudaram a fazer este livro chegar ao mundo. Gostaria de agradecer, do mais fundo do meu coração, a todos os seguintes: a Colônia MacDowell, por apoiar meu trabalho muito antes dele se tornar o que é agora. Denise Pate, do Fundo Cultural para as Artes de Oakland, por apoiar financeiramente um projeto de narração de histórias que jamais veio a ser, exceto na ficção – isto é, num capítulo deste romance. Pam Houston, por tudo que me ensinou, e por ser a primeira pessoa a acreditar neste livro o bastante, a ponto de submetê-lo por conta própria. A Jon Davis, por todas as maneiras pelas quais apoiou a mim e ao programa de mestrado em Belas-Artes (Instituto de Artes Ameríndias) pelo qual me formei em 2016, por todo seu auxílio com questões de edição, e por acreditar em mim desde o princípio. A Sherman Alexie, por como me ajudou a aprimorar este romance, e por todo o apoio inacreditável que me concedeu desde que o livro foi comprado. A Terese Mailhot, por tudo que fez para que nossas vidas como escritores fossem paralelas, e por todo o apoio e encorajamento que sempre me deu, por ser a extraordinária escritora que é. À Companhia Yaddo, pelo tempo e pelo espaço para terminar este livro antes de ele ser enviado. Ao Writing by Writers e à bolsa que me deram em 2016. A Claire Vaye Watkins, por me ouvir ler e por acreditar no livro a ponto de enviá-lo a seu próprio agente. A Derek Palacio, por sua ajuda em guiar o manuscrito, e por todos os conselhos e apoio que me deu depois que me formei. A todos os muitos escritores e professores no IAIA, que muito me ensinaram. A meu irmão, Mario, e sua esposa, Jenny, por me deixarem dormir no sofá sempre que eu visitava a cidade, e por seu amor e apoio. A minha mãe e meu pai, por sempre acreditarem em mim, não importa o que eu tentasse fazer. A Carrie e Ladonna. Christina. Por tudo o que passamos juntos e pelo modo como sempre nos ajudamos ao longo do caminho. A Mamie e Lou, Teresa, Bella e Sequoia, por me ajudarem a fazer a nossa família o que ela é. Por me ajudarem a dar o tempo de que eu precisava para escrever. Por terem sido doces, atenciosos e amáveis com meu filho durante aqueles períodos em que estive ausente para escrever. A meu tio Tom e tia Barb, por todas as maneiras pelas quais amam e apoiam a todos na família. Soob e Casey. A meu tio Jonathan. Martha, Geri e Jeffrey, por se mostrarem presentes para a minha família quando mais precisamos deles. A meu editor, Jordan, por amar e acreditar no livro, e me ajudar a torná-lo tão bom quanto podia ser. A minha agente, Nicole Aragi, por ter lido o manuscrito muito tarde certa noite, ou muito cedo certa manhã, quando parecia que o mundo inteiro estava desmoronando, por tudo o que fez por

Agradecimentos

mim e pelo livro desde então. A todos na Knopf, por seu apoio eterno. À Comunidade Ameríndia de Oakland. A meus parentes Cheyenne vivos, e a meus ancestrais, que conseguiram sobreviver a inimagináveis dificuldades, que rezaram com empenho por seus sucessores aqui, agora, que estamos fazendo nosso melhor para rezar e trabalhar com empenho pelos que virão.

Impressão e Acabamento:
LIS GRÁFICA E EDITORA LTDA.